Inhalt

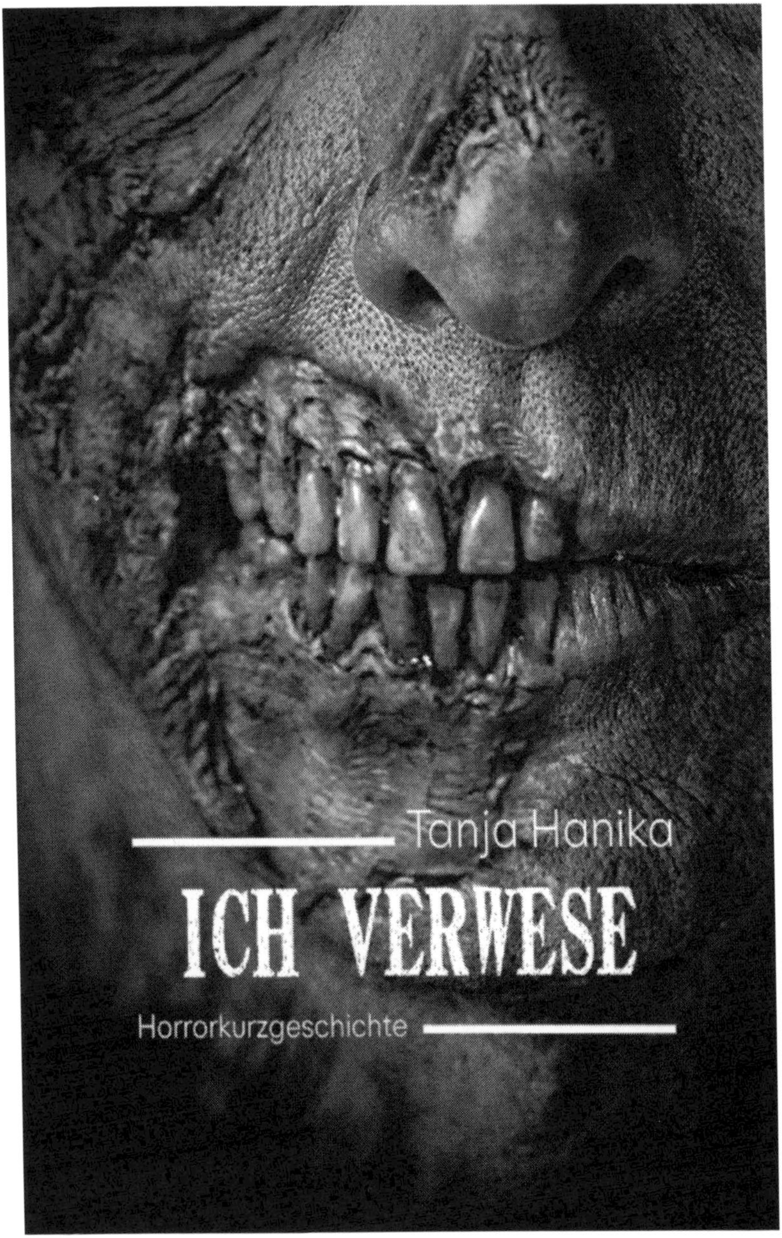
Tanja Hanika
ICH VERWESE
Horrorkurzgeschichte

ICH VERWESE

Horrorkurzgeschichte von

Tanja Hanika

Ich bin nicht mehr ich.

Elisa sitzt mit ihren Kindern beim Zahnarzt, als ihr Mann sie von der Arbeit anruft. Sie soll sofort aufbrechen und mit den beiden nach Hause fahren. Schon auf dem Parkplatz vor der Praxis erkennt sie, dass etwas nicht stimmt: Panik ist unter den Menschen ausgebrochen. Obwohl Elisa alles gibt, um ihre Kinder und sich zu beschützen, spürt sie bald, dass sie infiziert worden ist.
Als Zombiewesen kennt sie keine Gefühle und hat keine Erinnerungen an ihr Leben mehr. Da ist lediglich dieser enorme Hunger, der nicht nur Elisa zur Gefahr für die Menschen werden lässt. Auch als Zombie gibt es Widrigkeiten zu bestehen, wenn man seine Zähne in köstliches Menschenfleisch rammen möchte.

Eine Horrorkurzgeschichte, die zum Teil aus Zombie-Perspektive erzählt wird.

Triggerwarnung: Blut, Gewalt (auch gegen Kinder), Kannibalismus, Verwesung

Für meine wunderbaren Stammleser:innen.

Ich danke euch von Herzen für eure Unterstützung, eure Begeisterung und für eure Lesezeit.

Ihr gebt mir den Mut, alle meine Herzensprojekte umzusetzen.

EINS.

Der Ausbruch

Die Montagmorgensonne in der letzten Sommerferienwoche fällt durch die Jalousie und taucht das Schlafzimmer in ein goldenes Licht, während draußen die Vögel singen und im Haus noch alles ganz still ist. Mein Mann neben mir atmet tief und gleichmäßig und auch von den Kindern ist kein Mucks zu hören, sodass ich mich frage, ob ein Tag perfekter sein könnte. Ich strecke mich und genieße die frische Luft, die zum gekippten Fenster hereinströmt, und den Tanz der Staubkörner, die im Licht herumwirbeln. Es ist einer dieser vollkommenen Augenblicke, die man sich im Einmachglas aufbewahren will.

Kurz überlege ich, ob ich mich noch die letzten Minuten, bis Daniels Wecker klingelt, zu ihm unter die Decke kuscheln soll. Aber ich denke, dass sich alle freuen, wenn es heute ein besonderes Frühstück gibt. Leise steige ich aus dem Bett und hebe eine halblange Pyjamahose vom Boden auf, für die es mir nachts zu warm geworden war. Nachdem ich in die Hose hineingeschlüpft bin, schleiche ich aus dem Schlafzimmer.

In der Küche schalte ich die Kaffeemaschine an und suche alle Zutaten zusammen, die ich benötige, um Pancakes zu backen. Der Kaffee ist bald durch die Maschine gelaufen und sein herrlicher Duft erfüllt den Raum. Vorsichtig nippe ich an meiner Tasse. Das Aroma breitet sich in meinem Mund aus. So muss ein Morgen starten. Während ich in Gedanken die Aufgaben des Tages durchgehe, rühre ich den Teig zusammen und backe die ersten Küchlein aus. Ehe sie fertig sind, höre ich Lars auf der Treppe, vielleicht vom Duft angelockt. Er verschwindet kurz auf die Toilette, bevor er sich an den Küchentisch setzt.

»Es gibt Pancakes?«, fragt er mit der Begeisterung eines Neunjährigen, den manche Kleinigkeiten vor Glück zum Ausrasten bringen. Er reibt sich die Augen und blinzelt gegen die Helligkeit in der Küche an.

»Guten Morgen, Großer. Ja, ich war früh wach.«

»Au, toll. Ich liebe Pancakes.« Als ob ich das nicht wüsste.

Ich stelle ihm ein Glas Orangensaft auf den Tisch und reiche ihm einen Teller, da schlüpft Nele in die Küche.

»Pancakes!«, ruft auch sie entzückt. »Ist heute Sonntag?«

»Das war gestern, Schatz. Heute ist Montag. Papa muss wieder zur Arbeit.« Wie auf mein Kommando hin klingelt oben der Wecker, dann rumpelt und poltert es ein bisschen und während ich auch Nele mit Orangensaft und Pancakes versorge, geht das Wasser im Bad an.

Mit vollem Mund sagt Lars: »Papa sollte sich unter der Dusche lieber beeilen, bevor die ganzen Pancakes weg sind.«

»Ihr kleinen Monster werdet eurem armen, hungrigen Papi doch nicht alles wegessen? Was soll er dann auf der Arbeit machen, wenn sein Magen knurrt? In den Schreibtisch beißen?«

»Nein!« Entsetzen und Belustigung zeigen sich im gerade mal sieben Jahre alten Gesicht meiner Tochter. »Ich teile mit Papi.« Ihr Seitenblick zu Lars ist herausfordernd, aber er schiebt sich lediglich das nächste Stück in den Mund und blättert in einem Comic, den er von wer weiß wo hergezaubert hat.

Oben geht der Föhn an und ich freue mich selbst auf eine kurze kalte Dusche, sobald wir fertig gefrühstückt haben.

»Mama, was machen wir heute?«, fragt Nele.

Ich nehme mir nun meine eigene Portion und stelle den Teller auf den Küchentisch. »Ihr zwei habt nachher einen Zahnarzttermin bei Frau Doktor Helmer. Nach dem Mittagessen kommt meine

Freundin Melli zum Kaffee. Sie bringt die Kleinen mit, dann habt ihr jemanden zum Spielen. Ich denke, ihr könnt heute wieder in das Planschbecken, wenn ihr wollt. Es soll richtig warm werden.«

»Jippie. Außer zum Zahnarzt, das ist nicht jippie. Ich will da nicht hin«, sagt Nele und beißt ein besonders großes Stück ab.

Daniel erscheint in der Küche, die Haare noch nicht ganz trocken. »Wo willst du nicht hin, süße Maus?«

»Hat Angst vor der Zahnärztin«, vermeldet Lars, als wäre das ein Kinderding, dem er längst entwachsen ist.

»Brauchst du nicht«, sagt Daniel. »Du hast die hübschesten, weißesten Funkelzähne auf der Welt.« Er beugt sich vor, Nele macht den Mund auf und nach einer kurzen Inspektion geben sie sich ein High five. »Sind noch Pancakes zu ergattern?«

Nachdem ich meinen Guten-Morgen-Kuss bekommen habe, reiche ich ihm welche. Dann lasse ich noch einen Kaffee durch die Maschine laufen. Anschließend sitzen wir alle am Tisch und plaudern und essen.

Glücklich betrachte ich meine Familie und freue mich auf mehr Situationen wie diese. Es sind die kleinen Glücksmomente, die ich genieße. So wie dieses Frühstück, das ich nie vergessen will.

Bald macht sich Daniel auf den Weg zur Arbeit in der Stadt. Damals, als wir zusammengekommen sind, hätten wir es nie für möglich gehalten, aber wir sind eins dieser Vorstadtehepaare geworden und ich bin glücklicher damit, als ich es mir jemals hätte träumen lassen.

Die Kinder schaffen es für den Moment sogar, etwas zusammen zu spielen, ohne zu streiten, während ich selbst dusche. Ich höre

Dinogebrüll, Autobrummen und Pferdewiehern. Meine Tochter ist kein Glitzer-Prinzessinnen-Puppen-Mädchen, sondern spielt auch gerne mit Jungs und klettert auf Bäume. Ich war früher genauso.

Keine Stunde später fahren wir auf den Parkplatz der Zahnärztin. Die letzten zwei Kilometer waren die Kinder immer stiller geworden. Ich schalte den Motor aus, drehe mich im Sitz um und sage: »Leute, ihr hattet bei der letzten Kontrolle super Zähne. Das wird heute nicht anders sein. Wir gehen da rein, lassen uns loben, dass wir eure Beißerchen so hegen und pflegen, und dann machen wir uns einen schönen Tag. Wir rocken das. Nächste Woche um die Zeit sitzt ihr in der Schule.«

»Du weißt, wie man seine Kinder aufbaut, Mama. Mit Schule«, sagt Lars und schüttelt amüsiert den Kopf. Aber die beiden wirken tatsächlich entspannter.

Zu fünft mit der Arzthelferin und der Zahnärztin ist es in Behandlungsraum Nummer drei recht eng. Nele ist fertig und hat ihr Lob eingeheimst. Frau Doktor Helmer hat ausgiebig ihre neue Zahnlücke bewundert und bei Lars hat sie bereits ebenfalls alle seltsamen Kürzel genannt, die zu jedem Besuch bei ihr dazugehören, da beginnt mein Handy in der Tasche zu vibrieren. Ich spüre, wie meine Wangen heiß werden. Es ist mir sehr unangenehm, wie eine Mutter zu wirken, die mehr am Handy hängt, als auf ihre Kinder aufzupassen. Mir ist klar, dass ich damit übertreibe. Aber das Handy fängt immer wieder an, egal, wie oft ich den Anruf ablehne. Beim fünften oder sechsten Mal ziehe ich das Handy heraus und schaue auf dem Display nach, welcher Quälgeist mich gerade jetzt anrufen muss.

Ein Bild meines Mannes grinst mich an. Es muss wichtig sein.

»Bleibt sitzen, wo ihr seid«, bedeute ich meinen Kindern und entschuldige mich kurz bei der Ärztin, um vor die Glastür zu treten.

»Alles okay bei …«, fange ich an.

»Elisa, hör zu. Fahr heim. Fahr sofort heim. Hier stimmt was nicht. Scheiße!« Gehupe wird über die Telefonverbindung laut. »Die Leute drehen heftig durch. Panik und … ich weiß nicht.

Schnapp die Kinder und fahr heim. Ich komme auch, so schnell ich kann.«

Mein Herz fängt an zu rasen. Fast rutscht mir das Handy aus der vom Schweiß feuchten Hand. Mein gesamter Körper kribbelt. »Bist du im Auto?« Ich höre, wie Daniel erneut hupt und zucke zusammen. »Was? Was ist los?«

»Ja, wir sehen uns daheim. Beeil dich, okay? Ich liebe dich.«

»Gut, ich liebe dich auch.« Meine Hand zittert, als ich sie auf die Klinke lege. »Wir müssen auf der Stelle los.«

Frau Doktor Helmer lächelt freundlich. »In Ordnung, wir sind auch fertig. Alles bestens. Die nächsten Termine können Sie ...«

»Ich rufe an«, sage ich, während ich Nele an die Hand nehme und hinter mir aus der Praxis hinausziehe. Lars bleibt instinktiv ganz dicht an meiner Seite. Meine Knie fühlen sich weich an, als würden sie gleich nachgeben. Ich weiß nicht, was los sein soll, aber mein Mann würde so einen Anruf nie zum Spaß machen. Angst macht mich zittrig und dabei weiß ich noch nicht einmal, wovor genau ich mich fürchte.

Draußen hetzen ein paar Leute über die Straße, viele sind am Telefonieren. Einzelne Rufe und Schreie werden laut. An der Ecke prügeln sich zwei alte Männer mit einem jungen Mann. Alle haben Wunden im Gesicht, aber sie lassen nicht voneinander ab. Ich habe das Gefühl, gleich mein Frühstück wieder auszuspucken. Ich muss die Kinder nach Hause und damit in Sicherheit schaffen. Eine Frau bedrängt einen Mann vor einem Geschäft für orthopädische Produkte und für einen Augenblick bin ich davon gefesselt, wie sie miteinander ringen. Hinter ihnen steht eine alte Frau an der Ladentür, die mit den Fäusten dagegen hämmert, um hineingelassen zu werden. Die Beleuchtung des Geschäfts wird daraufhin ausgeschaltet. Fassungslos entriegle ich das Auto, treibe die Kinder zur Eile an, die mich inzwischen mit großen Augen anschauen. Nie zuvor waren wir von einem solchen Chaos umgeben. Ich verstehe die Welt nicht.

»Mama, was ist hier los?«, fragt Lars zum wiederholten Mal.

Ich zucke nur mit den Schultern. »Das kriegen wir schon raus. Erst mal heim.«

Wir steigen ein, schnallen uns an und ich verriegle die Türen von innen. Eine Frau hastet weinend aus der Zahnarztpraxis. Ich lasse sie am Auto vorbeirennen und fahre anschließend aus der Parklücke. Halb ausgeparkt werde ich von einem Rollerfahrer geschnitten. Hätte schlimm für ihn ausgehen können. Ich bin zu sehr vom Geschehen um mich herum abgelenkt, um mich weiter mit dem davonrasenden Roller zu beschäftigen.

Wie verrückt und unnormal die Lage ist, wird mir an der Ampel vollends bewusst. Obwohl ich Grün habe, muss ich scharf bremsen, um nicht mit dem Trottel zusammenzustoßen, der hemmungslos sein Rot überfährt. Ich weiche ihm aus und rolle über die Kreuzung. Schwer schlucke ich. Ich bin heilfroh, dass wir drei es ins Auto geschafft haben, ohne in irgendetwas davon verwickelt zu werden, was da draußen los ist. Wir dürfen jetzt keinen Unfall haben.

Am Straßenrand sackt ein älterer Mann zusammen, der in heftiger Umarmung mit einem Teenager steht. Ist das seine Enkelin, die sich weiter an ihn klammert? Ich fahre an ihnen vorbei. Im Rückspiegel sehe ich, wie das Mädchen dem Auto nachschaut, aber was ist das an seinen Lippen? Verschmierter Lippenstift? Das muss es sein, hätte ich gestern beschlossen. Heute bezweifle ich nicht, dass es durchaus auch Blut sein könnte.

»Mama, warum hat das Mädchen am Mund so doll geblutet?«, fragt Nele. Leider ist es also auch ihr nicht entgangen.

»Schlimm hingefallen«, sagt Lars. Über den Rückspiegel nicke ich ihm dankbar zu. Sein Gesicht ist blass.

»Warum helfen wir ihr dann nicht?«, will Nele wissen.

Ich schlucke. »Wir müssen ganz superdringend heim, Schatz. Aber da sind viele Leute, die sich gleich um sie kümmern.«

Ich gebe Gas, trotzdem rast von hinten ein Auto heran und versucht mich zu überholen. Ich biege mit quietschenden Reifen rechts ab und fahre Schlangenlinien um zwei mit offenen Türen stehen gelassene Autos. Ich ermahne mich innerlich, ruhig zu bleiben. Ein Unfall wäre viel schlimmer, als zwei Minuten später daheim anzukommen. Bei einem der abgestellten Autos läuft der Motor. Den Menschen dort draußen steht die Panik deutlich ins Gesicht geschrieben. Den meisten jedenfalls. Sie starren mit offenen Mündern und hochgezogenen Augenbrauen auf ihre Handys. Sie schreien, streiten und weinen. Einige rennen mit eingezogenem Kopf ihrem jeweiligen Ziel entgegen. Aber manche von ihnen wirken seltsam: desorientiert und eher hektisch als ängstlich.

Irgendetwas stimmt ganz und gar nicht. Ich schalte das Radio ein, aber entweder spielen die Sender Musik oder gar nichts. Dann werde ich mir zuhause ebenfalls mein Handy vorknöpfen müssen. Gab es einen Terroranschlag? Vielleicht mehrere? Fast könnte ich mir vorstellen, dass Krieg ausgerufen wurde.

Mein Herz schlägt wie wild gegen meinen Brustkorb.

Ist vielleicht ein Atomkraftwerk in die Luft geflogen? Ist eine Naturkatastrophe passiert oder steht sie uns direkt bevor? Ich denke an das Magnetfeld der Erde, an die Sonne und die Schrägstellung der Erdachse. Müsste hier nicht die Polizei herumfahren und über Lautsprecher Ansagen machen? Irgendwie für Ordnung sorgen? Ich begreife nicht, warum nicht einmal im Radio Informationen mitgeteilt werden.

Wir lassen die Stadt hinter uns und bald wird es deutlich ruhiger. Auf dem kurzen Stück Landstraße halte ich mich nicht an die Geschwindigkeitsbegrenzung von siebzig Kilometern die Stunde, sondern fahre wie die beiden Autos vor mir hundertdreißig Sachen.

Schneller denn je erreichen wir unsere Siedlung. Ich biege ab und bin gespannt, was uns erwartet. Hier ist es still. Noch? Nur die alte Frau Stremel ist im Vorgarten Unkraut jäten, wie jeden Vormittag um diese Zeit. Wobei sie heute ihre Gartenhandschuhe nicht trägt, und umherläuft, statt sich über ihre Beete zu beugen. Sonst ist niemand draußen.

Ich parke in der Garage, steige aus, verriegle das Tor und hole die Kinder aus dem Wagen. Die Haustür heißt uns mit ihrem üblichen Quietschen willkommen und ich atme erleichtert aus, als ich sie hinter mir schließen kann. Ich habe es geschafft. Wir haben unversehrt unser Zuhause erreicht.

Im Haus bitte ich Nele und Lars, spielen zu gehen. Stattdessen setzen sie sich beide aufs Sofa und sagen kein Wort. Nele wackelt halbherzig mit ihrem Plüschkraken, den sie hinter einem der Kissen herausgezogen hat. Lars sitzt einfach da.

Ich sperre alle Türen ab und schließe die Fenster, falls das gegen Radioaktivität hilft. Kurz schaue ich die Kellertreppe an. Sollten wir besser dort hinuntergehen? Wären wir unten im Keller vor Strahlung geschützt? Vertue ich gerade wichtige Minuten, wenn ich mich zuerst informiere? Selten habe ich mich so hilflos gefühlt. Ich habe Angst, falsch zu entscheiden, aber ich muss. Nachdem alles verriegelt ist, nehme ich mein Handy. Bevor ich die Kinder unnötig in den Keller scheuche und weiter verängstige, brauche ich Informationen. Ich habe einige Mitteilungen, die ich ignoriere, und rufe eine Nachrichten-Website auf.

Straßenschlachten in New York.

Brände und Massenpaniken in Berlin.

Viele Teile der Welt ohne Rückmeldung.

Krankenhäuser schließen.

Bleiben Sie zu Hause!

Ich fasse mir an die Stirn. Kann das wahr sein? Wie passt das alles zusammen? Was kann ich tun, um meine Familie zu schützen, sollte das, was immer es ist, bis zu uns nach Hause kommen? Danach prüfe ich meine Mitteilungen. Melli, die mich gegen Nachmittag besuchen wollte, sagt ab. Ihre Jüngste fühlt sich schlecht, nachdem sie heute Morgen auf dem Spielplatz mit einem anderen Kind aneinandergeraten war. Eine andere Freundin fragt, ob ich weiß, was da in der Welt los ist. Eine Flut von Artikeln und Rundmails wurden verschickt. Wenn ich daran denke, dass Daniel noch draußen unterwegs ist, schnürt sich mir die Kehle zu. Ich blinzle Tränen weg, die meine Sicht verschwimmen lassen. Allein die Vorstellung, dass er es nicht zurückschafft, reißt mir den Boden unter den Füßen weg. Schwankend gehe ich zum Sofa.

»Mama?«, fragt Lars vorsichtig. Er muss mir ansehen, dass ich verzweifelt bin.

Ich straffe die Schultern und versuche ein neutrales Gesicht zu machen. »Ja, Großer?«

»Frau Stremel war eben in unserem Garten. Sie ist über den Zaun gefallen, quer durchgegangen und dann drüben bei Bachmanns reingeklettert. Ihr Fuß war verdreht, aber sie ist trotzdem damit gelaufen. Und komisch geguckt hat sie auch.«

Zombies.

Das Wort ist einfach da. Das Wort, gegen das sich mein Gehirn längstmöglich gewehrt hat. Ich liebe Zombiefilme und Zombieromane. Daniel hat mich oft damit geneckt. Wäre ja immer dasselbe, aber ich habe die Geschichten mit all ihren Facetten so begierig verschlungen wie die beschriebenen Untoten die Gehirne ihrer Opfer.

Es kann doch nicht wahr sein. Es ist unmöglich, oder? Es kann einfach nicht sein.

Aber was soll es sonst sein?

Alles passt, sagt mir eine innere Stimme. Ich versuche mich mit mir selbst darauf zu einigen, dass ich für jede weitere Möglichkeit offen bleibe, bis wir wissen, was es tatsächlich ist. Auch das Unmögliche.

Ich lasse zuerst den Rollladen an der Terrassentür, dann auch die Rollos an den Fenstern im Erdgeschoss hinunter. Das gibt mir ein Gefühl von Sicherheit. Außerdem sollen die beiden keine weiteren Beobachtungen machen, die für sie seltsamer sind als das, was sie ohnehin bereits aufgeschnappt haben. Dann schalte ich die Lampen und den Fernseher ein. Auf einigen Kanälen laufen Serien, wie immer. Die kleinen Regionalsender zeigen ein Standbild, auf den Nachrichtensendern wechseln sich unterschiedliche Schreckensnachrichten ab, aber alles wirkt weit weg. In den großen Städten ist seit letzter Nacht die sprichwörtliche Hölle los. Plünderungen, Überfälle, Leichen auf den Straßen. Und es breitet sich aus. Nicht langsam, es scheint längst überall zu sein. Als wäre die Welt nun vogelfrei. Und wir waren gemütlich am Küchentisch gesessen und haben nichts davon geahnt.

Kurz verfluche ich die internationalen Flüge und das weltweite Netzwerk, das mir mein Leben bisher so angenehm gemacht hat. Ich denke an die Pandemien, die alle paar Jahre über uns hereinbrechen, aber bisher war ein paar Wochen später stets wieder alles wie immer und die Krankheit ist vergessen. War das die Vogelgrippe oder die Schweinegrippe, die uns zuletzt zum vermehrten Händewaschen gebracht hat? Ich weiß es nicht mehr. Ich wünschte, weiter weg von der Stadt zu wohnen und damit sicherer vor einer vermeintlichen Seuche und ihren Auswirkungen zu sein.

Die Minuten vergehen langsam, wie zähflüssiger Honig. Nur ist daran nichts süß. Ein Bericht ist schlimmer als der vorherige. Mir fällt auf, dass meine Kinder noch neben mir sitzen und mit offenen Mündern den Fernseher anstarren. Ich bin so ein Trottel. Das schlechte Gewissen überrollt mich, aber vielleicht ist es ja wichtig, dass sie wissen, was los ist. Wissen rettet Leben, schon in einer normalen Welt. Wissen entscheidet darüber, wo du in der Gesellschaft stehst und wer du bist.

Apokalypse.

Noch so ein Wort, das mein Hirn mir besser erspart hätte. Das anklingende Ende in »Endzeit« finde ich so unfassbar unheimlich. Ist es das, worein wir geraten sind? Ist bald alles aus?

Eine neue Woge von schlechtem Gewissen überfällt mich. Meine Eltern!

Ich renne zum Telefon. Meine Hand zittert, als ich die Kurzwahltaste für meine Eltern drücke und mir den Hörer ans Ohr halte. Bis zum dritten Tuten erwarte ich überhaupt nicht, dass sie den Anruf annehmen. So schnell sind sie nie. Beim sechsten Freiton spüre ich ein Ziehen im Magen. Ich zähle weiter mit und das Ziehen verheddert sich zu einem Knoten. Bei zwanzig lege ich auf. Inzwischen ist mir speiübel. Sie haben bei ihrem altmodischen Telefon noch nicht mal einen Anrufbeantworter eingeschaltet. Ich muss nach ihnen schauen.

Zuerst wähle ich die Handynummer meiner Schwester. Eine von dreien, die ich auswendig kenne. Sie hebt quasi sofort ab.

»Geht's euch gut?«, frage ich.

»Ja, warum?«

»Geh nicht raus. Ruf deinen Mann an, dass er von der Arbeit kommt. Sind die Kinder bei dir?« Ich klinge hysterisch, aber ich zähle darauf, dass sie mich nicht für verrückt halten wird. So etwas war noch nie da. Wie gut kennt sie mich also?

»Elisa, du machst mir Angst.«

»Irgendetwas ist da draußen los. Ehrlich? Ich glaube, es sind Zombies. Ich weiß, dass das ...«

»Zombies?« Sie klingt ungläubig, aber nicht belustigt. Meine wunderbare Schwester nimmt mich ernst, sogar wenn ich von Zombies spreche.

»Egal, was es ist. Bei uns bricht gerade das Chaos aus. Bleibt daheim, bis wir Näheres wissen. Passt auf euch auf. Rechnet mit allem. Was ist mit den Kindern?«

»Die panschen mit den Fingerfarben an der Scheibe herum.«

»Gut. Ich habe unsere Eltern nicht erreicht. Ich geh schnell rüber. Schau die Nachrichten! Ich ruf dich morgen an, ich muss weiter.«

»Sag Mama, sie soll mich anrufen, damit ich weiß, dass alles klar bei ihnen ist.«

»Okay.« Kurz bleibe ich still. Ich will ihr sagen, dass ich sie liebe, aber lasse es bleiben. Ich will mich nicht theatralisch von ihr verabschieden, als wäre es das letzte Mal, dass wir miteinander sprechen. »Das ist kein Spaß, bleibt drinnen. Passt auf.« Ich wische mir eine Träne weg, die mich am Kinn kitzelt.

»Machen wir. Danke. Ich melde mich nachher.«

Ich will das Telefon zurück in die Ladestation stellen, zögere aber. Ich muss auch Daniels Schwester anrufen. Ich wähle ihren Kontakt im Telefonbuch aus und lausche dem Freiton. Auch sie ist nicht erreichbar. Sobald die Aufnahme der Mailbox startet, rattere ich auch ihr eine Warnung herunter und verspreche, dass Daniel sich meldet.

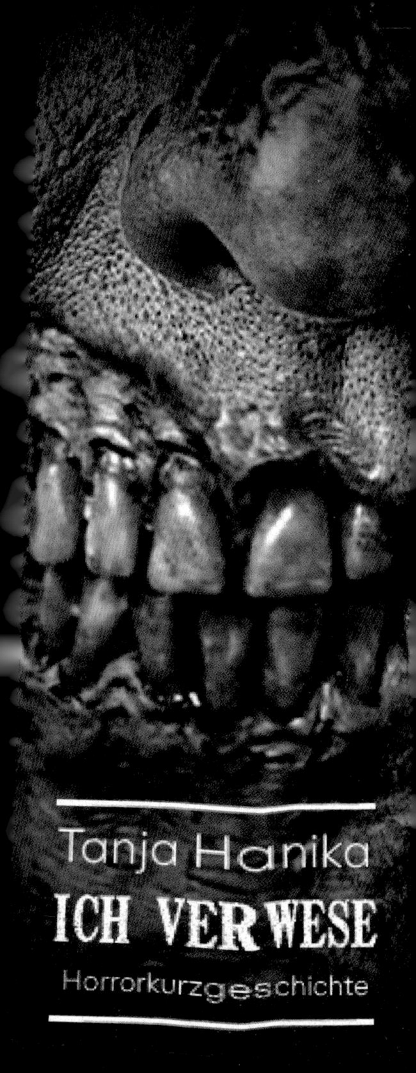
Tanja Hanika
ICH VERWESE
Horrorkurzgeschichte

Dann drehe ich mich zu Lars und Nele um, die sich auf der Couch nicht gerührt haben. »Ihr zwei geht jetzt bitte rauf in Lars' Zimmer. Lars, du sperrst deine Tür ab und machst nur auf, wenn Papa oder ich es dir sagen. Okay?«

Ich kann erkennen, wie sich seine Pupillen zusammenziehen. Seine Finger klammern sich um mein Handgelenk. »Zombies?«, flüstert er.

»Ich weiß es nicht. Vielleicht ist es ja etwas völlig anderes. Bleibt drin, auch wenn es noch eine Weile dauert, bis Papa wieder da ist. Ich muss Oma und Opa Bescheid geben. Vielleicht bringe ich sie besser sogar mit, oder? Vielleicht backt uns Oma ja sogar ihren Schokokuchen. Ich bin auf jeden Fall ganz schnell zurück.«

Lars fällt nicht darauf rein, aber Nele nickt kräftig. Ich sehe ihm an, dass er mich bitten möchte, hierzubleiben, aber er presst die Lippen zusammen. Dieses tapfere Kind, mein Herz geht über.

Meine Eltern wehren sich gegen Handys und das Internet, obwohl viele Senioren ihres Jahrgangs beides zu nutzen wissen. Eine Freundin meiner Mutter ist eine wahre Meisterin in dem Spiel, in dem man Bonbons zerplatzen lässt. Wie oft habe ich den beiden erklärt, dass es ihnen das Leben leichter machen könnte, wenn sie der Technik zumindest eine Chance gäben. Ihre Morgenzeitung wird ihnen den Ernst der Lage nicht verdeutlichen und bis sie heute Abend die Nachrichten einschalten, ist es möglicherweise zu spät. Ich beschließe, dass ich meine Eltern mit hierher hole. Ansteckung! Ansteckung! Ansteckung! Es dröhnt in meinem Kopf wie eine zu schrille Sirene, aber ich muss erst einmal zu ihnen, dann kann ich diese Entscheidung treffen.

Ich bringe die Kinder nach oben in Lars' Zimmer, aus dessen Fenster sie mir nachschauen können. Neles Blick in den Garten würde ich vorziehen. Aber ich weiß, dass die beiden mich so lange wie möglich beobachten wollen, um sich mir näher zu fühlen. Ich küsse beide heftig auf Stirn und Wange und drücke sie an mich. »Ich beeile mich. In fünf Minuten bin ich wieder da, okay? Vielleicht einen Ticken länger. Bleibt hier drinnen, ich liebe euch.«

»Mami«, sagt Nele und mein Herz bricht fast.

Lars verschließt die Tür von innen, ich lasse ihn testen, dass richtig abgeschlossen ist, und rufe noch einmal: »Bis gleich!«

Bevor ich gehe und – oh, mein Gott – meine Kinder hier alleine zurücklasse, wenn auch nur für einen kurzen Moment, vergewissere ich mich, dass alles verschlossen ist. Dann fällt mir die Außentür vom Garten zur Waschküche ein. Unten im Keller. Ich bin mir nicht sicher, ob sie verriegelt ist. Manchmal gehen die Kinder auf diesem Weg nach draußen und schließen sie später nicht wieder ab, wenn sie über die Terrasse oder zur Haustür zurückkommen. Es muss genügen, dass ich hier oben die Tür zum Keller abschließe.

Es muss!

ZWEI.
Die Verwandlung

Die Haustür quietscht hinter mir, ehe sie ins Schloss fällt. Ich fühle mich unsicher und verwundbar wie nie zuvor, obwohl ich nur tagsüber vor meinem Haus stehe. Aber ich muss nur die Straße runter laufen. Hundert, vielleicht zweihundert Meter, dort wohnen meine Eltern. Was wäre ich für eine Tochter, wenn ich es nicht wenigstens versuchen würde. Sie müssen erfahren, was los ist. Ich würde mir für immer Vorwürfe machen, wenn ihnen etwas zustieße, weil ich zu feige war, überhaupt aufzubrechen.

Der Drang, einfach zurück zur Haustür zu rennen und ins sichere Haus hineinzuschlüpfen, ist dennoch immens. Ich will bei Lars und Nele bleiben. Aber hier in der Nachbarschaft ist es ruhig. Was auch immer Frau Stremel in unserem Garten wollte, sie ist in die andere Richtung verschwunden.

Geschlurft, denkt mein Zombiefilm-Fanhirn.

Nirgendwo ist jemand – oder etwas – zu sehen und es ziehen auch keine Wolken mit saurem Regen am blauen Himmel auf. Irgendwie hoffe ich noch darauf, dass es eine nukleare Katastrophe ist und nicht das, was es zu sein scheint, obwohl ich keine Ahnung habe, ob das besser wäre. Ich entferne mich ein paar Schritte von der Haustür.

Nach einem kurzen Stück bleibe ich wieder stehen. Hätte ich nicht eine Waffe mitnehmen sollen? Die Frage quält mich. Welche

Waffe würde mir aber nutzen? Und wie sollte ich sie überhaupt einsetzen? Ich setze Spinnen in den Garten, verscheuche Fliegen so oft wie eben nötig und würde in meinem Haus niemals eine dieser zuklappenden Mausefallen erlauben. Geprügelt habe ich mich nie. Ich habe keinerlei Kampferfahrung und trotzdem hätte ich gerne eine Waffe in der Hand. Auch wenn ich sie wahrscheinlich gar nicht benutzen könnte.

Mein Ausflug wird schon gut gehen. Kurz und schmerzlos wird er, beschließe ich. Ich mache die Heftpflasternummer und verdränge den Gedanken, dass es trotzdem wehtut, auch wenn man ein Pflaster schnell abreißt. Elternhaus erreichen, Mama und Papa warnen, beide zwei Minuten das Nötigste einpacken lassen, da wir ja immer hierherkommen können, um etwas zu holen, und dann flitzen wir zurück zu den Kindern. Ich sehe es vor mir wie einen Film in meinen Gedanken.

Nach einem tiefen Atemzug, als müsste ich auf einen Tauchgang gehen, statt über von der Sommerhitze glühenden Asphalt zu rennen, sprinte ich los. Mitten auf der Straße, wie nie zuvor. Die Nachbarn können mich gerne für verrückt halten, aber hier fühle ich mich am sichersten. Hier habe ich alles im Blick und nichts, was hinter einer Hecke hervorspringt, kann mich direkt erwischen.

Fünfzig Meter. Hundert Meter. Und noch ein bisschen mehr, dann renne ich über die Einfahrt meiner Eltern und hin zu deren Haustür. Ich greife nach der altmodischen Klinke, will mein Glück versuchen. Abgesperrt ist selten.

Die Tür ist heute sogar nur angelehnt. Ob das ein schlechtes Zeichen ist oder ob ihnen schlichtweg aus Unachtsamkeit ein kleiner Fehler unterlaufen ist, muss ich herausfinden. Es wäre nicht das erste Mal, dass ihnen so etwas passiert, aber es ist der absolute Ausnahmefall.

Ich schüttle den Kopf über ein solches Maß an Arglosigkeit. Hoffentlich ist es wirklich nur das. Aber ich bin froh, mich auf den Weg gemacht zu haben. Es hätte wer weiß wer – oder was – hier einfach hereinspazieren können, wie ich es gerade tue. Sie sind zu vertrauensselig, das sage ich ihnen schon lange. Leise schließe ich die Tür hinter mir. Warum, weiß ich selbst nicht genau. Ein Impuls ohne Grund. Der Instinkt eines Tieres, das nicht länger an der Spitze der Nahrungskette thront.

Bevor ich nach ihnen suche, lausche ich. Es ist nichts zu hören, aber ich hoffe, dass sie trotzdem zu Hause sind. Mein Vater sitzt bestimmt am Küchentisch, tief über sein Kreuzworträtsel gebeugt, eine halb leere Tasse inzwischen kalten Kaffees neben sich. Meine Mutter liest entweder neben ihm die Zeitung oder sie macht einen ihrer komplizierten Scherenschnitte.

Dann höre ich eine Art Schmatzen. Mein Gehirn fabriziert eine Palette von Fantasien in verschiedenen Rottönen. Lauter Szenen, wie sie Zombiefilme zeigen. Ein Zombie beugt sich über meine im Todeskampf ein letztes Mal zappelnde Mutter, über meinen die Hand nach mir ausstreckenden Vater oder über beide und verspeist genüsslich die typische Zombiedelikatesse: das Gehirn. Oder aber der Schädel ist längst leer, der Untote aber noch hungrig. Die Bauchdecke ist aufgerissen und der Zombie wickelt sich den Dünndarm wie eine Spaghetti um den Unterarm, um daran zu knabbern. Dann fällt mir ein, was weitaus schlimmer wäre: Das Gehirn ist noch, wo es hingehört, und meine Eltern schauen zu, wie sie lebendigen Leibes gefressen werden. Sie sehen, wie sie Stück für Stück weniger werden, fühlen, wie stumpfe Zähne sich in die Haut graben, um Fleischfetzen von den Knochen zu reißen. Mir wird übel.

Ich denke an meine Kinder und treibe mich zur Eile an. Die Eltern retten und nach Hause schleppen. Kinder umarmen. Den Mann daheim begrüßen. Dann wäre ich erst einmal am Ziel.

»Hallo, ist jemand da?«, frage ich. Obwohl ich rufen will, verlässt kaum ein Ton meinen Mund.

Das Schmatzen ist regelmäßig. Zu regelmäßig, wie ich finde. Vielleicht ist es auch ein Tröpfeln? Ich folge dem Geräusch zur Küche. Mein Herz verkrampft, während ich noch denke: Wie süß, sie ist am Tisch sitzend über ihrem Scherenschnitt eingeschlafen.

Aber sie schläft nicht.

Zwar liegt ihr Kopf auf ihren Armen auf dem Tisch, aber Mamas Augen sind offen und starren ins Leere. Das Tropfgeräusch kommt vom Blut. Sie hat einen Biss im Hals, aus dem so viel von ihrem Blut fließt, dass sich auf dem blank polierten Küchentisch eine Lache gebildet hat, die über die Kante läuft. Tropfen für Tropfen. Die Wunde sieht tief aus und die Spur, die die Zähne gegraben haben, kann man deutlich erkennen.

Ich wische mir die Tränen aus dem Gesicht und schaue vorsichtig in das Treppenhaus und den Flur. Ist der Zombie noch hier? Ist mein Vater noch hier und hält sich irgendwo versteckt? Dass er womöglich gerade irgendwo im Haus, von meiner Mutter verletzt, um sein Leben kämpft, will ich mir gar nicht vorstellen.

Dann kommt mir ein Gedanke, von dem ich mich fast übergeben muss: Möglicherweise ist sie infiziert. In jedem Zombiefilm würde sie sich jetzt erheben und mich angreifen.

Tu das bitte nicht, flehe ich sie an. Dringlicher, als ich jemals um Süßigkeiten oder um eine verlängerte Zu-Bett-geh-Zeit gebettelt habe. Ich habe nichts, womit ich mich wehren kann, ganz abgesehen davon, dass ich es wahrscheinlich kaum über mich brächte. Noch stehe ich im Türrahmen, aber ich zögere hineinzugehen, um mir ein Messer aus dem Messerblock zu nehmen. Nein, es sind nicht die drei Schritte die Küche hinein, die ich nicht zu tun wage. Ich will mich meiner Mutter nicht weiter nähern. Ich halte die Luft an und tue es trotzdem. Sie darf sich nicht rühren, das würde ich nicht verkraften. Niemals hätte ich geglaubt, dass ich so etwas hoffen würde, aber ich hoffe inniglich, dass sie tot ist und bleibt. Dass sie sich niemals wieder rührt. Und sich nicht als Untote erhebt, um uns Lebenden zu verschlingen.

Sobald ich das Messer habe, ziehe ich mich wieder in den Flur zurück und spähe weiter zur Küche hinein. Sie wirkt reglos. Ich traue mich nicht, sie anzufassen. Ob sie schon kalt ist oder nicht, einen Puls werde ich nicht finden. Kurz habe ich das Verlangen, einen Krankenwagen zu rufen. Die Sanitäter sollen alles wiedergutmachen. Sie sollen kommen, meine Mutter retten und die Welt ist wieder gut. Aber so einfach ist es nicht. Es geschehen schlimme Dinge, die einen wehrlos machen. Die einem zeigen, wie wenig Macht man über sein Leben hat. Die dich hilflos wie ein Baby machen und dich ebenso sehr weinen lassen. Ich schließe die Küchentür mit einem Klicken hinter mir. Vielleicht hält das Mama ja auf, sollte sie doch als Zombie wieder aufstehen. Ich sehe aber keinen Sinn darin, das Messer in meiner Hand in den Schädel meiner Mutter zu rammen, weil ich einerseits nicht weiß, ob es wie in den Filmen etwas nutzt, und weil ich es andererseits nicht könnte. Ob ich psychisch und physisch in der Lage dazu wäre. Ich glaube, man muss viel Kraft aufwenden, selbst mit so einem Fleischmesser, um einen Schädelknochen zu durchstoßen.

Durchs Auge geht es leichter. Oder durch die Schläfe, denke ich und presse den Handrücken der Hand, in der ich das Messer halte, gegen meine Lippen. Ich will meiner toten Mutter nicht in den Flur kotzen.

»Was würden die Nachbarn sagen«, stelle ich mir ihre Stimme vor und Gänsehaut rinnt über meinen Körper, »wenn ich hier tot herumliege, während du Kotze über meinen Küchenboden verteilst?« Okay, Kotze würde sie nicht sagen. Erbrochenes schon eher.

Ich schaue ins Wohnzimmer. Leer. Ebenso wie die Diele, das Gäste-WC und die Vorratskammer. Ich versuche mir zu merken, dass ich von hier Vorräte mitnehmen könnte. Das tut man doch in einer Zombie-Apokalypse, aber irgendwie glaube ich trotz allem noch nicht daran, dass das wirklich passiert. Es gibt keine Zombies. Das geht gar nicht. Punkt. Ebenso wenig wie Vampire oder Werwölfe existieren können. Dieses Wissen erscheint mir sicher. Es muss eine andere Erklärung für die Indizien geben, die ich bisher gefunden habe. Am Ende wird die Auflösung dieses Falls hoffentlich lächerlich sein. Zitternd atme ich ein. Egal, was hier los ist: Lächerlich wird es nicht, denn meine Mama werde ich nicht zurückbekommen.

Auf der Treppe finde ich auf fast jeder Stufe einige Bluttropfen und je höher ich steige, desto mehr davon sind es. Und sie werden zunehmend größer. Auf halber Höhe finde ich eine verwischte

Blutspur am Handlauf. Dass sie mit ihrer Verletzung eine Blutspur hinterlassen hat, hätte ich früher erkennen müssen. Ich folge also der Spur meiner Mutter, die alleine am Küchentisch sterben musste. Ein erneuter Faustschlag in den Magen. Ich hätte gerne ihre Hand gehalten. In vielen Jahren an ihrem Sterbebett gesessen, ihr von ihrem Leben erzählt, ihr alle wunderschönen Momente in Erinnerung gerufen, bis sie nicht mehr ist. Sie hätte einschlafen sollen mit der Liebe ihrer Tochter an der Hand, glücklichen Erinnerungen in ihren Gedanken und mit Wärme im Herzen. Nicht allein und verängstigt am harten Küchentisch.

Ich schüttle meinen Kopf, als könnte ich diese Vorstellung damit loswerden. Ich muss mich konzentrieren. Die Bluttropfen führen mich den Flur entlang durch das Schlafzimmer meiner Eltern. Zwischen Bett und Kleiderschrank ist der größte Fleck, eigentlich schon eine kleine Lache, im weißen Teppich versickert. Die Laken sind zerwühlt, eins hängt halb aus dem Bett. Der Vorhang ist von der Stange gerissen und liegt vor dem Fenster auf dem Boden.

Ich höre etwas an der Tür des dem Schlafzimmer angeschlossenen Badezimmers. Der Schlüssel steckt von außen. Auch hier auf dem Weg vom Bett zur Tür finde ich kleine Bluttropfen auf dem Boden. Trotzdem flüstert mir die Hoffnung ins Ohr, dass meine Mutter meinen Vater vielleicht zu seiner Sicherheit eingesperrt hat. Rechtzeitig, bevor sie ihm etwas antun konnte! Um ihn vor ihr zu retten, auch wenn er dann auf Hilfe von außen angewiesen ist, falls er sich nicht durch das schmale Fenster quetschen kann. Allerdings gibt es einen Gedanken, der mir einen Kloß in der Kehle verursacht: Hätte er sich dann nicht viel eher selbst im Bad eingeschlossen? Der Schlüssel würde dann innen stecken.

Ein kalter Schauer überläuft mich. Meine Hoffnung verpufft. Der Schlüssel macht nur Sinn, wenn sie Papa zu ihrem eigenen Schutz im Bad eingesperrt hat. Wenn er vor ihr zu einem dieser Wesen geworden ist. Ich verfluche die Angst, die mich kaum klar denken lässt!

Aber womöglich – hoffentlich – hält sich mein Vater woanders versteckt und im Bad ist ein Eindringling gefangen, der das Unglück ins Haus gebracht hat. Ein Fremder, der mir nichts bedeutet, und nicht Papa.

Ich lege meine Hand an die Tür. Ich wollte nächste Woche meinen Geburtstag mit ihnen feiern. Ein Picknick im Park mit allerlei Leckereien. Mit Mamas Schokokuchen.

Noch ist es still im Bad. Dann klopfe ich und frage: »Papa, bist du da drin?«

Geschrei wird laut. Zischen und Knurren, wie ich es nie von meinem Vater, nie von irgendeinem Menschen gehört habe. Ich bin mir nicht sicher, ob wirklich mein Vater hinter der Tür lauert oder ob es ein Fremder ist. Aber genau das muss ich herausfinden. Ich weiß nur nicht, woher ich die Kraft nehmen soll, meinen Körper zu bewegen. Es ist, als wäre sie aus mir herausgeflossen, genauso wie all die Tränen, die meine Wangen nass machen.

Das Wesen rennt von innen gegen die Tür.

Ich überlege, was in meinem Elternhaus wohl geschehen ist. Mir ist dabei klar, dass ich Zeit schinde, aber es ist leichter, als mich von der Stelle zu rühren und herauszufinden, dass auch mein Vater nicht mehr der ist, der er war. Meine Mutter wollte sich vor Papa in Sicherheit bringen, hat es aber nicht rechtzeitig geschafft, ihn von sich zu stoßen. Oder vielmehr sich loszureißen. Er hat sie in den Hals gebissen. Wie durch ein Wunder schafft sie es, ihn einzusperren. Immerhin verletzt er sie nicht weiter. Anschließend geht sie hinunter in die Küche, vielleicht sucht sie Verbandszeug, vielleicht steht sie einfach unter Schock. Nur wer ist es, der sie schlussendlich getötet hat? Definitiv das Monster im Bad. Nein! Möglicherweise gibt es einen weiteren Untoten im Haus. Mein Herz schlägt wie verrückt. Die Möglichkeiten sind zu vielfältig, als dass ich sicher wissen kann, was passiert ist.

Obwohl ich mich vor dem fürchte, was ich gleich zu sehen bekomme, beuge ich mich zum Schlüsselloch hinunter. Viel kann ich nicht erkennen. Manchmal wird es dunkel, wahrscheinlich, wenn mir der Mensch im Bad die Sicht versperrt, und dann kann ich wieder die leere – von Blut bespritzte – Badewanne sehen.

Die Angst, dass aus meinen Kindern dasselbe geworden ist, wenn ich gleich nach Hause komme, schnürt mir die Kehle zu und liegt wie ein Stein in meinem Magen. Ich habe Angst vor den Monstern dort draußen auf der Straße, vor den Zombies hier im Haus und auch vor dem Rückweg. Mit zitternden Händen versuche ich erneut, mein Gesicht von den Tränen zu trocknen, aber ohne Erfolg. Meine Hände sind selbst ganz feucht und zu viele Tränen laufen beständig nach.

Ich wage es nicht, die Tür aufzusperren oder auch nur einen Spaltbreit zu öffnen, aber ich muss mich versichern, ob Papa es ist, der da drinnen wütet. Stattdessen lege ich das Messer aus meiner verkrampften Hand, schüttle sie aus und nehme den ersten Zettel, den ich finde. Es ist das Preisschild für ein Frauenkleidungsstück. 39,99 Euro. Dann hat sich meine Mutter diese eine Bluse noch gekauft, sie aber wohl nicht mehr getragen. Bestimmt war sie für meinen Geburtstag gedacht. Ich schlucke schwer.

Hastig wische ich noch eine Träne weg.

Das Preisschild schiebe ich unter der Tür durch und schaue gleichzeitig durch das Schlüsselloch. Der Zombie beugt sich tatsächlich kurz nach vorne. Zwar sehe ich sein Gesicht nicht, aber es ist der blutverschmierte Haarschopf meines Vaters, den ich erkenne. Ich setze mich auf das Bett, ziehe die angewinkelten Beine vor die Brust und weine.

Meine Kinder!

Ich muss mich zusammenreißen. Zwei Herzschläge später sammle ich genug Kraft, um wieder aufzustehen.

Im Bad wird ein Knurren laut. Fingernägel kratzen über das Holz der Tür. Ich habe so heftige Gänsehaut, dass es wehtut.

Ich renne die Treppe halb hinunter, dann halte ich mich am Geländer fest und rühre mich nicht mehr. Dort unten steht sie. Sie will mich verschlingen. Will mir das Leben entreißen, das sie mir einst geschenkt hat. Das verraten mir ihre zusammengekniffenen Augen, in denen zum ersten Mal, seit ich denken kann, keine Liebe geschrieben steht. Ihr verzerrter Mund mit gebleckten Zähnen, der früher jederzeit Küsse und Lieder für mich übrig hatte. Zwar fehlt ihr das verweste Aussehen, wie man sich einen typischen Zombie vorstellt, aber ihre Haut ist fahl. Immerhin hat Mama viel Blut verloren. Ihre Augen sind leicht getrübt. Ansonsten sieht sie fast wie immer aus, nur dass der Gesichtsausdruck sie mir zu einer Fremden macht. Ein wenig unkoordiniert schwankend steht sie am Fuß der Treppe. Aber so wütend und gierig, wie sie vom Fuß der Treppe zu mir heraufschaut, verschwende ich keinen Gedanken daran, ihr helfen zu wollen. Sie wird mich töten, vielleicht auch auffressen wie ein echter Zombie, wenn sie mich in die Finger bekommt.

»Mama?« Meine Stimme bebt, aber bringt sie natürlich nicht zur Vernunft. Es wäre auch viel zu leicht gewesen.

Sie knurrt zuerst und schreit dann voller Wut auf. Sie setzt sich in Bewegung. Nicht langsam schlurfend, sondern so schnell sie kann. Ungelenk stürmt sie mir entgegen. Ich weiche zurück. Wie automatisch renne ich in mein altes Kinderzimmer, in dem zwar die meisten meiner Jugend-Möbel noch stehen, das aber zu einem Gästezimmer umgestaltet wurde. Ich sperre mich darin ein und zögere nicht lange: Mit großen Schritten gehe ich auf das Fenster zu, während meine Mutter zuerst gegen die Tür hämmert und dann dazu übergeht, sich mit ihrem Körper gegen das Holz zu werfen. Die Tür wackelt beim nächsten Aufprall so sehr, dass ich mir nicht einreden kann, sie würde sehr viel länger standhalten. Mama muss auf der anderen Seite ihren Körper dagegen werfen. Wenn sie mich erwischt, dann würde sie mir zum ersten Mal in meinem Leben wehtun, da bin ich sicher. Entweder sie erkennt mich nicht, weiß nicht mehr, wer ich bin, oder ihr ist es schlichtweg egal. Ich schluchze und wische mir weitere Tränen aus dem Gesicht.

Fassungslos starre ich die Tür an, als könnte ich durch sie hindurchsehen und Mama beobachten. Dass ich nun gerade einem solchen Schrecken gegenüberstehe, den ich in unzähligen Gruselfilmen genossen habe, kann ich kaum glauben. Ich habe mitgefiebert beim Überlebenskampf der Protagonisten. Habe ihre

Entscheidungen als dumm verurteilt oder ihren Einfallsreichtum bewundert. Jetzt bin ich in ein ähnliches Szenario geraten und fühle mich dem Grauen nicht gewappnet, das mich erwartet, sofern auch nur halbwegs das passieren wird, was die Filme versprechen. Das hier dürfte es doch gar nicht geben.

Meine Mutter wirft sich weiterhin gegen die Tür, während ich das Fenster öffne. Halb steige ich hinaus und setze mich auf den Rahmen. Als ich das letzte Mal aus meinem Fenster gesprungen bin, habe ich mir das Handgelenk gebrochen, aber da war ich erst acht. Ich wollte fliegen. Die Ligusterhecke ist seitdem immens gewachsen und ich hoffe, sie bremst meinen Sturz. Obwohl meine Mutter sich weiter am Durchbruch der Kinderzimmertür versucht, spüre ich eine Hemmung, hinunter zu hüpfen. Ich suche nach einer Möglichkeit, um dem Aufprall zu entgehen, aber es gibt nichts, auf dem ich weich landen könnte, und es ist auch kein Fallrohr oder Ähnliches am Haus erreichbar, an dem ich hinunterklettern könnte.

Die fünf Minuten, die ich meinen Kindern versprochen habe, sind längst vorbei. Wie lange war ich weg? Zehn Minuten? Fünfzehn? Ich will keine weitere Sekunde vergeuden.

Ich springe. Es kommt mir vor, als würde ich ewig fallen, aber wahrscheinlich will mein Verstand nur den Aufprall herauszögern.

Schmerz.

Ich habe es nur halb bis zur Ligusterhecke geschafft. Mein Oberkörper hängt zwischen den Ästchen und den Blättern der Hecke, meine Füße sind auf dem Rasen aufgeprallt und umgeknickt. Einen Moment rege ich mich nicht und schöpfe nur Atem. Ich hänge halb in der Hecke und bin froh, es hinter mich gebracht zu haben. Der Schmerz in meinen pochenden Knöcheln lässt ein winziges bisschen nach. Zumindest rede ich mir das ein. Immerhin müssen sie mich gleich nach Hause tragen.

Dann spüre ich etwas am Handgelenk. Eine dicke Spinne? Nein. Durch den Zaun greift eine Hand nach mir. Will mich packen, mich zu sich ziehen. Über den Zaun sind Frau Stremels Gesicht und Hals bis herunter zum Schlüsselbein zu sehen, aber dieses Stück genügt, um zu erkennen, was mit ihr los ist. Ihr

Gesichtsausdruck lässt meine inneren Organe gefrieren. Nichts an dieser netten alten Dame ist noch nett oder damenhaft. Sie beißt in eine weiß lackierte Latte des Holzzauns. Einer ihrer Schneidezähne knickt um und bräunlich-dickflüssiges Blut rinnt ihr über das Kinn.

Ich reiße meine Hand los, stemme mich hoch und schaffe es, stehen zu bleiben. Kurz wird mir schwarz vor Augen. Die ersten Schritte lassen mich schwindeln, aber dann verziehen sich die letzten lästigen schwarzen Flecken aus meinem Sichtfeld. Ich beiße die Zähne so fest aufeinander, dass mir der Kiefer wehtut. Meine Arme brennen und ich sehe, wie lädiert sie von der Hecke sind. Dumme Idee.

Das nächste Mal springe ich direkt auf den Rasen, denke ich und versuche mich mit Galgenhumor aufzuheitern.

Während ich zur Einfahrt hinaus und mitten auf der Straße zurück zu meinem Haus – zu meinen Kindern – renne, gehe ich wieder und wieder die Berührungen ihrer Hand durch. Hat sie meine Wunden berührt? Ich weiß es nicht. Wäre das genug, um mich zu infizieren? Auch das weiß ich nicht. Ich laufe weiter, so schnell ich kann, in der Mitte der Straße nach Hause. Es ist nur noch ein Stück. Weder Speichel noch die Atemluft von Frau Stremel sind mit meinen Wunden in Berührung gekommen.

Ich erreiche unser Haus völlig außer Atem, aber ohne eine weitere Begegnung mit einem dieser Wesen und stelle beunruhigt fest, dass Daniels Auto noch nicht in der Einfahrt steht. Er ist noch unterwegs. Den Gedanken an eine andere Möglichkeit lasse ich nicht zu. Mit zitternden Fingern sperre ich die Haustür auf, husche hinein, schlage sie hinter mir zu und schließe schwer atmend wieder ab. Sofort rase ich die Treppe hinauf und klopfe an. »Mami ist wieder da«, sage ich und falle in die dritte Person, wie ich es oft getan habe, als die beiden noch Babys waren. »Alles okay da drinnen?«

Lars sagt mit etwas zu hoher Stimme: »Alles gut bei uns. Kann ich aufsperren?«

Ich blicke an mir herunter. »Ja, klar. Habt ihr wirklich toll gemacht, aber ich gehe erst mal kurz ins Bad.« Bevor sie meine

Arme sehen können, husche ich ins Badezimmer schräg über den Flur. Ich stehe vor dem Spiegel, schaue die strubbelige Frau darin an und kann ein paar weitere Tränen nicht zurückhalten. Ich sehe meiner Mutter so ähnlich. Sie wird mir jedes Mal fehlen, wenn ich in den Spiegel schaue. Und zu unendlich vielen Gelegenheiten jeden Tag.

Ich mustere die Kratzer. Die Hecke hat mich wirklich fies erwischt. Ich wasche mir die Hände, selbst das klare Wasser brennt in den Wunden. Am liebsten würde ich dort, wo Frau Stremel mich berührt hat, die Haut wund scheuern, bis nichts mehr von ihr zurückbleiben kann. Ich nehme einen frischen Waschlappen und mache mich ans Werk. Das Wasser, das im Abfluss versickert, sieht fast rosa aus. Das Brennen in den Wunden fühlt sich herrlich reinigend an.

Plötzlich halte ich inne. Der Waschlappen fällt mit einem nassen Schmatzen ins Becken. Was, wenn eine dieser Verletzungen von Frau Stremel stammt? Ich desinfiziere meine Wunden und hoffe, damit zu retten, was zu retten ist, falls es überhaupt etwas zu retten gibt. Auf zwei besonders fiese Kratzer – von den Ästen, sage ich mir – klebe ich Heftpflaster.

Es klopft an der Badezimmertür. »Dürfen wir zu dir rein, Mami?«, fragt Nele und ich kann hören, dass sie kurz davor ist, loszuweinen.

Ich öffne die Tür und umarme die beiden fest. »Ihr wart tapfer und habt das super gemacht. Habt ihr Hunger?« Zwar ist die Zeit für Mittagessen noch nicht erreicht, aber ein Eis wird die beiden bei Laune halten.

Prompt fragt meine Kleine: »Dürfen wir Schokoeis?« Sie kennt wohl meine üblichen Tricks zur Aufmunterung besser, als ich es wahrhaben wollte.

»Essen«, fügt Lars hinzu. »Dürfen wir ein Schokoeis essen?« Seit er seine Sätze mit »darf ich« begonnen, aber ohne Verb beendet hat und ich ihm absichtlich andere Dinge erlaubt habe, als er wollte, spricht er wieder vollständige Sätze. Darf ich Kino?, hatte er gefragt und ich hatte es ihm erlaubt. Klar durfte er Kino:

Er durfte eins mit Wasserfarben malen statt eins zu besuchen. Die Erinnerung an diesen unbeschwerten Moment knüpft mir fast einen Knoten in den Magen.

»Klar. Mittagessen gibt es nachher dann trotzdem noch.«

Die beiden setzen sich an den Küchentisch und wirken, als hätten sie vergessen, dass draußen die Hölle ausgebrochen ist. Noch klingt das übertrieben, aber wenn sich das Chaos wie das Schwefelfeuer aus der Unterwelt von der Stadt in die Vorstadt frisst und auch hier zu lodern beginnt, dann wird das noch zu milde ausgedrückt sein. Während ich mir überlege, was ich tun kann, wie ich mich auf die Situation vorbereiten kann, schaufle ich viel zu große Portionen Eis in die Schüsseln.

»Du hast die bunten Streusel vergessen«, sagt Nele, nachdem sie die Schüssel vor sich gemustert hat.

»Wollten Oma und Opa nicht mit hierher kommen?«, fragt Lars mit skeptischem Blick.

Plötzlich habe ich keine Luft mehr in der Lunge. Mein Mund ist trocken. Ich schlucke umständlich. »Um Oma und Opa kümmern wir uns nachher mit Papa.«

»Aber geht es ihnen gut?«, fragt er und lässt nicht locker. Jetzt schaut auch Nele von ihrer Schüssel auf.

Ich versuche, den Kloß herunterzuwürgen, der meine Kehle verstopft. »Sie sind entspannt und machen sich zumindest keine Sorgen.« Ich hasse es, die beiden zu belügen, aber ich kann ihnen nicht jetzt sagen, dass ihre Großeltern tot sind. Das werde ich sehr bald nachholen, aber erst einmal muss ich alles sortieren. Dann, wenn ich Zeit habe, sie zu trösten und mit ihnen zu trauern, kläre ich sie auf.

Endlich klopft und klingelt es an der Tür. Ich renne hin, rufe schon von weitem »Daniel?«

»Ja!«

Ich sperre auf und wir fallen uns in die Arme. »Bist du unverletzt?«

Wieder ein Ja, während wir uns gegenseitig mustern. »Die Kinder?«, fragt er und schaut ernst zum Küchentisch.

»Alles bestens. Sie wissen noch nicht, was genau los ist. Wir müssen mit ihnen reden. Sie haben die Nachrichten gesehen, bis ich gemerkt habe, was sie da schauen.« Ich denke an all meine Entscheidungen der letzten Stunden. Mir entschlüpft ein Seufzen.

»Weißt du denn, was da draußen vor sich geht?«, fragt Daniel.

»Ja.«

Er mustert mich. »War es so schlimm bei der Zahnärztin?« Es steht außer Frage, dass er die hereinbrechende Apokalypse und nicht die Untersuchung meint. Ich kann nur den Kopf schütteln, ehe er eine für ihn wichtige Frage nachschiebt. »Was hast du mit deinen Armen angestellt? Und am Ohrläppchen blutest du auch.«

Ich fasse hin und spüre ein kleines Krüstchen, aber weh tut es nicht. Noch mal umarme ich Daniel und die Welt wird ein ganzes Stück weniger schrecklich. Zusammen schaffen wir das. »Eine Begegnung mit einer Hecke. Nicht wichtig, davon erzähle ich dir später.« Mein Herzschlag beschleunigt sich. Ich bin nicht gläubig und doch bete ich zu wem oder was auch immer, dass das »nicht wichtig« nicht ebenfalls eine Lüge war. »Willst du auch ein Schokoeis?«, frage ich, um die tiefen Falten auf seiner Stirn zu vertreiben.

Zwar schenkt mir Daniel ein Lächeln, aber ich merke, dass ihn beschäftigt, was er auf dem Rückweg nach Hause erlebt haben muss.

»Putzt euch den Mund ab, wenn ihr fertig seid. Papa und ich sind im Wohnzimmer«, sage ich zu den Kindern und Daniel und ich setzen uns aufs Sofa, um die Lage zu besprechen, ohne dass die beiden jedes Wort mitanhören können.

»Hast du sie gesehen?«, frage ich als Erstes. Ich muss wissen, ob er es weiß. Er nickt, aber ich halte es nicht aus, ich muss ihm von meinen Eltern erzählen. »Ich war kurz drüben. Bei Mama und Papa. Sie sind wie die.« Meine Kehle ist eng und die Tränen laufen schneller, als ich sie wegwischen kann. Jetzt ist nicht die Zeit zu trauern und ich reiße mich so gut zusammen, wie ich kann. Ich atme einige Male tief ein und aus.

»Das tut mir so leid.« Mir fällt wieder auf, dass er es nicht hinterfragt. Er nimmt mich in den Arm, aber das macht mich nur weich. Die Tränen wollen wieder kommen.

Ich befreie mich aus der Umarmung, lächle schief und sage: »Später. Erst fokussieren. Hier ist es recht still. Was hast du in der Stadt gesehen?«

Er küsst meine Nasenspitze. »Genug, um nicht daran zu zweifeln, was los ist. Dass irgendetwas Schreckliches passiert ist und es gerade erst losgeht. Elisa, die haben sich gegenseitig angefallen. Da wurden Kinder und alte Leute angegriffen. Alle sind wie wild herumgerannt und haben andere gepackt und verletzt. Erst als ich eine Weile mit dem Auto stehen musste, bis es weiterging, habe ich beobachtet, dass die sich gebissen, sogar gefressen haben. Da war nichts Menschliches mehr an denen.« Daniel starrt, ohne zu blinzeln, vor sich hin. Die Sekunden, bis er weiterspricht, dehnen sich für mich. »Die Meute, die sich langsam zusammengefunden hat, die haben überrannt und zerfetzt, wen auch immer sie erwischen konnten. Mit Händen und Zähnen haben sie genommen, was sie wollten. Da wurden Gedärme mit einer Kaltblütigkeit rausgerissen, wie man nicht einmal Fische ausnimmt. Es war unvorstellbar und doch ist es passiert! Die Windschutzscheibe ist gesplittert. Also, ich meine ... Mir ist einer von denen vors Auto gerannt. Ich dachte, wenn etwas ans Auto kommt und es liegen bleibt, dann war's das für mich. Nach draußen zu denen aussteigen zu müssen, das wäre mein Todesurteil gewesen. Hemmungslosigkeit, Blut und Gewalt. So muss Krieg sein.«

Ich lehne meinen Kopf an seiner Schulter an, ohne zu kommentieren, was er erzählt hat. »Was machen wir jetzt?«

»Wir bleiben hier. Die Straßen werden bald verstopft sein, waren es eben teilweise schon. Wir machen es uns hier so sicher wie möglich. Vielleicht sollten wir uns sogar überwiegend oben einbunkern, falls hier unten doch welche von denen durch die Fenster eindringen.«

»Zombies«, sage ich und benenne endlich, womit wir es zu tun haben.

Daniel kneift sich in die Nasenwurzel. »Ja, so irre das auch klingt. Zombies.«

»Lass uns noch mal die Nachrichten und das Internet checken, wir müssen so viel herausfinden wie irgendwie möglich. Solange das halt noch geht. Meinst du, die Rollläden halten oder sollen wir die Fenster und Türen vernageln?«

»Hast du Bretter gebunkert, von denen ich nichts weiß?« Wir grinsen uns verschmitzt an. »Erst mal sollte das reichen. Wir bleiben leise und wachsam.«

»Kein Licht, wenn es draußen dunkel ist«, füge ich hinzu. Ich bemerke, dass ich nervös mit dem Bein wippe, und halte still. »Wir brauchen eine Waffe für jeden von uns.«

»Wir haben ein Beil, eine Motorsäge, aber die Kette ist nicht mehr scharf. Messer, Hammer, solches Zeug haben wir da. Wenn du weiter aufrüsten willst, dein Vater hat doch einen alten Revolver.«

»Stimmt, daran hatte ich nicht mehr gedacht. Ob das Ding noch funktioniert? Das können wir auf später verschieben, wenn wir uns Vorräte von ihnen ausleihen.«

Wir schauen uns eine Weile an, jeder brütet vor sich hin.

Ich seufze. Dann sage ich: »Um weitere Vorräte kümmern wir uns am besten erst später.«

»Genau, wir warten ab, bis die ersten Plünderungen vorbei sind. Jetzt herrscht Panik. Die Leute rasten aus.«

»Wir dürfen die Menschen bei dem Ganzen nicht vergessen. Die, die uns nehmen wollen, was wir haben. Sind unsere Zombiefilmnächte doch noch für etwas gut«, sagt Daniel und küsst mich auf die Nase.

»Wir könnten einen Zombie einfangen und in unserem Vorgarten einsperren. Zwischen Haustür und Gartenzaun. Der hält dann vorbeiziehende Mistkerle ab.«

»Süße, die legen den einfach um.«

Ich zucke mit den Schultern. »Denkst du, jeder hat es? Gab es da nicht einen Film? Oder eine Serie? Jeder, der stirbt, wird zum Zombie, auch ohne Biss, weil es bei uns allen schon im Blut ist, oder was weiß ich? Eine atomare Katastrophe, die uns in die Zellen übergegangen ist? Extreme Sonnenstrahlung, die was kaputt gemacht hat?«

»Das halte ich für unwahrscheinlich. Ich denke, dass es am ehesten tatsächlich eine Krankheit ist. Aber Spekulationen nutzen jetzt nichts.«

»Aber unmöglich ist es nicht. Es muss keine Krankheit sein, wir müssen offen für alles bleiben. Vorurteile können uns gefährlich werden. Daniel, ich will nicht zu so was werden. Alle meine Erinnerungen verlieren. Mich selbst verlieren. Euch ...« Ich breche ab.

Er schaut mich an, als wollte er mir versprechen, dass das nicht passieren wird. Für seine Ehrlichkeit liebe ich ihn, jetzt verfluche ich sie. Er sagt keine tröstenden Worte, die er nicht hundertprozentig so meint. Macht keine leeren Versprechungen. »Es muss nicht wie in den Filmen ablaufen. Vielleicht gibt es bereits ein Heilmittel und in drei Tagen ist die Sache ausgestanden. Wir halten durch, sind vorbereitet und handeln clever. Egal wie. Und falls es doch länger dauert«, er verkneift sich ein Wovon-ich-ausgehe für mich, »dann stellen wir uns darauf ein und tun unser Bestes.«

Mir ist übel. Wenn ich aber an unsere Zukunft denke, wird mir noch schlechter. Eine, die nicht mehr das sein wird, was ich mein Leben lang angenommen hatte. Ich trinke einen großen Schluck Wasser aus dem Glas, das ich irgendwann heute Morgen, bevor wir überhaupt zum Zahnarzt aufgebrochen sind, in meiner damals heilen Welt auf dem Wohnzimmertisch habe stehen lassen. Nach zwei weiteren Schlucken halte ich inne. Müssen wir jetzt Vorräte anlegen und sparen? Zuerst sollten wir wohl die Gefriertruhe leer essen, falls der Strom ausfällt. Die Badewanne mit Wasser volllaufen lassen. Hätten wir doch dieses beschissene Solardach gekauft, denke ich und stelle die Flasche härter auf den Boden als beabsichtigt. Hätten wir uns doch auf den Fall vorbereitet, dass die Welt aus den Fugen gerät. Ein paar Wasserkästen und wenige Lebensmittelvorräte sind alles, was wir dahaben.

Die Küche ist leer. Die Kinder haben die Schüsseln auf dem Tisch stehen lassen und sind in Lars‘ Zimmer verschwunden. Ich bin froh, sie für den Moment noch in ihrer halbwegs heilen Welt zu lassen, und setze mich auf die Treppe, um ihrem unschuldigen Spiel zu lauschen. Daniel setzt sich zu mir und händchenhaltend horchen wir, vom Stolz auf unsere beiden Schätze erfüllt und voll Sorge wegen dem, was auf sie und auf uns alle zukommt.

Es dauert nur wenige Sätze, dann klappt mein Mund auf. Nichts von wegen heiler Welt im Kinderzimmer. Die beiden sitzen am Fenster und kommentieren, ähnlich wie die Nachrichtensprecher zuvor im Fernsehen, was sie draußen beobachten. Ihren Worten kann ich entnehmen, dass sie tatsächlich beschreiben und sich das nicht ausdenken. Zu solchen Fantasien wären sie nicht in der Lage.

Lars sagt: »Herr Winkler von schräg gegenüber wird immer schneller. Er streckt seine Arme aus. Da hat er sie erwischt. Frau Winkler zappelt. Sie wehrt sich. Ruft und schreit. Sie stürzt und landet auf der Straße. Sieht nach einem schmerzvollen Aufprall aus.«

»Niemand ist da, um ihr zu helfen. Frau Stremel kommt jetzt auch angelaufen. Sie sieht anders aus als sonst«, fügt Nele hinzu.

Vor Schock sind Daniel und ich erstarrt. Keiner von uns schafft es, sich zu bewegen.

Lars übernimmt wieder das Wort. Seine helle Jungenstimme klingt emotionslos. Vielleicht hält er das vor dem Fenster für ein Spiel? Erkennt die Realität nicht darin? Oder ist das seine Art, mit einem Schock umzugehen? »Herr Winkler beißt seiner Frau ins Gesicht. Er beißt ihr die Nase ab. Das sieht ja ekelhaft aus.«

Nele quietscht und schreit auf, aber da ist nicht nur Angst in ihrer Stimme. Sie hält das eindeutig für eine Show.

Die Kinder müssen weg von der Fensterscheibe. Endlich denkt mein Kopf einen vernünftigen Gedanken. »Geht vom Fenster weg«, schreie ich. »Augen zu. Macht beide sofort die Augen zu!«

Daniel rennt die Treppe hinauf, während Lars noch sagt: »Frau Stremel verbeißt sich in das Bein und will gar nicht mehr loslassen.«

Ich bin halb die Treppe hochgekrabbelt, befürchte allerlei Traumata bei meinen Kindern, als mir die drei entgegenkommen. Sie halten sich an den Händen, obwohl es das Hinuntersteigen erschwert. Daniel hat eine Falte zwischen den Augenbrauen, die Kinder schauen unschuldig.

Im Wohnzimmer setzen wir uns zusammen. »Was glaubt ihr eigentlich, was ihr da oben gemacht habt?«, fragt mein Mann und kann den Zorn nicht aus seiner Stimme halten. Ich lege ihm die Hand auf den Arm.

»Das, was ihr vorhin im Fernsehen gesehen habt, war schlimm, oder?«, frage ich.

Die beiden nicken.

Ich stehe auf, setze mich zwischen sie und lege um die beiden meine Arme. »Das draußen vor dem Fenster war auch schlimm. Aber auch echt. Draußen ist es nicht mehr wie gestern. Es ist gefährlich. Wir müssen vorsichtig sein und aufpassen. Ihr bleibt erst mal in den Ferien, aber es ist jetzt anders. Ihr könnt vorerst nicht mehr draußen spielen. Papa und ich machen es euch hier drinnen so schön wie immer.«

»Mama, warum machen sich die Leute gegenseitig so doll weh?«, fragt Nele mit Tränen in den Augen und herabgesackten Mundwinkeln. Ich kann es nicht vermeiden, darüber erleichtert zu sein, dass sie endlich eine normale Reaktion zeigt.

Daniel sagt: »Das weiß niemand. Vielleicht sind sie verwirrt und krank.«

»Werden wir uns auch gegenseitig wehtun?«, fragt unsere Tochter.

Ich drücke die beiden fester. »Auf gar keinen Fall.« Mir tut der Kopf weh. Ich fühle mich überfordert und habe Angst. Ich sehne mich nach gestern, als noch alles in Ordnung war. »Was möchtet ihr heute zu Mittag essen?«, will ich von meinen drei Schätzen wissen und frage mich, ob es das letzte Mal ist, dass ich normal kochen kann.

Kaum stehe ich am Herd und bereite die gewünschte Lasagne zu, bricht mir der Schweiß aus. Ich rühre die stückigen Tomaten aus der Dose mit den angebratenen Zwiebeln zusammen und starre vor mich hin. Am liebsten würde ich weinen. Ich kann das nicht. Salz, Pfeffer, Paprikapulver, italienische Kräuter. Szenarien dessen, was uns noch bevorsteht, lassen mich fast am Herd zusammenklappen. Stattdessen gebe ich Butter in einen zweiten Topf und füge Mehl hinzu, sobald sie geschmolzen ist. Dann verrühre ich das mit dem Schneebesen und gieße Milch ein und würze, bis die Bechamelsoße für die Lasagne perfekt ist. Es tut gut, die Hände beschäftigt zu halten. Sobald beide Soßen und die Nudelplatten ordentlich geschichtet sind, bestreue ich sie zum Abschluss mit Käse und schiebe die Auflaufform in den Ofen. Danach gehe ich mich oben umziehen. Vielleicht tröstet mich mein Lieblingskuschel-T-Shirt und ich beschließe, eine Waschmaschine laufen zu lassen. Sicher ist sicher, solange das noch geht.

Daniel erscheint in der offenen Tür, da zieht die Waschmaschine gerade Wasser. »Alles in Ordnung bei dir?«

»Ja, mir brummt der Schädel, aber da drinnen ist einfach zu viel los.«

»Willst du dich vielleicht kurz hinlegen? Die Lasagne halte ich dir warm.«

»Danke, das wäre klasse. Du kannst sie in circa fünfzehn Minuten für euch aus dem Ofen holen. Wenn der Käse lecker aussieht, ist sie fertig.«

Mein Hinterkopf berührt das Kopfkissen und ich schlafe direkt ein.

Ich wache auf. Fahles Licht scheint zum Fenster hinein. Ich erinnere mich sofort an alles. Da ist keine gnädige Sekunde des Zögerns und Zweifelns. Mir ist es nicht vergönnt, aufzuwachen und wenigstens für einen Moment zu denken, dass alles gut und wie früher wäre. Dass ich überhaupt schlafen konnte, wundert mich. Ich setze mich auf und in meinem Kopf sticht es schlimmer als zuvor. Zudem fühle ich mich fiebrig. Mein Wecker auf dem Nachttisch zeigt die Uhrzeit, die ich gerade so entziffern kann, weil meine Sicht verschwommen ist.

Kann das sein? Ich habe nur knappe zwanzig Minuten geschlafen – oder aber einen ganzen Tag? Letzteres halte ich für unwahrscheinlich, denn ich kann die Lasagne noch deutlich riechen und unten plaudern alle munter.

Ich blinzle mehrmals und stehe auf. Meine Kehle ist trocken und ich taumle die Treppe hinunter. Die drei sitzen am Küchentisch und haben gerade erst angefangen zu essen. Also habe ich doch nur zwanzig Minuten geschlafen. Nele hat ihr halbes Gesicht voller Tomatensoße und ich muss lächeln. Ein Stück Normalität wenigstens.

»Hast du schon ausgeschlafen?«, fragt sie.

»Ich denke, ja.« Ich nehme ein Glas aus dem Schrank, fülle es mit Wasser und setze mich zu ihnen an den Tisch. Langsam trinke ich und verziehe das Gesicht. »Schmeckt schal. Wo ist die Flasche her? Wie lange war die denn offen?«

Mein Mann reicht mir einen Teller mit einer Portion Lasagne. »Gerade eben frisch aufgemacht.« Sein Blick bleibt an mir hängen. Er ist ein bisschen blass, aber unter den Umständen ist das kein Wunder. Oder sorgt er sich dermaßen um mich? Er hat ein Talent dafür, mich zu durchschauen.

Plötzlich habe ich keinen Appetit mehr. Vermutet er, was ich glaube? Verstohlen mustere ich die Kratzer an meinen Armen, die nicht von den Pflastern bedeckt werden. Es war nur das Gebüsch, bete ich mir vor. Die Lasagne in meinem Mund schmeckt nur heiß, sonst nach nichts. Obwohl ich lange darauf herumkaue, kann ich keinen Tomatengeschmack darin finden. Ich würge den Klumpen hinunter.

Während ich das Essen auf meinem Teller herumschiebe, überlege ich, was ich tun soll. Hätte ich die Wunden nicht, würde ich mich über die Kopfschmerzen, das fiebrige Gefühl und meine geschmacksunempfindliche Zunge nicht groß sorgen, aber jetzt treibt mich das fast in den Wahnsinn. Das Gespräch am Tisch, das mein Mann nur der Kinder wegen führt, geht an mir vorbei. Ich nicke ab und zu, lächle, wenn die anderen lachen, aber in Wahrheit beschäftigt mich die Frage, wie es jetzt weitergeht.

Direkt rauszugehen und mich den Zombies zum Fraß vorzuwerfen kommt für mich nicht infrage, das ist zu dramatisch. Soll ich mich zur Sicherheit irgendwo einsperren? Dann hätten sie aber schlimmstenfalls einen Zombie im Haus. Ich müsste mich also irgendwo festbinden und dann von Daniel einsperren lassen. Wenn ich fühle, dass ich mich – ich wage kaum, es bloß zu denken – zum Zombie verwandle, nützt es etwas, wenn ich mich umbringe? Einmal angenommen, ich könnte den Mut dazu aufbringen, wie müsste ich es anstellen, dass ich tot bleibe? Ich denke an meine beiden Babys, denn das werden sie immer sein, und ich bin mir sicher, dass ich mich auf jede erdenkliche Art umbringen würde, damit ich ihnen nicht gefährlich werden kann. Damit sie ihre Mami nicht als Zombie sehen müssen.

»Alles okay mit dir?«, fragt Daniel. »Du bist so blass.«

»Ich mache mir wieder zu viele Gedanken. Hat jemand etwas gegen eine zweite Runde Eis einzuwenden?«

Die Kinder sind begeistert und ich flüchte mich wieder in die Beschäftigung mit Schüsseln und Löffeln und Streuseln. Zwar fühle ich mich wackelig auf den Beinen, aber ich gebe mir Mühe, mir das nicht anmerken zu lassen. »Ich setze mich schon mal ins Wohnzimmer«, sage ich und nehme mein Wasserglas mit. Jedem gebe ich einen vorsichtigen Kuss auf den Scheitel, obwohl ich gerne meine Lippen auf ihre drücken würde. Jeder einzelne Kuss löst ein Erdbeben in mir aus, das mich von Grund auf erschüttert.

Abschiedsküsse! Das Wort dröhnt in meinen Gedanken und ich kann es nicht abstellen.

Tief sinke ich in das Sitzkissen des Sofas und schließe die Augen.

Was soll ich nur tun?

Was soll ich nur tun?

Was soll ich nur tun?

Draußen im Garten höre ich etwas und automatisch schaue ich in die entsprechende Richtung. Die Rollläden sind unten, daher kann ich die Lärmquelle gar nicht ausmachen. Aber ich könnte es auch nicht, wenn die Sicht frei wäre. Das Wohnzimmer sieht für mich ganz verschwommen aus. Okay, das ist nicht mehr normal. Stress kann ja für vieles verantwortlich sein, bestimmt auch hierfür, aber ich muss sichergehen und meine Familie schützen.

Vor mir!

Meine Hände zittern und sind feucht vom Schweiß. Ich versuche zu überlegen, welcher Raum von ihnen am wenigsten gebraucht wird, falls er fortan von mir als Untoter bewohnt wird. Ich will aufstehen.

Einsamkeit zieht mich wie ein Sog auf die Couch. Ich habe keine Kraft. So gerne würde ich allen dreien noch einen Kuss geben. Einen einzigen noch, vielleicht ja einen letzten. Wieder versuche ich aufzustehen. Ich muss es schaffen. Keller, in den Keller, denke ich.

Aber ich komme nicht auf die Füße. Sie sind weg, ohne Gefühl, wie auch meine Beine. Kein Kribbeln erfüllt sie, nur eine Taubheit, als wären sie nicht mehr vorhanden. Nicht mehr Teil meines Körpers. Ich muss mich auf kleine Fortschritte konzentrieren, aber auch meine Arme enttäuschen mich und rühren sich nicht, so sehr ich es mir auch vorstelle und sie zwinge. Ich habe es vermasselt. So richtig Scheiße gebaut und die Kratzer unterschätzt. Ich hätte mich nicht an die Hoffnung klammern dürfen, dass wir das schon schaffen. Ich bin schuld, wenn das hier schiefgeht.

Panik wallt in mir hoch. Immerhin etwas, das ich noch spüre, denke ich sarkastisch. Die Kinder dürfen mich so nicht finden. Auf keinen Fall dürfen sie mich sehen. Wenn ich wie meine Mutter werde und sie angreife oder gar verletze, das wäre das Schlimmste auf der Welt für mich. Meine Augen laufen über von Tränen. Ich muss Daniel rufen. Er muss mich in den Keller schaffen. Aber ihm darf nichts passieren, immerhin muss er doch auf unsere Kleinen aufpassen. Weil ich es wohl nicht mehr kann. Mir zieht es das Herz zusammen, ein letztes starkes Gefühl, wenn ich daran denke, dass ich sie nicht aufwachsen sehe. Dass sie mich vermissen werden, meinetwegen weinen werden. Wie ich nicht für sie werde da sein können. Da, jetzt ist mein Herz gebrochen, ich bin mir sicher.

Ich rufe und rufe, aber es dringt kein Geräusch aus meinem Mund. Ich fühle mich nicht hilflos, sondern verzweifelt. Ich gebe alles. Alles! Und doch schaffe ich es nicht, wenigstens zu flüstern.

Und dann ist da ein Loch in meinem Bauch. Ein überwältigender Hunger, eine Gier, die alles an Verzweiflung und Sorge wegwischt. Ich will und kann an nichts anderes denken als an den Hunger und wie ich ihn stillen kann. Es ist eine Leere, die mich ganz einzunehmen droht, wenn ich sie nicht mit etwas fülle. Ich ahne, wonach es mich verlangt. Da ist kein klarer Gedanke, den ich fassen kann. Ein paar Bilder surren noch vor meinem inneren Auge vorbei, dann ist da nichts weiter. Nur der übermächtige Wunsch, meine Zähne in das Fleisch der Menschen zu schlagen, die ich höre. Hier ganz in der Nähe.

Ich öffne meine Augenlider und sehe wieder besser. Ein kleines Mädchen steht da in der Tür. Schaut mich mit weit aufgerissenen Augen und gerunzelter Stirn an.

Zartes Fleisch.

Ich muss es haben. MUSS!

Und plötzlich stehe ich auf, meine Beine tragen mich.

»Papa!«, schreit das Mädchen immer wieder.

DREI.
Zombie Me

Ein Mann tritt hinter das Mädchen. Mehr Fleisch. Gut. Er starrt mich an, während ich näher komme. Ich gewöhne mich an den Körper, der sich nun anders anfühlt, und schaffe es, schneller und geschickter einen Fuß vor den anderen zu setzen. Die ruckhaften Bewegungen werden geschmeidiger. In meinem Kopf sind nach wie vor keine Gedanken. Ich will nur, was meine Instinkte mir befehlen. Dringend.

Der Mann reißt mir das Kind vor der Nase weg. In meinem Bauch fühle ich es rumoren, als würde sich die Magensäure durch meine Innereien ätzen. Ich folge den beiden in eine Küche und entdecke einen dritten Menschen. Einen Jungen. Zu Freude bin ich nicht fähig, nur mein Hunger wird größer. Und damit meine Gier.

»Lars!«, ruft der Mann und schiebt die beiden Kinder vor sich her hinter den Küchentisch.

Ich begreife lediglich, dass es zwischen ihnen und mir ein Hindernis gibt, weswegen ich jetzt nicht direkt meine Zähne in Menschenfleisch graben kann. Ich schreie und knurre. Mein Speichel spritzt auf den Tisch. Ich will sie zerreißen, alle drei auf einmal. Will meine Fingernägel in meine Beute hineinkrallen, bis ihr Blut mich bedeckt. Ich muss die Menschen vor mir verschlingen.

»Papa, was ist mit Mama? Will sie uns jetzt doch wehtun?«, fragt das Mädchen und weint. Unwiderstehlich salzige Tränen. Ich lecke mir über die Lippen. Ich höre die Worte, aber sie haben keine Bedeutung für mich.

»Ist sie eine von denen? Ist sie wie die da draußen?«, fragt auch der Junge mit sich überschlagender Stimme. »Mama, wir sind es doch! Deine Familie.«

Sie umrunden den Küchentisch weiter und ich folge ihnen. Der Mann schiebt mir einen Stuhl vor die Füße, den ich heftig zur Seite schleudere. Er prallt gegen den Tisch. Das Besteck und die Teller klirren.

Sie haben bereits die Treppe erreicht, rennen trampelnd nach oben.

Ich renne ihnen hinterher. Mich interessiert nichts anderes. Etwas anderes als meine Beute nehme ich nicht wahr. Mein Körper kennt die Bewegungsabläufe von alleine und ich eile ebenfalls die Stufen hinauf. So schnell ich es vermag.

Oben schlägt eine Tür zu. Ich höre das Klicken im Türschloss, kenne aber nicht dessen Bedeutung. Ich erreiche die erste Etage und der Flur ist leer. Wieder brülle ich. Da waren eben Menschen, jetzt sind sie weg.

Hastig laufe ich den Flur entlang.

Nichts.

Ich drehe mich um. Wieder und wieder. Bis ich ruhiger werde.

Reizlos.

Setze einen Fuß vor den anderen.

Dann höre ich ein Weinen in einem der Zimmer. Menschen! Blut und Gehirn! Ich muss da rein. Mit einem Brüllen renne ich wieder los, zum Schluchzen und Gemurmel hin. Mich kümmert die Tür vor mir nicht, die mich von den Menschen im Raum dahinter trennt. Ich werfe mich gegen sie. Will durch sie hindurchrennen. Ich weiß nicht, wen ich dort drinnen erwarte, ich höre das Weinen und weiß, dass es da etwas für mich gibt. Das, was ich brauche. Die Menschen hinter der Tür sind gesichtslos, aber unwiderstehlich für mich. Eine Türklinke drückt heftig gegen meine Hüfte, aber ich weiß sie nicht zu benutzen. Auch das kümmert mich nicht und ich werfe mich weiter dagegen. Rasend.

Das Weinen verstummt. Beinahe zögerlich, wenn ich noch zögern könnte, kratze ich an der Tür. Holzspäne schieben sich unter meine Fingernägel, einer bricht halb ab. Kurz verharre ich noch vor der Tür, aber da ist nichts. Kein Geräusch, keine Stimme, kein Menschenfleisch.

Dann wende ich mich ab. Gehe einen Schritt nach dem anderen, ohne Ziel. Ich bin nicht auf der Suche nach Beute wie ein Jäger, ich existiere nur. Mein Körper ist nun etwas anderes. Innen stumm, kein Herzschlag, keine frische Luft in meiner Lunge. Ich bin nicht mehr ich. Ich bin irgendetwas, ein Wesen, bestehend aus Gier und Wut und Hunger. Blut stockt mir in den Adern, steht in meinen Beinen und dunkelroten Händen. Ich blinzle nicht mehr oder nur selten, wer weiß. Meine Augäpfel sind schon jetzt trocken.

Ein Grab ist mir nicht vergönnt, stattdessen wandelt mein untoter Körper, wo er doch ruhen sollte. Die ganze Welt ist mein Grab und ich verwese, ohne begraben zu sein. Zur Ruhe werde ich nicht gebettet, sondern ich werde laufen und fressen, bis meine Beine mich nicht mehr tragen.

Ich bin nicht mehr ich.

Ich bin ein Es.

Ein Zombiewesen.

Es stromert durch das Haus, bis etwas seine Aufmerksamkeit reizt. Ein blinkendes Licht zieht es an. Dann springt der Kondensator des Kühlschranks an und es wankt einige Schritte zur Küche hin, findet kein Fleisch, keinen Menschen, versteht nicht, was das

Geräusch ist, sondern nur, dass es nicht das ist, was es will. Es wendet sich ab.

Die Welt ist für es ein Ödland, bis das Zombiewesen auf etwas stößt, das es will. Draußen bricht die Dämmerung herein, wobei das nichts ist, was es überhaupt bemerkt.

Etwas an der Tür zur Kellertreppe lässt es aufhorchen. Es fährt herum. Ein Mann steht in der Tür. Grimmiger Gesichtsausdruck, ein mit Styropor umhüllter Baseballschläger in der Hand. Ein Kinderspielzeug. »Elisa? Elisa! Hörst du mich? Verstehst du mich?«

Brüllend stürzt es auf ihn zu. Er rennt die Kellertreppe hinunter, ruft: »Elisa, Schatz, ich tu dir nichts. Bestimmt gibt es bald ein Gegenmittel. Komm solange mit, ja?« Im größten Raum im Keller läuft er um eine Tischtennisplatte herum. Es folgt ihm mit ausgestreckten Armen.

Der Mann redet und redet, seine Stimme bricht. Es stöhnt und schreit hungrig. Es will ihn verschlingen, will in seinen Innereien wühlen und von allen kosten.

»Bleib einfach hier unten, bleib ruhig. Ich hole dich da raus, Liebling. Uns geht es gut, mach dir keine Sorgen.« Er umrundet den Tisch, bis er die Seite erreicht, hinter der die Türöffnung wartet. Er stößt sich vom Tisch ab und stürzt aus dem Raum. Seine auf den Stufen polternden Schritte verraten, dass er die Treppe hinaufrennt. Es folgt ihm, gelangt zur Treppe, aber er ist nicht mehr zu sehen. Oben knallt er hinter sich die Tür zu, verschließt sie von außen. »Ich liebe dich. Hörst du? Ich liebe dich, Elisa, immer!«

Es steigt hinauf, wirft sich dort einige Male gegen die Tür, fällt dabei fast die Kellertreppe wieder hinunter, aber schnell verklingen die Schritte des Mannes. Auch das Wesen wird ruhig. Steht da, am oberen Ende der Treppe hinter der Tür. Verlagert ab und zu sein Gewicht von einem auf den anderen Fuß. Existiert.

Draußen wird es hell. Reize wecken das Zombiewesen aus seiner Starre, soweit es überhaupt erwachen kann. Für den Schimmer, wie er an diesem Morgen durch das Fenster fällt, hat es nichts mehr übrig, auch wenn es früher die Farben des Lichts und sein Spiel mit dem Schatten faszinierend fand. Trotzdem wankt es mit steifen Gliedern vom langen Stehen die Treppe hinunter, zum Licht hin.

Es ist ruhelos, hungrig. Einen Vogel vor dem Fenster scheucht es auf, aber der Vogel ist nicht, was es will.

Manchmal sind von oben Geräusche zu hören. Gesprächsfetzen, Schritte, etwas fällt polternd um. Stets treiben diese Töne es zur Kellertreppe. Es schreit und brüllt, dann wird es oben still. Auch das Zombiewesen hört dann auf, rasend zu sein.

Dann sind da Geräusche von woanders. An der Tür der Waschküche, von außen. Hände schlagen unkoordiniert dagegen. Brüllen und Knurren. Es wird wild davon, will zu der Beute, die da vor der Tür auf es warten könnte. Die Zunge schlägt ungeduldig gegen den Gaumen, trocken wie ein gestrandeter Fisch. Es wirft sich kraftvoll gegen die Tür, die immer heftiger in den Angeln wackelt. Auf einmal gibt sie nach und es stürzt nach draußen. Fällt hin und schlägt hart auf dem gepflasterten Boden auf, weil es keine Reflexe mehr hat, die es schützen. Es rappelt sich auf.

Keine Beute, kein Fleisch, nur andere, die genauso wie es selbst sind. Enttäuschung ist da keine. Nur weitere Gier.

Der junge Untote trägt einen Anzug. Ein Augapfel hängt ihm am Sehnerv aus der Augenhöhle und schwingt bei jeder Bewegung. Sein blasses Gesicht ist um den Augapfel herum mit Blut und anderen Flüssigkeiten beschmiert. Ansonsten wirkt er blass, aber unverletzt, lediglich eines seiner Hosenbeine ist bis zum Knie aufgerissen. Die alte Frau neben ihm ist so heftig zugerichtet, dass das Zombiewesen, würde es noch leben, sie höchstens am Armband oder an den Fetzen ihres Kleides als langjährige Nachbarin erkannt hätte, die ihr über die Schultern und um die Hüfte hängen. Der Frau fehlt die Nase und ein Wangenknochen wurde frei gefressen. Eine ihrer Brüste fehlt, die Bauchdecke ist aufgerissen und ein langer Hautfetzen hängt vorne über das Kleid. Die größtenteils zerrissenen und angebissenen Organe wirken angetrocknet, verkrustet und gräulich. Maden tummeln sich darin, als hätten sie das Paradies gefunden.

Jeder Zombiekörper erzählt eine eigene Geschichte von Tod, Gewalt und Verfall.

Die anderen trotten davon, wohl ebenso hungrig wie es selbst. Ohne sich bewusst dafür zu entscheiden, folgt es ihnen wie von selbst die Straße hinauf. Sie sind die größten Reize, die es wahrnimmt, das genügt für den Moment. Zeit hat keine Bedeutung für das Zombiewesen und auch die Anzahl der Schritte nicht, die sie tun. Etwas raschelt im Gebüsch. In zufälliger Synchronizität drehen sie sich alle drei um und laufen stöhnend und mit vor Gier zuckenden Fingern zum Strauch hin. Ein Vogel flattert daraus hervor, verschwindet in den Himmel. Danach bleibt es still. Sie gehen weiter.

Ein Brummen lässt alle drei aufsehen. Das Zombiewesen selbst tritt nach vorne und gerät fast vor das Auto, das auf der Straße vorüberfährt. Es läuft weiter, gelangt an einigen Häusern vorbei, dann bleibt es stehen. Noch folgen die Untoten dem Fahrzeug eher gemächlich, erkennen nicht den Zusammenhang, dass jemand darin sitzen muss, der es steuert. Dass darin Beute auf ihre gefräßigen Mäuler wartet. Sie wanken eher gleichmütig hinterher, weil es das Einzige ist, dem sie folgen können.

Das Auto bleibt mitten in einem Vorgarten stehen.

Es hat sich bis auf halber Strecke dem Auto genähert, da geht die Fahrertür auf. Es entdeckt einen Arm, dann zwei Beine. Eine Frau steigt aus, stolpert, richtet sich auf und läuft zur Haustür. Es schreit. Rennt los. Es muss die Frau haben. Die beiden anderen folgen ihm. Alle laufen, so schnell sie irgendwie können.

Der Frau aus dem Auto fällt ein Schlüsselbund auf den Boden, kurz bevor sie die Haustür erreicht. Sie muss sich umdrehen. Mit verkniffenem Gesicht sieht sie die Zombies auf sich zu rennen. Ihre Augen weiten sich. Dann bückt sie sich, greift nach den Schlüsseln. Die Frau läuft mit zwischen den Schultern eingezogenem Kopf zur Haustür zurück. Sie prallt fast dagegen, schaut sich erneut hektisch um und trifft mit dem Schlüssel nicht das Schlüsselloch.

Es kommt näher. Rennt weiter und weiter. Kann den Körpergeruch der Frau schon riechen. Schmecken. Es streckt die Arme aus. Viel fehlt nicht mehr, dann hat es sie.

Das Schloss an der Tür klickt einmal. Aber die Tür öffnet sich noch nicht. Sie dreht den Schlüssel weiter, schluchzt laut.

Zwei Schritte, dann ist es da.

Es bohrt die Finger wahllos in die Stellen, die es gerade zu fassen bekommt. Es erwischt einen Oberarm und das Gesicht.

»Nein, nein, bitte nicht. Elisa? Bleib weg. Nein!« Die Frau schreit auf, schlägt um sich, aber das Zombiewesen spürt davon nichts. Stattdessen beißt es der Frau unbeirrt in das nächste Stück bloße Haut, das es erreichen kann: die Schulter. Direkt stößt es auf Knochen, viel zu früh ist da kein Fleisch mehr, aber das Blut, das seine Zunge benetzt, ist herrlich. Wie eine Explosion. Es leckt sich die Lippen. Braucht viel mehr davon, beißt nun in den Oberarm. Zerreißt weiche Haut, Blutgefäße und Muskelfasern. Zieht wie verrückt und erbeutet ein großes Stück Fleisch, das ihm fast den gesamten Mund füllt. Es kann nicht genug davon bekommen, wie es sich beim Zerkauen zwischen den Zähnen anfühlt. Die Frau kratzt ihm über das Gesicht, versucht sich zu befreien, aber ihr gelingt es nicht. Es hält sie mit aller Kraft fest. Es kaut einige Male das zähe Stück, dann würgt es das Fleisch hinunter, um sich mehr davon zu holen.

Auch die anderen beiden erreichen sie nun.

Das Zombiewesen knurrt, aber statt die anderen zu vertreiben, schlägt es wieder und wieder die Zähne in das Fleisch der weinenden und schreienden Frau und nimmt sich, was es erhaschen kann. Ihr Widerstand ebbt langsam ab. Dann stürzt sie zunächst auf die Knie, bevor sie ganz auf dem Boden zu liegen kommt. Sie windet sich, strampelt mit den Beinen und kugelt sich fast die Arme beim Versuch aus, sich loszumachen.

Gemeinsam zerfetzen sie ihr Top. Mit gierigen Bissen und mit brutalen Händen öffnen sie ihre Bauchdecke, bis die wunderschönen und vom Blut glänzenden Organe frei liegen.

Ein letztes Wimmern, dann bleibt die Frau still liegen. Es bekommt nicht genug, obwohl ihm das Fleisch, das es verschlungen hat, inzwischen heftig von innen gegen seinen Bauch drückt. Der Magen muss übervoll sein, die letzte noch vorhandene Magensäure kommt gegen die gefressene Menge nicht an. Es schlingt so viel blutige Innereien hinunter, wie es nur erbeuten kann. Wie die Blutgefäße zerreißen, wie die Zähne durch das Fleisch gleiten: Es will nichts anderes als nur das, auch wenn es selbst von der Menge zerbersten muss, die es hinunterwürgt.

Irgendwann lassen die drei von der Frau ab. Es ist einiges von ihrer sterblichen Hülle übrig, aber Aasfresser sind sie keine. Sie lassen ab, bevor sie erkaltet, bevor sich das Blut verdickt. Bald wird sie sich erheben, auch wenn sie das nicht wissen können. Wird mit dem, was von ihr übrig geblieben ist, untot über die Welt streifen, falls ihr Körper das noch kann.

Weg von ihrer Beute gehen sie nicht. Momentan gibt es für das Zombiewesen keinen anderen Reiz und es hat sich übervoll gefressen, weswegen es einfach auf der Stelle stehen bleibt, die beiden anderen neben sich.

Es dauert ein bisschen, dann zuckt der Fuß der Frau. Wobei auch sie nun keine Person mehr ist, sondern ein Monster. Der Fuß ruckt unkontrolliert, bald bewegt die Frau eine Hand, an der nur der Daumen übrig ist.

Das Zombiewesen legt den Kopf schräg, schaut sie an, aber wendet sich dann ab. Es will nichts mehr von ihr fressen.

Die Frau setzt sich auf, das eine Augenlid flattert hinauf, das andere ist nicht mehr vorhanden. Mit einem Schmatzen verrutschen die freigelegten Organe. Sie achtet nicht darauf und rappelt sich auf. Ein paar Brocken fallen aus ihrer Bauchhöhle, anderes hängt heraus. Zerbissen, zerrissen. Ihr Darm schleift auf dem Boden, wenn sie sich bewegt. Auch darauf achtet sie nicht, sondern wankt an den anderen vorbei. Diese drehen sich zwar nach ihr um, drängen sich ihr aber ebenfalls nicht entgegen, sondern vergessen sie.

Dann entdeckt auch das Zombiewesen das Ziel, das die Frau ansteuert. Auf der Mitte der Straße läuft ein Mensch. Eine weitere Frau, schulterlange Haare, entschlossenes Gesicht.

Nun, da es den Geschmack bereits im Mund hatte, ist die Gier noch größer. Allumfassend. Es hat sich inzwischen besser an das neue Körpergefühl gewöhnt und überholt die Frau. Auch seine beiden Begleiter, der Anzugmann und die Alte, halten mit ihm mit. Vielleicht hat es am meisten von der Frau in sich aufgenommen, aber nach wenigen Metern überholen die beiden anderen es. Es fällt ein Stück zurück.

Der Mann im Anzug erreicht ihr gemeinsames Ziel als Erster. Die Frau auf der Straße holt aus und rammt ihm ein Messer mit beinahe unterarmlanger Klinge in die Schläfe, woraufhin er zusammensackt. Er fällt um und bleibt liegen. Ein bisschen dickflüssiges Blut tritt aus der Wunde aus, aber nicht viel, es ist zu sehr geronnen.

Die Frau macht sich nicht die Mühe, ihre Klinge zu säubern, sondern hält sie angriffsbereit auf Schulterhöhe. Die Alte greift tiefer an. Nicht aus Berechnung, das gewiss nicht. Womöglich hat sie das Gleichgewicht verloren und ist ins Wanken geraten. Es ist, als würde sich die Alte halb bücken, halb verbeugen und versuchen, direkt den Bauch der noch lebenden Frau zu erwischen. Die Messerfrau packt den von geronnenem und getrocknetem Blut verklebten Haarschopf, der sich bedrohlich weit vom Schädel löst, und rammt das Messer nur wenige Zentimeter vor ihrer Hand in den Hinterkopf der Alten. Mit einem kräftigen Hieb direkt durch die Schädeldecke.

Es kommt näher, erreicht gleich die Frau.

Die Frau will das Messer aus dem Schädel ziehen, aber es hat sich verkantet. »Scheißdreck«, flucht sie, ohne die Stimme zu erheben, und zieht einen Schlagstock vom Gürtel ab. »Ich hab jetzt keine Zeit für diesen Scheiß.«

Das Zombiewesen erreicht sie endlich, aber die Frau stößt es an der Schulter weg, sodass es rücklings auf den Boden aufschlägt.

Die Frau wackelt und zieht weiter an ihrem Messer herum, als der ausgeweidete Zombiefrischling ebenfalls bei ihr angelangt. Sie flucht erneut, derbe, aber leise, was dieses Mal dem Zustand des Frischlings gilt. Wie eine Furie stürzt das Monster sich auf sie, Blut spritzt aus ihrem offenen Bauch und die Frau weicht mit erhobenem Schlagstock zurück. Findet sich damit ab, dass sie vorerst nicht ihr Messer erreicht. Sie holt noch einige Male mit dem Schlagstock aus.

Es steht nun wieder, aber die Frau ist schon ein Stück weg. Trotzdem läuft es ihr hinterher, nicht ganz so schnell wie zuvor, irgendetwas stimmt mit dem Fuß nicht. Er knickt manchmal weg, wenn es ihn auf den Asphalt aufsetzt.

Dann verschwindet die Frau hinter einem Haus. Die beiden folgen ihr noch ein Stück, wobei das Zombiewesen von der anderen Untoten abgehängt wird. Nach ein paar Metern ist da nichts mehr, dem es folgen könnte.

Es bleibt stehen, bis da wieder etwas ist. Sein Kopf ruckt in die Richtung des Lärms. Seine Eingeweide brodeln, ziehen sich zusammen vor Gier.

Das Zombiewesen läuft los.

VIEЯ.

Blut und Hirn

Autotüren werden zugeschlagen. Vier Personen. Eine ganze Familie ist von ihrem Haus zu ihrem davor parkenden Fluchtfahrzeug gerannt. Die Eltern, ein Kind und dazu eine alte Frau bewegen sich hektisch. Der Motor startet scheppernd.

Es rennt in die Einfahrt, die die Zombiefrau längst erreicht hat. Sie schlägt wütend gegen das Fenster auf der Fahrerseite. Geschrei wird im Auto laut. Die Gier wächst.

Es läuft vor die Motorhaube, entdeckt darinnen die Menschen im Auto, die zuvor eingestiegen sind. Aus dem Garten kommt ein weiterer Untoter angelaufen.

Es geht um das Auto herum und sucht einen Weg, um an die Insassen zu gelangen, die mit großen Augen nach draußen starren. Das Mädchen klammert sich an die alte Frau, die Frau auf dem Vordersitz dreht sich immer wieder nach dem Mädchen um. »Mach die Augen zu«, ruft sie, aber ihre Stimme dringt nur gedämpft nach draußen. »Schau nicht hin. Wir sind gleich weg von hier.«

»Mama, ich will die Monster aber sehen«, brüllt das Kind und schlägt die Hand der alten Frau weg, mit der sie ihr die Augen zuhalten wollte.

Das Auto rollt los. Das Kind dreht sich nach dem Zombiewesen um. Es haut weiter wütend gegen die Scheiben, aber dann erreicht sie das Auto nicht mehr. Der Motor heult auf und der Wagen schießt davon. Nach drei Schritten die Ausfahrt hinaus hat es kein Ziel mehr. Folgt ein Stück weit einem Schmetterling, bleibt dann stehen.

Die Sonne steht tief. Blendet es immer wieder, woraufhin es ein paar Schritte geht, dann wieder stehen bleibt. Der Hunger ist allumfassend. Wie von alleine streift es durch die Straßen. Irgendwo rascheln Blätter im Wind, woanders zwitschert ein Vogel vor der Nachtruhe.

Dann erreicht es ein Haus, geht an die Haustür. Es steht vor dem ehemaligen Elternhaus, erkennt dieses aber nicht. Drinnen hört es ein dumpfes Poltern. Es drückt sich gegen die Haustür, schlägt dagegen, aber nichts tut sich. Es geht um das Haus herum. Der Garten ist auf den ersten Blick verlassen, dann entdeckt es zwei Beine in Sporthose und mit Turnschuhen an den Füßen, die aus dem Teich herausragen. Die Turnschuhspitzen ragen in den Himmel. Gier wühlt sich durch seine Innereien. Es stapft auf den Teich zu, hat sich inzwischen mit dem seltsam störenden Fuß beim Gehen abgefunden. Es knurrt und faucht.

Die Beine zappeln leicht, dann stößt der Oberkörper durch die Wasseroberfläche. Keine Beute. Der andere Zombie setzt sich auf. Die Haut wirkt aufgeweicht, der Geruch nach Fisch und Algen verbreitet sich. Wasser rinnt ihm aus den Haaren, läuft ihm über das Gesicht und versickert in seinem T-Shirt.

Es dreht sich um, sieht oben an einem Fenster eine ältere Untote stehen. Sie beugt sich zum Fenster hinaus und fällt vornüber nach draußen. Mit einem dumpfen Aufprall landet sie im Gras. Kurz bleibt sie liegen, dann rappelt sie sich auf. Nach drei schwankenden Schritten, von denen sie einer nochmals in die Knie zwingt, bleibt sie wieder stehen. Ihre trüben Augen müssen erkannt haben, dass das Wesen nicht bietet, was die alte Zombiefrau sucht. Ihre Haare sind durcheinander und ihre Kleidung ist verknittert. Die Haut ist faltiger als noch zu Lebzeiten und die Wunde am Hals sieht fast schwarz aus.

Es läuft weiter durch den Garten. Verlässt ihn schließlich und wankt zur Straße hin. Immer wieder klirrt Glas. Scheiben zerbersten. Drei Jugendliche fahren mit ihren Fahrrädern die Straße entlang und schlagen mit einer Axt, einer Metallstange und einem Hammer Autoscheiben am Straßenrand kaputt. Es taumelt schnell auf die Menschen zu. Die beiden anderen folgen dem Zombiewesen ebenfalls.

Die drei Teenager bremsen und bleiben mit ihren Rädern zwischen den Beinen auf der Straßenmitte stehen.

»Drei gegen drei. Fair, oder?«, sagt einer von ihnen und wendet sein Fahrrad auf der Straße. »Ich nehm die heiße Blonde.«

»Ich die Alte!«, erklärt das einzige Mädchen von ihnen.

Der dritte stöhnt. »Immer muss ich die Kerle übernehmen. Nach der Sportskanone hier darf ich das nächste Mal aussuchen.«

»Okay, okay«, sagt der Erste. »Aber heul hier nicht rum. Bereit, Leute?«

Es hat die Straße erreicht. Brüllt. Die Hände greifen ins Leere, aber es streckt die Arme so weit aus, wie der Körper es leisten kann.

Auch die anderen beiden Jugendlichen wenden ihre Räder, fahren ein paar Meter zu ihnen hin und steigen ab. Die Räder lassen sie mitten auf der Straße umfallen.

Axt kommt auf das Zombiewesen zu, streckt seine Waffe der Länge nach aus und schubst es an der Brust immer wieder von sich weg.

Stange holt aus und trifft die Alte am Wangenknochen. Zombieblut spritzt. Geronnene Klümpchen fliegen durch die Luft. Die Alte dreht den Kopf zurück zu ihrer Beute, als wäre nichts geschehen, nur dass ihre teils zersplitterten Zähne auf einer Seite nun sichtbar sind. Stange bewegt sich geschmeidig und hält die Alte auf Abstand.

Hammer hält sich im Hintergrund, läuft um die Gruppe herum. Er versucht, sich hinter den Turnschuh-Teich-Zombie zu bringen.

Es streckt die Arme so weit nach Axt aus, wie es nur geht. Versucht auf ihn zuzustürmen, wird aber immer wieder zurückgestoßen. Der Hunger darauf, diesem Menschen das Fleisch von den Knochen zu kauen, zerfrisst es fast von innen heraus. Als wäre der Hunger ein Wurm, der sich ins Freie nagt, wenn er nicht rechtzeitig gefüttert wird.

»Mann, nach den ganzen Zombiefilmen hätte ich gedacht, dass die Dinger mehr draufhätten«, lärmt Axt. »Alles Loser, die sich jetzt in ihren Häusern verkriechen statt Party zu machen.«

Die anderen lachen.

Die Untoten stöhnen, knurren und brüllen.

Es kann sich ein bisschen näher an Axt heranschieben, riecht seinen Schweiß. Aber dann spürt es ein Bein hinter seinem unverletzten Fuß. Es bekommt eine Axt an seine Stirn gedrückt, die es zu Fall bringt. Der Jugendliche drückt die flache Oberseite der Axt fester gegen das Zombiewesen und presst damit den Kopf nach unten gegen den Asphalt.

»Hehe, ich könnte der Tussi den Schädel spalten oder den Kopf abschlagen. Was meint ihr?«, fragt er und schaut seinen Freunden zu, wobei er es weiter am Boden hält. Er stützt sich mit beiden Händen auf den Stiel, während es mit den Armen und Beinen zappelt. Mit der Hüfte und dem Rumpf ruckelt es wild hin und her, aber es kann sich nicht befreien, solange der Kopf so gnadenlos fixiert wird.

Stange nimmt ihre Waffe in beide Hände und schleudert sie von oben mitten auf den Schädel der Alten. Sie sackt auf die Knie, der Schädel ist gebrochen. Gehirn und Blut laufen ihr über die Stirn zur Nase hinunter. Stange schlägt zwei weitere Male zu, bis die alte Untote reglos auf der Straße liegen bleibt. Der Matsch, zu dem sich Haare, Schädelknochen, Blut und Gehirn vermischt haben, rinnt auf den Asphalt. Stange schubst sie mit der Schuhspitze an. Der Kadaver liegt auf der Straße wie ein überfahrenes Tier, das darauf wartet, eingesammelt oder von Aasfressern verzehrt zu werden. Aber lediglich Maden wagen es, sich einem Zombie zu nähern. Stange schiebt sich eine Strähne hinter das Ohr und richtet ihren Zopf. »Ihr seid dran, Männer.«

»Ich würde unserer Hübschen hier gerne den Mund zunähen und sie mitnehmen«, sagt Axt. »Denkt ihr, das geht?« Das Zombiewesen windet sich weiterhin. Es reckt und streckt sich und strampelt, aber der Druck auf der Stirn lässt nicht nach. Es brüllt mit allem, was seine Stimmbänder hergeben.

»Wir machen keine Gefangenen«, sagt Hammer.

Stange streichelt das saubere Ende des Metalls in ihrer Hand und reibt daran herum, als wäre es ein Penis. »Du müsstest ihr auch die Fingernägel ziehen. Aber ich denke, sie würde ihr zugenähtes Maul einfach aufreißen und nach dir schnappen, auch wenn dadurch ihre Lippen ausfransen. Würde bestimmt lustig aussehen, so eine zerfetzte Fresse.«

Am Ende der Straße werden kehlige Schreie laut. Es kümmert sich nicht darum, erkennt seinesgleichen am Klang. Stattdessen versucht es nach wie vor aufzustehen, um seine Zähne endlich in etwas Lebendiges zu schlagen.

Hammer schlägt nun ebenfalls zu. Er führt den Hammer mit enormer Kraft, sodass der Schädel vor ihm schon beim ersten Schlag nachgibt und Blut und Hirnmasse spritzen. Der Untote fällt hin, zuckt noch einige Male und streckt weiterhin seine Hände nach dem Jugendlichen aus. Nach einem weiteren Hieb fließt jede Bewegung aus dem Untoten heraus, so wie das dickflüssige Zombieblut, das seinen Körper durch die Wunden verlässt. »Scheiße, beim nächsten Untoten reicht mir ein Schlag«, sagt er, nachdem der Zombie mit Turnschuhen reglos auf der Straße liegen bleibt. »Wir bekommen Besuch.« Aus einem Vorgarten rennen ebenfalls weitere Untote zur Straße hin.

»Auf die Fahrräder!«, kommandiert Axt. »Noch mal Glück gehabt, Süße. Das nächste Mal nehme ich mir besonders viel Zeit für dich.« Er nimmt die Axt weg.

Es rappelt sich auf, da rennen die drei Jugendlichen bereits zu ihren Rädern, richten sie auf und treten hastig in die Pedale. Axt ruft über seine Schulter: »Bis bald, Blondie!«

Es kann die Jugendlichen nicht so gut erkennen. Etwas Blut ist die Stirn hinunter in seine Augen gelaufen. Träge blinzelt es, stellt aber die Bemühungen gleich wieder ein.

Der Strom von Zombies läuft den Fahrradfahrern ein Stück weit hinterher. Bald fahren sie in Schlangenlinien um einige Untote herum und biegen in eine Querstraße ab. Kaum sind sie verschwunden, kehrt Ruhe ein. Auch es rührt sich zunächst nicht mehr. Einige Untote verschwinden in Vorgärten, andere wandern weiter und manche bleiben stehen, wo sie gerade sind. Nur wenige Zombies folgen der Straße, die die Jugendlichen genommen haben.

Die Nacht bricht herein. Es steht inzwischen in der Einfahrt eines Hauses, einige andere Wesen in der Nähe. Abgesehen von der unbändigen Gier spürt es nichts. Keine Müdigkeit, keinen Schmerz, keine Schwäche. Damals, in diesem unendlich fernen, anderen Leben, hätte es die Verletzungen pochen gespürt. Kratzer und Schläge hat es abbekommen, ein Knöchel ist verstaucht, womöglich sogar gebrochen, und eine breite Wunde prangt auf der Stirn. Sein Körper verfällt unwiderruflich. Nichts davon wird wieder heilen. Es verrottet langsam von innen und zersetzt sich von außen. Es verwest langsam, aber unaufhörlich. Und doch sind da Menschen, die es – die sie – lieben, auch wenn es das nicht weiß.

Die Sonne ist längst untergegangen und wird sich noch einige Stunden nicht am östlichen Horizont zeigen. Ein Motorrad fährt durch die Stille über die Straße. Das Brummen und der kurze Lichtschein erwecken es aus seiner Starre. Bevor es die Beute erkennt, ist diese wieder verschwunden und es verfällt zurück in Automatismen. Setzt einen Fuß vor den anderen. Sucht etwas, um seinen Blutdurst und Gehirnhunger zu stillen.

Ein metallisches Klirren weckt die Aufmerksamkeit des Zombiewesens. Danach bleibt es zwar still, dennoch macht es einige Schritte in die Richtung, aus der der Laut kam.

»Lass nicht immer deine Scheißsachen fallen!«, zischt eine Männerstimme.

Aus den Büschen treten zwei Männer hervor. Sie sind dunkel gekleidet, um in der Nacht nicht aufzufallen, und haben Werkzeuge und Waffen bei sich, aber nichts davon hält das Wesen auf, zu ihnen zu rennen, wo es sie nun schon entdeckt hat. Ein Knurren entschlüpft seiner Kehle, dann ein Brüllen. Andere Untote erwachen aus ihrer Starre und eilen ihm hinterher.

»Fuck, fuck, fuck!«, ruft der andere Mann und hebt den Schraubendreher vom Boden auf.

Die beiden rennen die letzten zwei Meter zur Haustür hin und brechen sie geschickt auf.

Sie schlüpfen ins Innere und schlagen die Tür zu.

»War das knapp.«

»Du hast das Schloss kaputt gemacht. Jetzt können wir nicht mal absperren.«

Es erreicht die Tür. Hört die Stimmen dahinter und wirft sich dagegen. Andere prallen neben ihm gegen die Tür und die Hauswand. Das Geschrei aus ihren untoten Kehlen lockt weitere Zombies an.

»Hast du es nicht gemerkt? Die verdammten Untoten sind auf uns aufmerksam geworden. Scheiß auf das kaputte Schloss. Immerhin haben wir es so rechtzeitig ins Haus rein geschafft.«

»Aber sicher sind wir hier nicht. Einer von uns muss immer wach bleiben und die Tür bewachen. Und du Trottel pennst garantiert ein, wenn du an der Reihe bist.«

»Immerhin haben sie uns nicht draußen vor der Tür zerfleischt.«

»Hättest du Trottel den Schraubendreher nicht fallen lassen«, zischt der andere Mann hinter der Tür, »dann hätten wir ganz easy hier einbrechen können. Du bringst uns noch um!«

Nach einem Seufzen bleibt es still hinter der Tür. Bald wendet es sich wieder ab. Weiß nicht, was es da soll, und folgt einigen anderen, die langsam die Straße hinunter gehen.

Es erreicht ein anderes Haus. Das Licht am Fenster in der oberen Etage wird gelöscht. Ein simpler Fakt ohne weitere Bedeutungsschicht. Dennoch geht es auf die Haustür zu und kratzt daran. Kratzt und kratzt, bis alle Fingerkuppen bluten. Es gibt keinen Ton von sich. Es ist nicht von der sonstigen verzweifelten Gier getrieben. Dieses Mal ist es eher ein Instinkt, etwas tiefer Liegendes. Keine Erinnerung, kein Gefühl, aber ein Drang. Hier muss es hinein, obwohl es nicht versteht, dass ein Licht, das verlöscht, von einem Menschen ausgeschaltet wird. Es gibt kein anderes Haus, an dem es so scharren würde.

Drinnen regt sich nichts. Kein Mucks ist zu hören, aber es ist, als wären da weiterhin Reize, die es anziehen. Irgendwann hört es auf zu schaben und legt die inzwischen blutigen Handflächen gegen das Holz.

Kurz bevor die Sonne aufgeht, tapst es hinter der Haustür. Nackte Kinderfüße, die über die Fliesen huschen. Es gibt einen sachten Aufprall an der Tür, dann ist es still.

Es steht da und rührt sich kaum. Wankt unruhig von einer zur anderen Seite. Kann nichts damit anfangen, was sich drinnen getan hat.

Fast unhörbar leise flüstert ein Mädchen: »Mami? Mami, bist du da? Hast du Angst vor den anderen? Willst du lieber zu uns reinkommen?«

Es scharrt mit der Linken wieder über das Holz, stöhnt und rüttelt mit der Rechten an der Türklinke, die so einladend hervorsteht. Vor Wut und Gier schlägt es auch seinen Kopf gegen das Holz.

Ein Junge kommt angerannt. »Nele, bist du verrückt? Wenn Papa das hört. Sei leise!«

»Mami«, sagt das Mädchen erneut, dieses Mal lauter.

Es wütet und tobt, aber drinnen bleibt es wieder still, bis es nicht mehr weiß, was es da tut, und aufhört. Irgendwann lässt es endgültig von der Tür ab und schlurft die Einfahrt hinunter. Nach der Hälfte des Weges ist das typische Quietschen der Haustür zu hören, wenn sie geöffnet oder geschlossen wird. In diesem einen bestimmten Winkel schreit sie jedes Mal wie ein winziger Teufel auf seiner schwefeligen Höllenkohle.

Drei Schritte hört es, aber in dem Moment, als es sich umdreht, wird es unversehens finster um es herum. Eine Dunkelheit, die von einem Lichtschimmer durchsetzt ist, umhüllt es. Es riecht Weichspüler und Sommerwiese, beide Gerüche kann es aber nicht als solche erkennen. Eine Decke wurde über es geworfen und nun legen sich Arme fest um den Oberkörper des Zombiewesens und zerren es mit sich. Es wehrt sich, versucht sich zu befreien, bekommt aber die Arme nicht frei.

»Was haben sie nur mit dir gemacht, mein Liebling?«, fragt ein Mann. Derselbe, der es bereits zuvor in den Keller gebracht hat, aber es hat keine Erinnerung daran, kein Denken, um das zu registrieren. »Mein armer Schatz. Komm mit rein, hier bist du sicher.« Es wird gegen eine Wand gedrückt. Die Haustür quietscht, wird zugeschlagen, abgeschlossen. Außer dem Mann ist nichts zu hören.

Er hört nicht auf zu reden, während er es weiterzerrt. »Den Kindern geht es gut, sei unbesorgt. Lars ist ein bisschen stiller als sonst, aber du fehlst den beiden eben. Und die Situation ist auch nicht leicht zu verdauen. Aber du wärst stolz, wie tapfer sie sind. Lars ist richtig lieb zu Nele und gibt sich Mühe, mich zu unterstützen.«

Es windet sich, versucht, die Decke abzuschütteln und aus der Umklammerung der Arme zu schlüpfen, aber nichts funktioniert. Die Decke dämpft sein Knurren und Schreien. Der weiche Stoff legt sich gegen seine Lippen, es kann mit den Zähnen daran entlangfahren, aber es ist nicht das, was es schmecken will. Es wird immer wilder davon, so umschlungen zu sein. So nah an einem Menschen zu sein und ihn nicht haben zu dürfen.

»Und jetzt vorsichtig, es geht treppab. Dieses Mal habe ich die Waschküche abgesperrt, da solltest du mir nicht ausbüxen können.«

Das Zombiewesen hat einen Moment keinen Boden unter den Füßen, dann spürt es die erste Treppenstufe unter sich. Stück für Stück kämpfen sie sich in den Keller hinunter, wodurch es unter der Decke immer dunkler wird.

»Fast geschafft. Ich würde dir gerne etwas für deine Verletzungen geben, aber das ist zu gefährlich, glaube ich. Ich wüsste zu gerne, ob du mich hörst. Besser gesagt, ob du verstehst, was ich sage.« Er seufzt. »Ich liebe dich. Wir werden dich retten, das kannst du mir glauben, wir brauchen nur einen sicheren Platz für dich, bis wir herausgefunden haben, was wir für dich tun können. Ich gebe dich nicht auf, versprochen.«

Sie haben den Kellerboden erreicht. Nach zwei Schritten ertönt von oben die Stimme eines Jungen. »Papa, aber wenn du sie hier einsperrst, verhungert sie dann nicht?« Unter der Decke wird es wilder, jetzt, wo es noch mehr Beute fast direkt vor der Nase hat. »Muss sie nicht … essen?«

Der Mann verkrampft, hält es noch fester gepackt.

»Lars, du sollst doch bei deiner Schwester bleiben, bis ich euch hole.«

»Ich hab ihr gezeigt, wie man die Tür auf- und zusperrt.«

Der Mann sagt: »Du meinst, wir sollen sie auf die Welt loslassen? Das ist viel zu gefährlich für sie. Und für die Menschen auf der Welt.«

Außer dem Gezappel unter der Decke bleibt die Zeit für einen Moment stehen. Dann sagt der Sohn: »Papa, und was ist, wenn sie nicht so sein will? So wie sie jetzt ist, meine ich.«

Der Mann atmet zitternd ein und wieder aus. Seine Stimme klingt aber ruhig. »Du meinst, wir sollen sie töten?«

»Erlösen vielleicht? Ich weiß es nicht, Papa. Ich will nicht, dass es Mama schlecht geht. Ich hab sie draußen gesehen und ...« Die Stimme des Jungen bricht.

»Geh da weg, ich will auch zu Mama«, sagt plötzlich ein Mädchen. Rennt die Treppe hinunter.

»Nele!«, ruft der Junge schrill.

Der Mann schreit: »Bleib weg! Bleib weg!« Er schiebt es ein Stück nach rechts, bringt sich selbst zwischen die Tochter und das Zombiewesen. »Lars, bring Nele nach oben, auf der Stelle.«

»Nein, Mama!«, ruft das Mädchen und hüpft von der Treppe auf den Betonboden des Kellers.

Erneut trampeln Füße über die Kellertreppe. Der Junge folgt ihr.

Es hat so viel Beute direkt vor sich, dass es ausrastet. Der Erdbeer-Shampoo-Geruch des Mädchens dringt ihm in die Nase. Es zappelt wilder denn je. Bereit, sich selbst die Arme auszureißen. Hauptsache, es kann sich befreien und das zarte Fleisch mit den Zähnen in Fetzen von den Körpern pflücken.

Der Mann versucht, seinen Griff nochmals zu verstärken, aber er rutscht ab. Es wirft sich blindlings zum süßen Geruch des kleinen Mädchens. Verheddert sich in der Decke, die ihm vom Kopf gleitet, und endlich kann es wieder sehen. Es streckt die Hände aus.

Das Mädchen macht große Augen, aber mit einem halbseitigen Lächeln breitet auch sie die Arme aus.

Der Junge bleibt wie angewurzelt auf der untersten Treppenstufe stehen. Sacht schüttelt er den Kopf. Geballte Fäuste, offen stehender Mund. Eine Hand streift von hinten ihren Oberarm, rutscht aber ab.

Sein eigenes Geschrei und Gebrüll sind so laut, dass es nicht hören kann, was das Mädchen sagt. Aber seine Lippen bewegen sich, als es ihr entgegenfällt. Es begräbt das Kind unter sich, das nun ebenfalls zu schreien anfängt.

Ein Biss, dann kehrt Stille ein. Nur das Mädchen weint und ruft nach seinem Papa.

Das Blut rinnt dem Zombiewesen die Kehle hinunter, vermag aber nicht die Gier zu stillen oder den ewig hungrigen Leib zufriedenzustellen. Es verbeißt sich im dünnen Oberarm des Mädchens, als der Vater es vom Kind herunterziehen will. Es lässt nicht los. Der Vater schiebt und reißt fester, bringt sich und die Decke zwischen das Kind und das Zombiewesen. Es kaut auf dem Fleisch herum, das es sich genommen hat, und brüllt erneut, sobald sein Mund leer ist. Rasend schlägt es die Zähne in den Stoff vor seinem Gesicht, weil es nichts anderes erreichen kann. Es tobt, bäumt sich auf und strampelt mit den Beinen.

Dem Mann gelingt es, die grobe Decke über ihm auszubreiten und das Wesen darin einzuwickeln. Die Decke nimmt dem Zombiewesen die Sicht. Es liegt neben dem Mädchen auf dem

Boden, der Mann sitzt wiederum auf dem Rücken des Zombiewesens und drückt es nieder. »Lars, nimm deine Schwester. Schnell, bring sie hoch.«

Das Mädchen weint, aber sie gehen nach oben.

Es zappelt unter der Decke, versucht sich umzudrehen und über den Mann herzufallen. Es muss ihn packen, ihn mit den Zähnen erreichen. Der Mann aber bleibt still. Keucht auf, aber ansonsten gelingt es ihm, die Kontrolle zu behalten. Kurz nachdem die Kinder nach oben gegangen sind, springt er auf und rennt selbst die Kellertreppe hinauf. Die Tür öffnet sich, da steht es bereits und hetzt ihm hinterher.

Der Mann schlüpft durch die Tür, Licht fällt in den Keller, blendet das Zombiewesen für einen Moment. Er schlägt die Tür hinter sich zu, da ist es gerade halb die Treppe hinauf. Der Schlüssel dreht sich im Schloss, als es oben mit voller Wucht gegen die Tür prallt. Es schreit und brüllt und knurrt.

Die Stimmen hinter der Tür werden leise, das Weinen ebbt dagegen kaum ab.

Immer wieder wirft es sich gegen das Holz, stolpert zwei Stufen hinunter, droht zu stürzen, wenn es mit dem kaputten Fuß zuerst aufkommt. Aber der Drang nach oben ist das Einzige, was es kennt. Vorsicht oder Sorge, zu fallen, gibt es nicht. Es kann einen Sturz verhindern und schafft es, wieder und wieder nach vorne zu preschen.

Irgendwann geht das Weinen in ein stetes, kaum hörbares Schluchzen über. Es drückt sich weiterhin gegen die Tür, aber die große Wut ist versickert. Der Reiz ist gerade stark genug, um es an der Tür zu halten.

Bald wird es ganz ruhig dort oben. Es steht einfach da und verharrt.

»Im Ernst, geh jetzt rauf in dein Zimmer, Lars. Ich komme dann gleich nach«, hört es einmal den Mann laut sagen und wirft sich sofort wieder heftiger gegen die Tür. Ein Knurren rumpelt aus ihrer Kehle wie ein Sommergewitter.

»Was wird mit ihr?« Die Stimme des Sohnes klingt schrill. »Papa, mach was. Nele darf nicht ...«

»Später. Bitte, wir sprechen später. Gibt mir den einen Moment.«

Über sich hört es, wie der Junge die Treppe hinaufsteigt. Langsam, kraftlos. Es streckt die Arme nach oben. Kratzt anschließend an der Unterseite der Treppe, die es gerade so mit den Fingerspitzen erreicht.

Danach bleibt es leise, sodass es die Treppe hinuntergeht, angezogen von einem Geräusch irgendwo im Keller. Nur ein kleines Knacken, das es nicht ausmachen kann. Dann steht es in der Finsternis. Zeit spielt keine Rolle. Nichts spielt eine Rolle, weil es nichts Relevantes für es gibt.

Dann geht oben die Kellertür auf.

Ein Fauchen. Ein sachtes, helles Knurren.

»Geh zu Mama, Schatz«, sagt der Mann mit belegter Stimme.

Schnell geht die Tür wieder zu.

Es wankt zur Kellertür hin, entdeckt das Zombiekind.

Das Mädchen läuft steif die Treppe herunter, bleibt am Fuß der Treppe stehen.

Sie stehen gemeinsam in der Finsternis. Nah beieinander.

Oben regt sich nichts.

FUNF.

Ich verwese

Das Zombiewesen und das untote Mädchen verharren im Keller. Zwar nehmen sie ihre Anwesenheit gegenseitig wahr, aber es löst nichts in ihnen aus. Bald wird die Dunkelheit im Keller schier undurchdringlich, denn es fällt kaum Licht mehr von draußen durch die schmalen Fenster herein. Es steht seit Langem auf derselben Stelle und das untote Mädchen bleibt in seiner Nähe. Hunger frisst sich durch die Gedärme des Zombiewesens wie ein blutrünstiger Bandwurm mit spitzen Zähnen.

Oben werden wieder Stimmen laut, locken es und die Kleine die Kellertreppe hinauf.

»Wir müssen sie füttern, sonst verhungern sie noch!«, ruft der Junge. »Und wenn du zu feige dazu bist, dann mache ich das jetzt.«

Der Mann sagt: »Ihr Körper funktioniert nicht wie der eines normalen Lebewe…-« Er seufzt. »Das ist bestimmt anders. Ich denke nicht, dass sie verhungern oder verdursten können.«

»Du denkst es, aber du kannst es nicht sicher wissen. Niemand weiß was. Das haben sie in den Nachrichten gesagt. Und jetzt gibt es nicht mal das Fernsehen mehr. Hast du sie dir mal angeschaut? Mama ist nicht nur verletzt. Sie sieht aus, als würde sie bald anfangen zu vergammeln.« Die letzten Worte hat der Junge geschrien. Leiser fügt er hinzu: »Und mit Nele wird dasselbe passieren.«

Sie kratzen beide an der Tür. Holzspäne fallen zu Boden und Splitter bohren sich ins Fleisch ihrer gefühllosen Fingerkuppen. Es hört Stimmen und will die Menschen mit Haut und Haar verschlingen. Was auch immer sie reden, es versteht die Worte nicht, aber ihre Gespräche machen es wahnsinnig. Sie sind so nah!

»Was willst du ihnen denn geben? Tiere würden sie nicht anrühren, das haben wir oft genug draußen beobachtet.«

Der Junge antwortet nichts, dafür redet sich der Mann in Rage.

»Sollen wir etwa einen Menschen für sie einfangen, wie ich deine Mutter eingefangen habe? Dann stoßen wir sie oder ihn die Treppe hinunter, damit unsere beiden Geheimnisse darüber herfallen können? Hier bitte, da habt ihr euer Fresschen und jetzt wieder schön brav sein. Für wen hältst du uns, dass wir einen Menschen opfern? Wir haben die beiden schon verloren. Soll nun noch jemand eine geliebte Person verlieren?«

»Aber was, wenn wir sie anders nicht retten können?«

»Lars, was, wenn wir sie überhaupt nicht retten können?«, flüstert der Mann. Er räuspert sich und sagt: »Nein. Einfach nein. Wir tun, was wir können, aber nicht auf Kosten anderer. Und jetzt geh hoch und wasch dich. Im Eimer ist noch eine Pfütze übrig.«

»Aber Papa, wir müssen …«

»Gar nichts. Wir müssen rein gar nichts. Aber über Leichen werden wir nicht gehen, um das von Nele und Mama zu retten, was geblieben ist.«

Wieder ist die obere Treppe zur ersten Etage hin zu hören. Beide strecken ihre Hände nach den knarrenden Stufen aus und stehen in der anschließenden Stille bewegungslos in der Finsternis, bis die nächsten Geräusche laut werden.

Auch als die darauffolgende Nacht längst hereingebrochen ist und sanfter Kerzenschein unter dem Türspalt in den Keller dringt, streiten der Junge und der Mann noch miteinander.

»Wir sind hier sicher, aber bald sind die Vorräte leer. Und von einem Heilmittel werden wir hier auch nichts erfahren«, sagt der Mann.

»Ich will aber bei Mama und bei Nele bleiben.«

»Ja, das verstehe ich. Ich will auch bei ihnen sein.«

»Dann lass uns bleiben.«

»Wir sperren gut ab. Und wir kehren so schnell wie möglich zurück. Es soll eine Sicherheitszone geben. Das haben sie im Radio gesagt. Im Auto ist genug Benzin. Das müssen wir machen. Wir brauchen neue Infos.«

»Warum warten wir nicht auf Infos aus dem Radio?«

»Weil wir nicht die Letzten sein wollen, die es hören. Wir müssen vor Ort sein.«

Es krächzt und knurrt. Der Hals ist vertrocknet und es klingt inzwischen nach knisterndem Papier. Die feuchte und staubige Kellerluft legt sich auf seine Haut. Das Mädchen beißt es in die Wade, dann lässt es von ihm ab. Der Hunger muss wüten in dem kleinen Geschöpf, das sich den Leib noch nicht mit Menschenfleisch hat füllen können. Das Zombiewesen nimmt davon kaum Notiz, es knurrt die Kleine nicht einmal an, die anschließend wieder in eine Ecke wankt.

Dann ist es stunden-, vielleicht tagelang still über ihnen. Es steht da, geht manchmal zum Fenster, dann wieder zur Kellertür zurück. Die Beine tragen es nicht mehr so gut wie zuvor. Die Haut wird faltig und trocken, die Augen sehen verschwommener. Der Verfall macht sich bemerkbar, obwohl es selbst nicht weiß, dass es verrottet. Es wird noch lange dauern, bis es nicht mehr da ist, selbst wenn es keinen Menschen verschlingen kann. Es wird noch einige Zeit aushalten können, auch wenn es irgendwann keine Kraft mehr zum Stehen oder Gehen haben wird. Es wird daliegen müssen und warten, bis sich jemand an ihm vorbeischleppt, warten, dass es zupacken und seine Zähne in ihn schlagen kann.

Zischende Stimmen werden laut. Es geht die Treppe hoch, dicht gefolgt von dem Mädchen.

»Bitte, wir müssen gehen. Jetzt sei nicht mehr böse auf mich. Wir kommen so schnell zurück, wie es nur irgendwie geht.«

Der Sohn sagt: »Ich wünschte, es hätte dich erwischt. Ich wünschte, Mama wäre bei mir und du würdest im Keller verrotten.«

»Ich auch«, ist alles, was er zur Antwort bekommt.

Wieder der Sohn. Seine Stimme klingt fast versöhnlich. »Und wenn wir die Kellertür offen lassen. Und die Haustür? Dann ist alles, was passiert, Schicksal.«

»Geh zum Auto. Sobald ich die Haustür öffne, rennst du. Und sieh nicht zurück.«

»Lass mich kurz allein. Ich will ihnen noch etwas durch die Kellertür sagen.«

Kurz zögert der Mann, dann sagt er: »Na gut. Beeil dich. Ich behalte solange die Straße vorm Haus im Blick.«

Das Kind rennt zur Kellertür. Die Schritte stampfen hastig auf den Boden, bis sein kleiner Körper gegen die Tür prallt.

Nur wenige Zentimeter Holz trennen es von der Beute auf der anderen Seite. Das Zombiewesen kratzt hektischer. Ein Knurren rumpelt durch seine Kehle. Es versucht mit allen Mitteln, diese Tür zu durchbrechen, wirft sich schließlich dagegen und brüllt. Auch das Mädchen springt rasend gegen das Holz und faucht.

»Passt auf euch auf«, sagt der Junge vor der Tür. Dann macht es klick am Schloss. Ein Geräusch, das es längst nicht mehr mit Freiheit oder Gefangenschaft verbindet. Einfach ein Ton, der erschallt. »Ich hab euch so lieb. Ihr werdet mir fehlen. Mama, ich …«

»Kommst du jetzt?«, fragt der Mann. »Hier, ein Taschentuch.«

Ein Schnäuzen, dann entfernen sich die Schritte wieder. Die Haustür schlägt zu, kurz darauf knallen Autotüren zu und anschließend startet ein Motor. Erst zögerlich, aber dann verspricht er eine schnelle Fahrt.

Die anderen Zombies auf der Straße draußen toben und schreien, dass man es bis unten im Keller hören kann, beruhigen sich aber innerhalb weniger Minuten wieder. Ein paar Untote streifen vorüber, andere bleiben stehen, wo sie sind. Die Menschen sind weg und die Zombies im und um das Haus verlieren ihren Antrieb.

Irgendwann wankt eine größere Gruppe Untoter am Haus vorbei, die auch das Zombiewesen und das Mädchen etwas unruhig werden lässt, aber der Alltag ist meist eintönig und von Hunger geprägt, den die beiden nicht zu stillen vermögen. Tag und Nacht wechseln sich ab, während es im Keller leise bleibt. Es wird schwächer, wankt von einem Bein aufs andere, hat aufgeplatzte Hautstellen und ein Zahn ist lose.

Unsanft wird die Haustür aufgebrochen. Drei Menschen verschaffen sich Zutritt und schlagen sie hinter sich zu. „Daniel? Elisa?“, ruft eine Frau verhalten durch das Haus. »Daniel? Bist du da?« Eine Antwort bleibt aus. Sie eilt die Treppe in die erste Etage hinauf und gleich darauf wieder herunter, während ihre beiden Begleiter zu Radiomusik in der Küche herumräumen.

Im Zombiewesen werden Kräfte wach, die längst verloren schienen. Die beiden Frauenstimmen, die vornehmlich zu hören sind, und der Mann locken es aus dem hintersten Winkel des Kellers an. Das Mädchen ist vor ihm oben, aber es folgt dem kleinen Geschöpf so hastig, wie es kann. Kommt ins Straucheln, aber richtet sich auf der Treppe wieder auf. Oben wirft es sich gegen die Tür. Erst beim zweiten Mal kehrt angespannte Stille ein.

»Ihr habt das doch auch gehört«, sagt eine der Frauen und ein Rocklied über einen Sommer vor vielen Jahren verstummt jäh. Sie klingt jung, aber ihre Stimme ist emotionslos. Abgehärtet von dem, was sie zuletzt erleben musste.

»Kommt das von draußen?«, fragt der Mann.

»Die Terrasse ist frei, soweit ich das durch die Schlitze im Rollladen erkenne. Aber da ist was an der Kellertür.«

Es wirft sich dagegen, hungrig, blind vor Wut und Gier.

»Ach, Scheiße«, sagt die erste Frau. Sie senkt die Stimme, wie auch die anderen. »Ich hatte gehofft, wir könnten hier ein paar Tage Zwischenstation machen. Zusammen mit meinem Bruder und seiner Familie überlegen, wie es weitergehen soll. So ein Scheißdreck aber auch.«

»Können wir vielleicht trotzdem«, schlägt der Mann vor. »Vielleicht ist dein Bruder nur unterwegs und kehrt bald zurück.«

Daniels Schwester sagt: »Mit Frau und Kindern? Nope. Ich hoffe, sie konnten früh genug abhauen.«

»Wenn da unten was eingesperrt ist, bleiben wir eben oben. Und lassen die Tür zu. Dieses Mal wirklich, okay?«, fragt die jüngere Frau mit einem Lächeln in der Stimme.

Der Mann schnaubt. »Das wirst du mir ewig unter die Nase reiben, oder? Komm schon, ich musste doch herausfinden, was los ist.«

»Und unseren Unterschlupf ruinieren.«

»Hört jetzt auf, alle beide. Ich will in einem sauberen Haus übernachten«, sagt die Schwester und bezieht sich weder auf Unordnung noch auf nicht abgespültes Geschirr.

Schritte entfernen sich von der Kellertür, hinter der es und das Mädchen beide alles geben, um das Holz zu durchbrechen. »Wir sollten trotzdem hierbleiben«, sagt der Mann. »Momentan ist so viel los auf der Straße. Sind uns wohl gefolgt. Drecksdinger.«

»Kommen sie die Einfahrt rauf?«

»Ne, momentan nicht.«

Daniels Schwester fragt: »Was sagst du dazu? Willst du etwa auch, dass wir hier die Nacht verbringen?«

»Ja, das wäre schön. Ich schau mich oben um, was es hier an Betten gibt. Kochst du uns solange was aus dem Zeug hier?«

»Kochen«, sagt der Mann und lacht. »Wenn wir wenigstens den Grill im Garten anwerfen könnten.«

»Vielleicht morgen, wenn sich die Untoten verzogen haben.«

»Falls wir dann überhaupt noch hier sind«, wirft die Schwester schnippisch ein.

Es nagt inzwischen am von den Fingernagelspuren rauen Holz, als sich das Mädchen neben ihm bewegt. Es wankt zur Seite, kurz davor, die Kellertreppe herunterzufallen. Mit dem Arm verheddert sich das Kind an der Türklinke. Sie drückt sie nach unten, während das Zombiewesen weiterhin seinen gesamten Körper dagegen presst.

Die Tür geht auf. Ganz langsam. Erst ein Spalt, dann drängt es weiter dagegen und kann die letzte Stufe ins Erdgeschoss – endlich – erklimmen.

Die Türangel schreit.

Es brüllt.

Das Gespräch verstummt.

Alle stürmen zu den Waffen, die früher einmal schlicht Werkzeuge waren. Sie hatten sie neben der Haustür angelehnt.

»Elisa! Nele! Scheiße, scheiße, scheiße«, flucht die Schwester immer wieder. Wischt sich fahrig über das tränenfeuchte Gesicht.

Es rennt wie lange nicht. Mit gefletschten Zähnen und ausgestreckten Armen läuft es zum nächstbesten Menschen, das Mädchen wie ein Wirbelwind auf seinen Fersen.

»Rückzug«, schreit Daniels Schwester nun und hört damit auf, zu fluchen.

»Sollen wir die zwei nicht lieber …?«, setzt die andere Frau zu fragen an.

Die Schwester ist außer sich. Ihre Stimme vibriert. »Nein, verdammt. Rückzug!«

Der Mann reißt die Haustür auf und die drei laufen nach draußen. Die Untoten auf der Straße folgen ihnen, ebenso wie das Zombiewesen selbst. Es stürmt aus dem Haus hinaus. Die Sonne steht schon tief, aber die lange nicht erfahrene Helligkeit hüllt es einen Moment lang ein. Das gleißende Licht blendet es, lässt es wenige Schritte vor der Haustür innehalten, bis es die Umgebung wieder besser erkennen kann. Die Bewegungen der anderen Untoten deuten darauf hin, in welche Richtung die Beute rennt. Es dreht sich und sieht noch, wie sie über den Gartenzaun hechten und um die Hausecke zum Garten hin verschwinden.

Es schreit ihnen nach und stürmt hinterher, so schnell es kann. Umständlich steigt es über den Zaun und als es das zweite Bein nachziehen will, klammert sich das Mädchen daran fest. Zwar prallt es deswegen zusammen mit dem Bein gegen den Holzzaun, aber das Kind lässt nicht los und gelangt somit ebenfalls auf die andere Seite.

Es läuft um das Haus herum in den Garten, aber von den Menschen ist nichts zu entdecken. Ein Knurren, dann läuft es zurück zur Straße, wo sich mehrere Untote aufhalten und hierhin und dorthin wanken.

Auf der Straße liegen zwei Zombies, die mit Gedärmen umwickelt und somit aneinandergebunden sind. Ihre Gesichter sind einzige Wunden, zerschlagen und zerfetzt. Das Zahnfleisch in ihren Mäulern liegt brach, lediglich wenige Zahn-Trümmerreste ragen daraus spitz hervor. Immer wieder versuchen sie, sich aufzurappeln, fallen aber spätestens nach ein paar Schritten um. Sie zerren an den Schlingen, aber die Dünndarm-Schnüre halten sie zusammen. Wie als Zeichen, wer dieses untote Kunstwerk erschuf, verbindet die beiden eine Metallstange, die durch die Brustkörbe der beiden gebohrt ist. Die Jugendlichen mit ihren Fahrrädern haben neue Höhen der Grausamkeit erklommen.

Es läuft die Straße entlang. Vögel flattern über es hinweg. Das Mädchen hält sich an seiner Seite, aber das ist nichts, was es interessiert. Die Zombies werden zu einem steten Strom, der sich Richtung Westen drängt, der untergehenden Sonne entgegen. Über Nacht verliert die Meute ihr Ziel und auch es und das Kind bleiben stehen, wo sie sind. Die Stunden vergehen, ohne dass irgendetwas die Aufmerksamkeit oder den Hunger der Untoten weckt.

Am nächsten Morgen verlassen einige Untote den Strom, jeder von ihnen eigenen Reizen folgend. Irgendwann kommt am vorderen Ende der Horde Bewegung auf. Schreie werden laut: welche aus untoten, aber auch solche aus lebendigen Kehlen. Es spürt das Verlangen, sich ganz nach vorne zu drängen, um etwas vom Fleisch und Blut zu erhaschen. Blinder Tumult bricht aus.

Es schiebt andere zur Seite, drückt und stößt, wird selbst weggedrängt und kann sich bald doch durchsetzen. Aber als es den Menschen, den alle zerfetzen wollen, erreicht, ist nicht viel mehr als ein Skelett mit aufgebrochenem Schädel und kleinsten Fleischfetzen sowie eine Blutlache auf der Straße übrig. Es beugt sich hinunter, leckt über den blutbesudelten Asphalt, dass es ihm die trockene Zunge aufreißt, aber bald erhebt es sich wieder.

Danach ist es ein stetes Sich-treiben-lassen. Schreien und wüten, wenn die anderen Untoten es tun. Um Beute kämpfen oder stillstehen.

Die Tage vergehen, Nächte ziehen vorüber und der Sommer geht in den Herbst über. Erste Blätter fallen von den Bäumen, rascheln unter den Schritten, die es geht, und sorgen oft für Aufregung, wo keine nötig wäre. Bald spürt es den Verfall deutlicher. Es muss so lange ohne Beute ausharren, dass sogar die Wut ein wenig schwächer wird. Der Hunger ist allumfassend, betäubend. Es beißt sich selbst in den Arm. Immer wieder, und lässt jedes Mal nach dem ersten Biss doch wieder von sich ab, weil die bitteren Säfte todbringend schmecken. Dass das Mädchen nun nicht länger an seiner Seite ist, bemerkt es nicht.

Zeit vergeht. Der Körper wird schwächer.

Dann sind da wieder Menschen. Dieses Mal sind sie ganz nah. Es ist eine Gruppe von sieben Männern, Frauen und Kindern, die aus einem Auto aussteigen. Sie wollen in den Wald flüchten, nachdem das Benzin leer wurde und das Auto die letzten Meter ausgerollt ist, aber ein Wildzaun hält sie auf.

»Steig auf meine Hände«, schreit ein Mann und zieht eines der Kinder grob zu sich heran.

Es rennt auf sie zu. Einmal knicken ihm die Beine weg, dass es auf den Asphalt stürzt. Es wird von anderen überholt, aber schnellstmöglich rappelt es sich auf und läuft heiser schreiend weiter.

Eine Frau hebt ächzend ein Kind über ihren Kopf, sodass es sich über den Zaun ziehen kann. Sie sind bald umzingelt. Der Mann hebt auch das kleinste Kind über den Zaun, das die beiden anderen bestmöglich auffangen.

»Jetzt du«, sagt er zu der Frau.

»Aber«, wimmert sie.

»Los!«

Die Frau steigt in letzter Sekunde auf seine Hände, klettert über den Maschendraht. Unerreichbar.

Der Mann und ein weit gebeugter Älterer wehren sich, werden aber überrannt. Ein Messer gleitet durch den Unterarm des Zombiewesens, was es nicht kümmert. Die klaffende Wunde mit den hinunterhängenden Hautlappen spürt es nicht. Ehe das Messer es erneut verletzen kann, stürzt der Mann auf die Knie und gefräßige Mäuler beugen sich über ihn. Gemeinsam mit den anderen beugt es sich über den am Boden liegenden, zappelnden Körper. Sie zerfetzen zuerst die Kleidung, dann das Fleisch. Jeder Untote verschlingt so viel vom Leib des Mannes, wie zu ergattern ist. Es kann zwar nur wenige Bissen erhaschen, aber zu kauen und zu schmecken ist eine Wonne. Noch mit vollem Mund wird es zur Seite geschoben. Immer wieder drängt es sich vorwärts, möglichst zurück zur Beute, aber die anderen sind stärker. Es fällt jedes Mal hin. Mit den Kräften der anderen Untoten kann es sich nicht messen. Ihre Körper sind noch nicht so sehr vom Verfall gezeichnet. Viele sind frisch, wenige könnten als Menschen durchgehen, wären nicht ihre Verletzungen und ihr gequältes Stöhnen.

Sonnenschein und Mondlicht wechseln sich ab. Die Zombiemeute ist längst weitergezogen, niemand bleibt zurück.

Es stürzt auf seinem Weg ins Nirgendwo immer häufiger, bis es irgendwann gar nicht mehr aufstehen kann.

Manchmal kriecht es ein Stück voran, wenn ein Auto vorüberfährt oder Stimmen im Wald hörbar werden, bis es auch dazu keine Kraft übrig hat.

Die Verwesung verschlingt es, wie es selbst die Lebenden verschlungen hat. Gierig und gnadenlos. Das faulige Fleisch an seinem Körper zieht Fliegen an. Maden kriechen unter seiner Haut umher, tummeln sich im sich zersetzenden Gewebe. Die Sonne verbrennt seine Haut, es trocknet aus. Ein Vogel pickt ihm ein Auge aus. Es dreht den Kopf und knurrt. Der Vogel fliegt einfach davon.

Es liegt bald nur noch da, sein Mund öffnet und schließt sich. Nicht einmal die Hand kann es mehr heben. Höchstens mit dem runzeligen, bräunlich verfärbten Finger zucken.

Ein Mann und eine Frau kommen vorbei. Laufen in der Mitte der Straße. So nah und doch zu weit, um die letzten losen Zähne, die sich noch im grauen Zahnfleisch festhalten können, in ihre Haut zu versenken. Ein Röcheln bringt es noch mit seiner ausgedörrten Kehle zustande.

Die Frau tritt näher heran.

»Bleib besser weg«, sagt der Mann.

Die Frau stützt sich mit den Händen auf den Oberschenkeln ab, beugt sich nach vorne. Die Augenbrauen dicht aneinandergezogen.

Es klappt den Mund hastiger auf und zu. Gier durchströmt seinen Körper, aber nichts kann es tun. Es krächzt lauter.

»Faszinierend. Die Gute hier ist komplett am Ende, falls es überhaupt eine Frau ist. Ich hoffe, die sehen bald alle so aus«, sagt sie.

»Lass uns weitergehen.«

Die Frau betrachtet es noch für einen Moment. Voller Abscheu und Ekel, aber in ihrem Blick liegt auch ein zarter Hauch von Mitgefühl, das es mit seinem letzten trüben Auge und dem verwaschenen Verstand nicht als solches erkennt. »Am liebsten würde ich sie erlösen. Uns hätte es auch erwischen können. Kann es noch.«

Die beiden ziehen weiter.

Es bleibt, wo es ist, so lange, wie es noch dauert, bis sich endlich samtene Schwärze über es senkt wie ein verspätetes Leichentuch, das das rot glimmende Licht der untergehenden Sonne aussperrt.

TANJA HANIKA
KRAMPUSNÄCHTE
WENN ALBTRÄUME WAHR WERDEN
HORRORKURZGESCHICHTE

KRAMPUSNACHTE

– WENN ALBTRAUME WAHR WERDEN

Ein Psychohorror-Kurzroman

von Tanja Hanika

Ava verbringt mit ihrem Mann und den Kindern einen vorweihnachtlichen Urlaub in den Alpen. Die Albträume ihrer Tochter Nele von einer Krampusgestalt vor ihrem Fenster werden für Ava zur Nervenprobe: Was ist wirklich nur ein Hirngespinst, was womöglich doch Realität? In ihr wächst die Überzeugung, dass doch mehr hinter den Albträumen ihrer Tochter steckt, denn vielleicht ist es gar kein Monster, das in die Ferienhütte eindringen will …
Eine weihnachtliche Psychohorrorgeschichte darüber, wie die Fantasie in die Wirklichkeit eindringen kann, und darüber, wie es sich anfühlt, wenn Ängste wahr zu werden drohen.
Content Notes

Innerhalb der Geschichte »Krampusnächte« wird in Kapitel vier per Radiosendung eine Krampusgeschichte vorgetragen. Diese ist kursiv gesetzt und dadurch optisch gut zu erkennen. Darin kommt es zu Gewalt gegen Kinder, Kindstod und Verletzung und Entführung von Kindern.
Im Rest des Textes kommt dies nicht explizit vor.

Für die allerbesten und wunderbaren

Großeltern Irmi und Fritz,

die immer Zeit für eine Geschichte

und für mich hatten.

EINS.

Albtraumgestalten
3. Dezember

Ein Schrei, spitz wie eine Nadel, bohrte sich in Avas Trommelfell; noch während der Schmerz in ihrem Kopf explodierte, sprang sie aus dem Bett und rannte zum Kinderzimmer. Die Kälte der Holzbodendielen unter ihren bloßen Füßen fuhr in ihren Leib wie zuvor der Schreck. Mit pochendem Herzen riss Ava die Tür auf und brach damit einem weiteren Schrei ihrer Tochter Bahn.

Nele saß mit unter der Decke angewinkelten Beinen im Bett des Ferienhauses, den Kopf Richtung Fenster gewandt, und holte Luft für ein erneutes Kreischen, als Ava sie erreichte. Sie drückte ihre Tochter an sich und fragte: »Was ist los, Schatz? Was hast du?«

Nele sackte an Avas Brust und klammerte sich so heftig an sie, dass Ava das Atmen schwerfiel. Ihr Mann Thilo, ebenfalls vom Schrei geweckt, ging vor dem Bett in die Hocke. Nele löste sich von ihrem Brustkorb, hielt aber ihren Arm weiterhin in einem gnadenlosen Klammergriff gefangen. »Da war was am Fenster. Ich hab was getrunken und als ich mich wieder hinlegen wollte, stand ein Monster am Fenster. Ich hab es genau gesehen: Da war ein Monster!«

Im sachten Schein des Nachtlichts warfen sich Ava und Thilo einen erleichterten Blick zu. Ihre Tochter kämpfte öfter mit Albträumen und brachte ihre Nachtmahre mit in den Wachzustand.

So manches Mal hatten sie schon unter dem Bett, im Schrank oder gar in Spielzeugkisten nachsehen müssen, ob das jeweilige Ungeheuer sich auch wirklich nirgendwo mehr versteckte. Der Höhepunkt dieser nächtlichen Suchaktionen hatte im Badezimmer geendet, als Nele absolut sicher gewesen war, dass ein Gruselfisch im Spülkasten herumtrieb, der ihr am nächsten Morgen in den Popo beißen würde, wenn sie auf die Toilette ging. Ava streichelte Nele über den Kopf und die Arme. »Du hast nur geträumt, alles ist in Ordnung.«

»Nein, Mama, ich hab davor doch noch was getrunken. Da war wirklich was. Ganz in echt! Das war kein Traum. Dieses Mal nicht!«

Thilo ging zum Fenster, öffnete es und lehnte sich hinaus. Er drehte sich nach links, dann wieder nach rechts und Ava war froh, als er das Fenster wieder schloss, sodass keine Kälte mehr zu ihnen ins Zimmer drang. »Nichts und niemand ist zu sehen. Alles ruhig dort draußen. Du kannst also unbesorgt weiterschlafen.«

Bevor Nele widersprechen konnte, sagte Ava: »Wie wäre es damit: Wir machen die Lichterkette am Fenster an. Damit schläfst du bestimmt ganz wunderbar.«

Nele schaute zwar ziemlich unzufrieden aus, aber sie dachte über den Vorschlag nach. »Und meine Tür darf offen bleiben?«

»Klar, große Maus«, versprach Thilo.

Nele drückte sich wieder fester an Ava. »Und eure Tür lasst ihr auch auf?«

»Aber sicher. Es sind auch nur noch ein paar Stunden zu schlafen, dann gibt es ein tolles Frühstück. Und in drei Tagen ist Nikolaustag! Der Nikolaus ist mit Sicherheit stolz, wenn er sieht, wie tapfer du bist.«

Nele legte sich hin und zog die Bettdecke bis zur Nasenspitze. »Ich hab trotzdem noch Angst«, hauchte sie. Beide gaben ihr einen Kuss auf die Stirn und machten ihr mit beruhigenden Worten Mut. Ava freute sich schon darauf, gleich wieder im warmen Bett zu liegen, und hoffte, Nele und Leon würden sie etwas länger schlafen lassen als üblich. Immerhin hatte Nele ihren kleinen Bruder mit ihrem Gebrüll nicht geweckt.

»Glaubt ihr mir, dass ich nicht geträumt habe? Dass da wirklich ein Monster war?«, wollte Nele wissen, als Ava und Thilo schon an der Tür waren. Die Decke dämpfte ihre Stimme, aber auch so konnte Ava hören, wie wichtig es Nele damit war.

»Wir glauben dir, dass du überzeugt bist, etwas gesehen zu haben«, sagte Thilo.

»Papa, mich kannst du nicht veräppeln wie Leon. Ich bin schon groß. Viel größer als er.«

»Wir glauben dir. Und wenn es nur ein Fiesling mit Maske war, der gerne Kinder erschreckt«, kürzte Ava das Gespräch mit einer Notlüge ab. »Gute Nacht, meine Große, und schlaf schön.«

Neles Decke raschelte, während die beiden zur Tür hinausschlüpften. Auf dem Flur blieb Ava plötzlich stehen, sodass Thilo gegen sie prallte. Sie meinte, etwas aus Leons Zimmer gehört zu haben, und fürchtete, er wäre doch aufgewacht, was sie noch mehr Schlafenszeit kosten würde.

»Was ist?«, fragte Thilo hinter ihr.

Sie lauschte mit angehaltenem Atem, konnte aber nichts weiter hören. Das Knacken musste vom Holz der Hütte stammen, deren nächtlichen Geräusche sie noch nicht kannte. Avas Großvater hatte sie einmal damit beruhigt, dass jedes Haus nachts seine eigenen Lieder sang. Man musste sie nur kennenlernen, dann hatten sie nichts Schauerliches mehr an sich. Da war Ava ungefähr in Neles Alter gewesen, frisch eingeschult und zum ersten Mal allein über Nacht bei den etwas entfernt wohnenden Großeltern. Auch an die nächtlichen Lieder der Hütte in den Alpen würden sie sich alle erst noch gewöhnen müssen, damit sie ihren Schrecken verlieren konnte.

Ava gähnte und setzte sich wieder in Bewegung. »Alles gut.«

Müde vom Kofferpacken, der stundenlangen Fahrt und dem Toben im Schnee nach der Ankunft, sank Ava in ihr Bett. Nachdem sie erneut ausführlich gegähnt hatte, wünschte sie Thilo, der lediglich zu einer genuschelten Antwort fähig war, eine gute

Nacht. Sie verstand kein Wort, ließ es aber darauf beruhen. Ava atmete gleichmäßig, hielt die Augen geschlossen und versuchte, an nichts zu denken. Dennoch konnte sie nicht wieder einschlafen. Die Müdigkeit drückte sie auf die Matratze, machte ihre Glieder schwer wie Blei, aber Ava konnte nicht aufhören auf ungewöhnliche Geräusche zu lauschen. Keine ihrer unzähligen Liegepositionen half ihr, zurück in den Schlaf zu finden.

Ava wusste nicht, wie lange sie sich im Bett herumgewälzt hatte, da hörte sie Nele über den Flur tapsen. Sie hob die Decke und ihre Tochter schlüpfte ins Bett, um anschließend ihren warmen Körper an sie zu drücken.

»Ich hab so Angst, dass das Monster zurückkommt. Darf ich bei dir bleiben?«

Ava genoss die Nähe und erlaubte es. Die Aussicht auf wenig Platz und kleine, aber spitze Knie im Bauch kam ihr angenehmer vor als der Gedanke daran, noch mal aufzustehen oder Nele zu überzeugen, zurück in ihr Bett zu gehen.

Mit ihrer Tochter im Arm schlief sie irgendwann doch noch ein.

Am nächsten Morgen weckte sie ein unangenehmer Druck auf ihre Blase. Erst nach einem Moment, in dem sie ihre verworrenen Träume abstreifte, erkannte sie, dass Nele ihre Füße gegen ihren Unterbauch stemmte. Behutsam schlug Ava die Decke zurück und stieg aus dem Bett. Keine drei geräuschlose Schritte hatte sie sich der Tür genähert, da sagte Nele mit heller und aufgeregter Stimme, die nichts von Müdigkeit verriet: »Guten Morgen, Mama. Ist Aufstehzeit? Was gibt's zum Frühstück? Wann gehen wir raus in den Schnee?«

»Guten Morgen. Komm erst mal mit, damit wir Papa nicht wecken.«

»Wach. Schon wach«, murmelte Thilo undeutlich und drehte sich unter der Decke um. »Bin gleich da.«

»Toll, dann können wir ja direkt noch etwas aus Schnee bauen. Wie wäre es mit einer Frau für den Schneemann von gestern? Oder ein Schneekind!« Nele hüpfte an ihr vorbei aus dem Schlafzimmer hinaus in Richtung Küche.

Nach dem Besuch im Badezimmer deckte Ava noch im Halbschlaf den Tisch. Nachdem die ersten Scheiben Toastbrot aus dem Toaster gesprungen waren, legte sie eine davon vor Nele auf den Teller. »Sag mal, Schatz«, fing sie vorsichtig an, »magst du mir noch mal von heute Nacht erzählen?«

Nele presste ihre Lippen konzentriert aufeinander, während sie Marmelade auf ihren Toast strich. Dann schaute sie Ava an und schüttelte den Kopf. Statt etwas zu sagen, biss sie in ihr Brot und kaute.

»Kannst du dich nicht mehr an deinen Albtraum erinnern?«, fragte Ava.

»Das war kein Albtraum«, rief Nele empört und verteilte einige aufgeweichte Bröckchen vor sich auf dem Tisch und auf dem Teller. »Das war echt, da war ein Gruselmonster mit Hörnern an meinem Fenster.«

Ava nickte. Sie wollte, dass Nele weitersprach, und wartete deswegen ab.

Nele biss wieder in ihren Toast und redete mit vollem Mund weiter. »Es stand direkt vor dem Fenster. Bestimmt wäre es sogar reingekommen, wenn ich nicht so geschrien hätte. Sein Gesicht hab ich nicht richtig erkannt, weil es so dunkel war, aber es sah irgendwie zackig aus.«

»Wie lange stand es wohl am Fenster?«, warf Ava neugierig ein.

Nele zuckte nur mit den Schultern und verschlang allem Anschein nach völlig unbesorgt mehr von ihrem Marmeladenbrot. Spätestens am Abend, da war Ava sicher, würde ihre Tochter diese Maske der Furchtlosen fallen lassen, wenn es wieder hieß, ins Bett zu gehen und allein im abgedunkelten Zimmer zu schlafen.

Möglicherweise war dann ein besserer Zeitpunkt, um noch einmal darüber zu sprechen.

In Ava hingegen arbeitete es: Eventuell war tatsächlich jemand an Neles Fenster gewesen. Wenn sie nicht von einem Monster ausging, sondern von jemandem mit Maske, wirkte das um einiges realistischer. Ausschließen wollte sie das nicht ohne Weiteres. Vielleicht spielten die Jugendlichen aus dem Ort den Feriengästen gerne Streiche. Aber rein theoretisch konnte auch etwas Schlimmes dahinterstecken. Und Nele war dermaßen überzeugt und lieferte sogar ein paar Details, sodass sie und Thilo der Sache nachgehen mussten. Ava wollte nach dem Frühstück hinausgehen und schauen, ob vor Neles Fenster Spuren zu finden waren. Sie wollte sich nie vorwerfen müssen, ihre Tochter nicht ernst genug genommen zu haben.

Thilo kam in die Küche und trug den verschlafen schauenden Leon auf dem Arm. Nach einem Gutenmorgenkuss für jeden der beiden, hastete Ava zur Küche hinaus. Bis nach dem Frühstück konnte sie doch nicht warten. Vom Flur aus, wo sie in ihre Winterstiefel schlüpfte und sich die Jacke überwarf, rief sie: »Frühstückt ihr weiter, ich bin gleich wieder da.« Bevor jemand fragen konnte, was los war, zog sie die Haustür hinter sich zu.

Sie stapfte an der Wand entlang um das Holzhaus herum. Seit Jahren hatte sie sich das gewünscht: in den Bergen eine Hütte zu mieten und dort ein paar vorweihnachtliche Tage im Schnee zu verbringen. Gewärmt von Kamin und Kakao mit viel Lesezeit und vergnüglichen Gesprächen mit Thilo. Durch die Kinder würde das ein bisschen anders ausfallen, aber Ava war froh, hier zu sein. Gleichzeitig sorgte allein die Möglichkeit, dass nachts irgendwer hier herumschlich, für ein nervöses Kribbeln in ihrem Bauch.

Auf ihrem Weg zu Neles Fenster hielt sie Ausschau nach Auffälligkeiten, aber abgesehen von ein paar großen und kleinen Schuhspuren, von gestern übrig gebliebenen Schneebällen und dem frisch beschneiten Schneemenschen, den sie am Vortag gebaut hatten, war nichts zu entdecken. Ava war viel zu neugierig, als sich an dem Schnee zu stören, der über den Rand ihrer Stiefel in die achtlos geschnürten Schuhe fiel und dort schmolz. Sie kam am Küchenfenster vorbei, winkte einmal hinein und stapfte weiter. Ein gutes Stück vor Neles Kinderzimmerfenster blieb sie stehen. Sie wollte keine Spuren verwischen, falls es tatsächlich welche gab.

Abdrücke von Vögeln und Katzen verliefen quer durch den Garten. Vielleicht sogar die eines Feldhasen, so genau konnte sie all die Tierspuren nicht deuten, die sie um sich herum entdeckte. Da ihre Schneeballschlacht sie nicht bis hierher geführt hatte, waren hier nur wenige Schuhabdrücke zu finden. Einige waren zugeschneit und stammten wohl ebenso von den Vormietern wie auch das verlassene Iglu im Vorgarten, das Nele sofort bei ihrer Ankunft in Besitz genommen hatte.

Ganz eindeutig zu erkennen waren allerdings zwei Streifen platt getretenen Schnees, die von den Büschen zum Fenster und wieder zurück führten. Sie waren schmal, aber Avas Meinung nach zu gleichmäßig festgetreten, um von einem Tier zu stammen. Einen eindeutigen Schuhabdruck konnte sie nicht ausmachen, aber sie ging davon aus, dass sich hier ein Mensch oder mehrere bewegt hatten. Immer vom Busch zum Fenster und wieder zurück. Möglicherweise hatte Nele recht. Vorsichtig näherte sich Ava den Spuren vor dem Fenster noch ein Stück und ging davor in die Hocke. Sie waren leicht von Schnee bedeckt. Hatte es noch in der Nacht geschneit, nachdem jemand da gewesen war? Oder stammten die Spuren lediglich von den Ferienhausvermietern, die vor ihrer Ankunft alles geprüft und nach dem Rechten gesehen hatten? Ava konnte nicht mit Sicherheit festmachen, wie alt die Spuren waren.

Noch immer grübelnd kehrte sie an den Küchentisch zurück. Leon streckte die Arme aus und Ava nahm ihn zum Kuscheln auf den Schoß. Danach kletterte er auf die urige Eckbank und machte sich über seinen in mundgerechte Stücke geschnittenen Marmeladentoast her.

Thilo fragte mit einer Kaffeetasse in seinen Händen: »Was hast du draußen gemacht? Feuerholz gehackt?«

»Nur Luft geschnappt«, sagte Ava und formte anschließend mit den Lippen ein lautloses: »Kleine Ohren!« Das war ihr Codewort dafür, dass sie später darüber sprechen würden, wenn die Kinder sie nicht hörten. »Und ich habe geschaut, wie das Wetter so ist. Nachher können wir einen tollen Ausflug unternehmen. Sieht aus, als würde es herrlich sonnig bleiben.«

»Jaaa! Wo gehen wir hin? Schlitten fahren?«, fragte Nele.

Leon nickte wild: »Au ja, und ich will den roten Schlitten nehmen!«

Alle hatten Lust, den Tag mit Rodeln und Spazieren im Schnee zu verbringen, und damit war Neles Wunsch beschlossene Sache. Nachdem das Frühstück beendet war und während die Kinder ihre Spielsachen im gesamten Ferienhaus verteilten, räumten Ava und Thilo die Küche auf. Zuerst alberten sie ein bisschen mit dem Geschirrtuch und dem Spülschaum herum, aber irgendwann fragte Thilo: »Was hast du eigentlich vorhin draußen gemacht?«

»Ich habe Spuren vor Neles Fenster gefunden. Aber ich konnte nicht wirklich feststellen, ob sie von letzter Nacht oder älter sind. Was hältst du davon, dass sie jemanden am Fenster gesehen haben will?«

»Nichts. Die Nummer hat sie auch zu Hause schon öfter gebracht.«

»Stimmt, aber dieses Mal war sie anders, finde ich. Sie hat gesagt, sie hatte schon etwas getrunken, bevor sie das Gruselmonster gesehen hat. Das spräche ja dafür, dass sie tatsächlich wach war. Könnte eventuell ein Streich der Dorfjugend sein oder so. Bestimmt war es eine Mutprobe: Einer musste sich eine Maske überziehen und losziehen, um jemanden zu erschrecken.«

»Also ich finde«, sagte Thilo grüblerisch, »wir sollten heute Mittag eine gemütliche Pizzeria hier in der Nähe suchen. Dann hätten wir eine Pizza-und-Pasta-Basis für den gesamten Urlaub. Mach dir nicht zu viel aus Neles Albträumen.«

Ava lachte herzlich. »Du und deine Pizza.«

»Mach dir bitte keine Sorgen, Schatz, unsere Tochter hat eine wilde Fantasie. Ganz wie ihre Mama. Du kennst sie doch, daheim beschäftigt uns das auch. Oder muss ich den Toiletten-Spülkasten und den Gruselfisch erwähnen?«

Ava lächelte zwar, aber sie war nicht ganz überzeugt. Zu schön wäre es für sie, wenn sie Thilos Auffassung bedenkenlos teilen könnte, aber der Hauch von Zweifel genügte, dass der Gedanke an einen Fremden, der nachts um ihre Hütte schlich, sie nicht mehr ganz losließ.

ZWEI.

In dunklen Ecken
4. Dezember

Ein Schrei teilte die Nacht in die Phase des Schlafens davor und in den Zustand größter Verwirrung danach. Ava war schon aus dem Bett gesprungen, ehe sie überhaupt merkte, dass sie zu Nele rannte. So wie in der Nacht zuvor.

Im Flur prallte ein kleiner Körper gegen ihren Bauch und binnen Sekundenbruchteilen umschlossen kurze Arme mit heftigem Druck ihre Hüfte. Heiße Tränen befeuchteten ihr Pyjamaoberteil, sodass es nach einem Moment kalt an ihrem Bauch anlag.

Bevor Ava etwas sagen konnte, rief Nele: »Es ist wieder da. Mama, schick es weg! Das Monster macht mir Angst. Mach es weg!« Ava drückte Nele fester an sich und Nele schlang ihre Arme mit mehr Kraft um sie, als sie ihrer Tochter zugetraut hätte.

Sie streichelte Neles Rücken und küsste ihren Haarschopf. »Alles gut, mein Schatz. Kriech zu Papa ins Bett, ich gehe nachsehen, okay?«

»Nein, Mama, geh lieber nicht!«, schrie Nele und ihre Stimme überschlug sich dabei. »Sonst nimmt es dich mit! Oder es tut dir schlimm weh.«

Thilo tauchte an der Schlafzimmertür auf. »Wieder ein Albtraum?«, fragte er, an Ava gewandt. Er ging neben Nele in die Hocke und gab ihr viele kleine Küsse auf Stirn und Wange.

Nele plapperte sofort los: »Papa, das Monster ist wieder da. Es hat so ein schlimmes Gesicht und Hörner. Es wollte mich mitnehmen oder sogar umbringen. Es sitzt in einer Ecke in meinem Zimmer! Erst hab ich es kaum gesehen, weil das Nachtlicht so schwach leuchtet. Es saß da und hat mich angeguckt, ohne sich zu bewegen. Und als es dann seine schreckliche Klauenhand nach mir ausgestreckt hat, bin ich zu euch gerannt.«

»Süße, du hast geträumt«, murmelte Thilo und unterdrückte ein Gähnen.

Nele stampfte mit dem Fuß auf. »Hab ich nicht! Das Monster war da! Bestimmt hockt es immer noch in der Ecke«, zischte sie und wischte sich mit dem Ärmel die Tränen aus dem Gesicht.

»Geh mit Papa ins Bett, ich schaue mal in dein Zimmer«, schlug Ava vor, doch Neles Griff um ihre Hüfte verstärkte sich weiter.

»Nein, Mama, du darfst nicht gehen. Was, wenn das Monster da drinnen auf dich wartet?« Nele begann zu schluchzen.

»Du weißt doch, dass ich superstark bin. Wenn das Monster da ist, verscheuche ich es.«

Thilo unterbrach sie: »Da ist kein Monster.«

»Ganz sicher ist da kein Monster, aber ich hole dir deinen Kuschel-Biber und dann schläfst du mit Bibette bei uns.«

Neles Unterlippe zitterte. »Pass ganz doll auf dich auf, Mama.« Sie ließ sich von Thilo hochnehmen und er flüsterte ihr etwas ins Ohr, während er sie zum Schlafzimmer trug.

Ava zog das nass geweinte T-Shirt von ihrem Bauch weg, doch es klebte dort wieder fest, sobald sie es losließ. Ehe sie in Neles Zimmer ging, rieb sie sich die feuchten Handflächen an der Pyjamahose trocken. Nervosität wand sich durch ihre Eingeweide wie eine Schlange. Es konnte doch nicht angehen, dass ihre Tochter sie so dermaßen verunsicherte, dass sie eine Gänsehaut bekam, wenn sie Bibette, die Kuschel-Biber-Dame, holen wollte. Nele durfte auf keinen Fall merken, wie unheimlich sie diese Monstergeschichte hier in der fremden Hütte fand. Daheim, wo sie alles kannte, wäre Ava nicht so zurückhaltend, nach dem Rechten zu sehen.

Schritt für Schritt schlich sie auf Neles Zimmer zu. Ein kalter Luftzug kam ihr entgegen, der ihr zuvor nicht aufgefallen war oder der sie weiter hinten in der Diele nicht erreicht hatte. Avas Nackenhärchen stellten sich auf, denn sie musste an all die Möglichkeiten denken, wie diese Situation in einem Horrorfilm weitergehen würde: Jede beinhaltete Blut und Verderben und keine davon gefiel ihr. Das Quietschen einer Holzdiele unter ihrem Fuß ging Ava durch Mark und Bein und ließ sie heftig zusammenzucken. Ihr Herz schlug viel zu schnell. Sie atmete tief ein und blies die Luft langsam wieder aus. Sie musste damit aufhören, sich in Albtraumszenarien hineinzufantasieren. Sich zu fragen, was wäre, wenn da tatsächlich etwas in einer dunklen Ecke saß und ihr auflauerte. Ava holte so viel Luft, wie ihre Lungenflügel fassen konnten und ballte die Hände zu Fäusten. Ein wenig beruhigte sich ihr Herz. Dann streckte sie zuerst den Kopf zur offenen Tür hinein und war froh, dass sie niemand dabei beobachtete, wie sie wie ein Angsthase das Zimmer ihrer Tochter auf Monster überprüfte.

Zuerst entdeckte sie das einen Spaltbreit offen stehende Fenster. Es war nicht gekippt, sondern angelehnt. Wieder trommelte ihr Puls viel zu laut in ihren Ohren. Wie lange mochte das Fenster schon angelehnt sein? Sie war sich sicher, dass es noch geschlossen gewesen war, als sie vor dem Schlafengehen nach Nele geschaut hatte. Ava zwang sich durchzuatmen und möglichst ruhig zu bleiben. Anschließend betrachtete sie die Möbel und die auf dem Boden verteilten Spielsachen und Klamotten. In keiner Ecke war ein Monster zu sehen und auch niemand, der sich als solches verkleidet hatte. Aber Nele brauchte tatsächlich ein anderes Nachtlicht. Der orangefarbene Schimmer war so schwach, als würde die Leuchte jeden Moment den Geist aufgeben. Auf dem Weg zum Fenster legte Ava ihre Arme um sich. Es war kalt geworden im Zimmer. Mit etwas mehr Nachdruck als nötig schloss sie es – ratlos, wie es dazu gekommen war, dass das Fenster überhaupt offen gewesen war.

Normalerweise schlafwandelte Nele nicht, aber vermutlich war sie zwischenzeitlich wach gewesen und hatte das Fenster aus irgendwelchen Gründen selbst geöffnet. Ava drehte die Heizung auf und setzte sich auf Neles Bett. Bibette nahm sie auf den Schoß und sie versuchte das Zimmer mit den Augen ihrer Tochter zu sehen. Gab es etwas, das wie ein Ungeheuer aussah? Die Zimmerecken waren entweder von einem Schrank verstellt oder ein paar Gegenstände lagen dort auf dem Boden verstreut. Nichts, was man im Halbschlaf mit einem gehörnten Monster verwechseln konnte. Immer wieder huschte ihre Aufmerksamkeit zum Fenster, als ob da jemand war, der sie beobachtete und den sie dabei erwischen wollte.

»Mama? Maaaaama, geht es dir gut? Bist du noch da?«, rief Nele aus dem Schlafzimmer.

»Klar, ich komme schon«, rief Ava leise zurück, um Leon nicht zu wecken. Wie schon so oft zuvor war sie für seinen tiefen Schlaf dankbar. Zwar dauerte es meistens länger, bis er eingeschlafen war, dafür weckte ihn dann nichts so schnell wieder auf. Ava kehrte ins Schlafzimmer zurück, wo Nele aufrecht im Bett saß. Thilo hatte einen Arm um sie gelegt und atmete bereits so gleichmäßig, dass sie nicht wusste, ob er noch wach war.

Aufgeregt und ohne Zeichen von Müdigkeit erzählte Nele: »Mama, ich hab mir was überlegt. Ich glaube, dass das Monster vielleicht gar nicht so aussieht, wie es aussieht.«

»Was meinst du damit?«, fragte Ava, reichte Bibette an Nele weiter und die beiden kuschelten sich samt Plüschtier unter die Decke. »Erzähl es mir leise, damit wir Papa nicht wach halten.«

Zuerst flüsterte Nele, aber sie wurde mit jedem Wort lauter. »Das Monster könnte eine Maske tragen, weißt du? Aber da steckt kein Mensch darunter! Nein, es sieht unter der Maske noch grässlicher aus!«

Ava spürte ein Ziehen in ihrem Magen. Nicht der Gedanke an ein Monster bereitete ihr Sorgen. Sondern die Vorstellung, dass es wirklich jemanden geben konnte, der sich – unter einer Maske verborgen – zu ihnen in die Hütte geschlichen hatte. Menschen, die bei einem einbrachen, waren leider keine Albtraumgestalten, sondern Gefahren aus Fleisch und Blut. Ihre Aussage über die Maske war in Neles Kopf also hängen geblieben. Ava wollte gut aufpassen, dass sie ihrer Tochter nicht auch die Idee mit einem Einbrecher verriet.

Nele war längst in Avas Armen eingeschlafen, als sie eine halbe Stunde später Thilo immer wieder mit dem Fuß anstupste. Sie hatte keine Hand frei und wollte ihre Tochter nicht wecken, daher versuchte sie es mit dem, was ihr blieb. »Thilo?«, flüsterte sie. »Thilo!«

Je länger Ava darüber nachgedacht hatte, desto schlimmere Vorstellungen hatten sich in ihrem Kopf gebildet. Zwar wusste sie, dass einem Nachtgedanken, wie sie nächtliche Grübeleien gerne nannte, immer schlimmer vorkamen, als wenn man bei Tageslicht und in wachem Zustand über diese Sachverhalte nachdachte. Aber nun war sie lange genug schlaflos im Bett gelegen und ihren Nachtgedanken ausgesetzt gewesen, sodass sie das dringende Bedürfnis verspürte, etwas zu unternehmen. Und wenn es nur war, ihren Mann wach zu rütteln, damit er prüfte, dass sie sicher waren. Dass es keine maskierten Einbrecher gab, die um ihre Ferienhütte schlichen. Ava würde das selbst prüfen, wenn sie nicht Gefahr lief, Nele damit zu wecken, indem sie unter ihr herauskroch. Sie wollte nicht einem Killer zum Opfer fallen, nur weil sie beide ihrer Tochter nicht geglaubt hatten. Außerdem war das Fenster offen gewesen und auch die Fußspuren im Schnee vor Neles Fenster gingen Ava nicht aus dem Kopf. Sie musste zudem wissen, dass es Leon gut ging. Dass Leon noch da war, korrigierte sie sich heimlich in Gedanken und schämte sich ein kleines bisschen, dass sie so anfällig für die Hirngespinste ihrer Tochter war. Gleichzeitig ärgerte sie sich darüber, nicht zuvor schon nach Leon geschaut zu haben.

»Thilo! Gottverdammt.« Sie war kurz davor, sich doch unter Nele herauszuschlängeln und selbst nachzusehen. Ihre sanften Stupse waren zwischenzeitlich zu leichten Tritten geworden. Er musste doch endlich davon aufwachen!

Thilo grummelte etwas, das wohl ein »Was ist los?« hätte werden sollen, aber ihr genügte die Regung.

»Es tut mir leid, aber du musst nachsehen gehen. Nele liegt auf mir.«

»Wohin muss ich?«

»Schaust du dich bitte um, dass niemand da ist, der nicht da sein soll? Und dass Leon dort ist, wo er hingehört!«

Thilo setzte sich auf. »Was? Hast du etwas gehört?« Er rieb sich über die Augen, wie es auch Nele tat, wenn sie gerade aufwachte.

»Nein, ich will nur sichergehen. Sonst kann ich nicht schlafen, es macht mich verrückt. Bitte? Und sorry fürs Wecken und Herumscheuchen.«

Mit schweren Schritten lief Thilo los. Im Flur schaltete er die Taschenlampenfunktion seines Handys an, das er vom Nachttisch mitgenommen hatte. Ava horchte genau, wohin er ging. Sie lauschte auf jede seiner Bewegungen und stellte sich genau vor, was gerade geschah. Wie er die Diele entlanglief. Zuerst nach Leon sah und anschließend auch in alle übrigen Zimmer spähte. Seine Runde fiel knapper aus, als sie gehofft hatte, aber immerhin hatte er sich ohne zu murren auf den Weg gemacht. Als er die Tür zu Leons Zimmer schloss, ohne Alarm zu schlagen, atmete Ava erleichtert durch.

»Alles in Ordnung«, sagte Thilo und machte es sich wieder im Bett gemütlich.

Ava gähnte nun ebenfalls. »Danke, Schatz, du bist der Beste.«

Ava war am nächsten Morgen vor den anderen wach. Noch zwei Tage bis Nikolaus, dachte sie und freute sich schon jetzt auf diesen kleinen, aber besonderen Festtag hier in der Ferienhütte. Die strahlenden Augen ihrer Kinder, wenn sie sich über die Geschenke und die Süßigkeiten in den Stiefeln hermachen würden. Leise stand sie auf, um in Ruhe eine Tasse Kaffee zu trinken und noch einige Seiten ihrer Urlaubslektüre zu lesen – eine Horrorgeschichte über Zombies mit einer Hauptfigur, die im Verlauf der Geschichte selbst zur Untoten werden würde. Wahrscheinlich nicht unbedingt der richtige Lesestoff nach der letzten Nacht, aber ihr E-Reader war voller anderer Romane, falls ihr doch nach etwas Fröhlichem wäre.

Kaum hatte sie eine dampfende Tasse Kaffee auf dem Beistelltisch abgestellt und saß gemütlich mit ihrem E-Reader auf dem weichen, wenn auch etwas durchgesessenen Sessel im Wohnzimmer der Ferienwohnung, entfuhr Ava ein schwermütiges Seufzen. Zum Fenster fielen die ersten rot glühenden Strahlen der Wintersonne und der Moment hätte so schön sein können: ein bisschen Ruhe und Zeit nur für sie allein, Kaffee, etwas zu lesen und eine wunderbare Kulisse. Aber der Gedanke an die Vorfälle der Nacht piesackte sie wie ein Krümel im Bett. Wie ein kratziges Waschzettelchen am T-Shirt-Kragen ließ es keine Entspannung zu und zwang Ava auf die Beine. Sie musste herausfinden, ob es etwas zu entdecken gab. Der Zweifel war winzig, aber doch war er da und ließ ihr keine Ruhe: Was, wenn Nele nicht geträumt hatte und da tatsächlich jemand gewesen war. Am Fenster, in der Zimmerecke, beim Bett. Allein der Gedanke daran, dass ein Fremder ins Zimmer ihrer Tochter einbrechen konnte, verursachte bei ihr Übelkeit. Ava gab sich der Vorstellung hin und malte sich aus, was dieser ihrer Tochter hätte alles antun können, dass er sie hätte verletzen oder entführen können, und schmeckte bittere Magensäure in ihrem Mund. Nein, dieses Mal waren die Nachtgedanken selbst in der Morgendämmerung nicht weniger schrecklich.

Sie musste sicher sein, dass ihre Tochter lediglich einen Albtraum gehabt hatte. Erst dann würde sie den Urlaub genießen können. Daher schlich Ava vorsichtig den Flur entlang. Noch wusste sie nicht auswendig, welche Dielenbretter knarrten, weshalb sie sich mit langsamen Schritten voranbewegte. Als sie an Neles Zimmer ankam, atmete sie tief durch. Ihr war nicht bewusst gewesen, dass sie die Luft angehalten hatte. Sie ging hinein. Hinterrücks schloss sie die Tür und schaltete anschließend das Licht an.

Das Spielsachen- und Klamottenchaos wunderte sie kein Stück. So war ihre Tochter: ein Wirbelwind, verschmust, neugierig und clever. Sie schaffte es innerhalb eines Wimpernschlags, ein ganzes Haus zu verwüsten, so kam es Ava jedenfalls vor. Kaum hatte sie die Küche auf Hochglanz gebracht, verkleckerte Nele Joghurt. War der Boden freigeräumt, damit sie staubsaugen konnte, verteilte Nele Puzzleteile im Zimmer.

Erneut nahm sie auf Neles Bett Platz, um sich vorzustellen, was ihre Tochter in der Nacht gesehen und gehört haben konnte. Gedankenverloren nahm sie das erstbeste Spielzeug auf und nestelte an den Wollhaaren der Stoffpuppe herum. Nach einer Weile schüttelte sie über sich selbst den Kopf. Wie konnte sie sich wegen der Albträume ihrer Tochter so verrückt machen? Albträume, die sie von zu Hause zu gut kannte! Natürlich war es wichtig, das eigene Kind ernst zu nehmen und ihm zu zeigen, dass man seine Angst nicht einfach als unbegründet abtat, aber irgendwie hatte sie es geschafft, sich zu sehr hineinzusteigern. Schwungvoll stand Ava auf. Sie wollte die wahrscheinlich sehr kurze Zeit, die ihr noch blieb, ausnutzen und in Ruhe lesen. Noch war ihr Kaffee mindestens lauwarm und genießbar.

Sie setzte ihren Fuß zwischen ein pinkfarbenes Auto, ein Wimmelbuch und einen weichen Stoffball, da entdeckte sie ein Stück Jutestoff auf dem Boden. Wären nicht so viele Spielsachen herumgelegen, sodass Ava den Blick zu Boden gerichtet hielt, um auf nichts zu treten, hätte sie das Stück Stoff zwischen all den anderen Dingen nicht bemerkt. Sie nahm es auf und drehte das grobe Gewebe hin und her. Nach eingehender Betrachtung konnte Ava es weder einem Spielzeug noch einem Kleidungsstück von Nele zuordnen – immerhin spielte sie nicht mit Kartoffelsäcken und verkleidete sich damit auch nicht als Kartoffelmonster. Eventuell stammte das Gewebe von der Familie, die zuvor das Ferienhaus gemietet hatte, oder die Putzfrau hatte es verloren. Ein Gänsehautschauer zog bei der dritten Möglichkeit über ihren Körper: Konnte es sein, dass es von dem Monster stammte, das Nele in der Nacht entdeckt hatte? Sie nahm den Stofffetzen mit ins Wohnzimmer.

Mit der Tasse Kaffee in den Händen starrte Ava im Sessel sitzend aus dem Fenster und nahm nur am Rande wahr, was für ein schöner Tag sich ankündigte, wie die Vögel um das Futterhäuschen herumhüpften und sich Körner stibitzten. Sie hing ihren eigenen Gedanken und Sorgen nach, als Leon zu ihr kam. Er hüpfte auf ihren Schoß, sodass sie die Tasse hastig in Sicherheit brachte. Anschließend zog sie ihn in eine feste Umarmung. »Wie hast du geschlafen, mein Großer?«

Zunächst zuckte der Junge mit den Schultern, dass die Dinosaurier auf seinem Schlafanzug wackelten. Dann fragte er: »Was war denn heute Nacht los?«

»Nele hatte einen Albtraum. Bist du etwa davon aufgewacht? Und hast dann gar nicht gerufen?«

Stolz nickte Leon. »Ich hab mich umgedreht und weitergeschlafen. Nele hat euch mehr gebraucht als ich.«

Die Worte ihres vierjährigen Sohnes brachten Avas Herz fast zum Schmelzen. Sie konnte ihr Glück nicht fassen, zwei so wunderbare und gutherzige Menschlein ihre Kinder nennen zu dürfen.

»Da warst du aber tapfer. Wo du doch sonst so schwer einschläfst. Und jetzt hast du das ganz allein geschafft. Ich bin so stolz auf dich, Leon.«

»Was hat Nele denn alb-geträumt?«

Ava verzichtete darauf, Leon zu verbessern. Sie überlegte einen Moment lang, was sie ihm verraten konnte. »Von einem Monster, aber alles ist gut. Hast du denn auch etwas geträumt?«

Leon nickte und berichtete von seiner bunten und verrückten Traumwelt, die er in der Nacht besucht hatte. Ava ertappte sich dabei, wie ihre Gedanken immer wieder abschweiften, obwohl sie Leons Traumgebilde durchaus spannend fand.

»Ich hab Hunger«, beendete Leon seine Erzählung.

»Magst du ein Zebraschnitzel?«, fragte Ava und begann damit das Spiel, in dem sie ihren Kindern die skurrilsten Dinge vorschlug.

»Nein, Cornflakes«, sagte Leon und grinste breit.

Ava kitzelte ihn am Bauch. »Und wie wäre es mit Heuschreckensuppe?«

Leon lachte. »Nein, Cornflakes.«

»Vielleicht finde ich auch Kieselsteine im Kühlschrank. Die halten laaange satt.«

»Nein, Cornflakes, Mama!«

»Na gut, wenn du unbedingt willst, dann bekommst du eben Bambusblättersalat mit Schneckenschleim-Dressing.«

»Mama, igitt, ich will doch …«

»Cornflakes!«, sagten sie gleichzeitig und versuchten sich anschließend gegenseitig jeweils mehr Küsse aufs Gesicht zu drücken, als der andere es schaffte.

Ihren zweiten Kaffee trank Ava später zusammen mit Thilo. Die beiden saßen am Küchentisch, während Leon und Nele draußen im Vorgarten einige Schneetiere bauten. Ava genoss es, die beiden lachen zu hören, ihre roten Wangen und ihre Begeisterung zu beobachten.

»Dazu noch ein Drittes …«, murmelte Thilo und schaute sie fragend an.

Umständlich schluckte Ava den Kaffee in ihrem Mund herunter. »Auf gar keinen Fall.«

Thilo lachte los. »Du hättest mal dein Gesicht sehen müssen!«

Breit grinsend verkündete Ava: »Das ist nicht witzig. Ich wäre fast am Kaffee erstickt. Dann hättest du die Kinderschar alleine großziehen dürfen.«

Die beiden prosteten sich schelmisch mit den Tassen zu. Sie wussten, wie gut sie es hatten. Trotz so mancher kleiner Stolpersteine wie Leons Schlafproblemen und Neles Chaos oder manchmal aufkommender Sorgen in ihren Jobs; sie hatten ein großes Glück, dass sie da im Leben standen, wo sie waren.

Ava wollte die Stimmung nicht trüben, aber sie konnte es nicht länger für sich behalten. Die Kinder hatten den Bauch eines undefinierbaren Schneetiers fertig und waren nun damit beschäftigt, einen Kopf zusammenzurollen. Bevor sie nach Möhre und Schal oder sonstigen vermeintlich bitter nötigen Gegenständen fragen konnten, wollte Ava noch das Stück Jute ansprechen, das ihr keine Ruhe ließ, seit sie es gefunden hatte. Sie ging zur Schublade, holte das Stoffstück heraus und reichte es Thilo. »Das habe ich in Neles Zimmer gefunden.«

Er zog die Augenbrauen hinauf und schnitt eine Grimasse. »Zunächst einmal sollten wir es die nächsten Jahre genießen, dass wir noch keine Drogen oder gebrauchten Kondome in ihrem Zimmer finden. Das fände ich bedenklicher als das hier. Was ist das überhaupt?«

»Jute.«

»Okay. Cool. Jute«, sagte Thilo und drehte den Stofffetzen in seiner Hand. »Was jetzt?«

»Hast du eine Ahnung, wo das herkommen könnte?«

»Ich hab ja nicht mal eine Ahnung, was das genau ist«, gab Thilo zu.

Ava musste lächeln. Offenbar hatte sie sich wieder komplett unnötig wegen etwas verrückt gemacht. Glucken-Modus nannte

Thilo das, wenn er sie damit aufzog, dass sie übervorsichtig mit den Kindern war.

Ein Schneeball flog an die Scheibe. »Kommt raus! Kommt endlich raus!«, riefen Nele und Leon. Inzwischen hatten sie einen etwas zu kleinen Kopf geformt, der auf dem dicken Schneebauch saß. Zwei winzige Kugeln bildeten wohl die Ohren des Tieres. Die beiden hatten ihn ziemlich weit links platziert, sodass es aussah, als würde das Schneetier den Kopf zur Seite neigen und fragend in die Küche hereinschauen.

Nachdem Thilo und Ava in ihre jeweilige Winter-Montur geschlüpft waren und sie die Kinder für ihr Schneekunstwerk gelobt hatten, spazierten alle zur Altstadt. Auf deren Marktplatz war ein Weihnachtsmarkt aufgebaut, den sie sich nicht entgehen lassen wollten.

Gemeinsam bestaunten sie die ausgestellten und raffiniert gefertigten Kunstgegenstände, Holzobjekte, Kerzen und Seifen. Ein Stand führte alles Denkbare aus Lederimitat: von Schuhen und Handschuhen über Taschen bis hin zu Handyhüllen konnte man alles erstehen. An einem anderen Stand waren Figuren aus Glas ausgestellt, die beinahe jedes Tier darstellten, das Ava kannte. Sie verspeisten zuckrige Crêpes und wärmten sich mit heißen Maroni, Glühwein und Kakao. Am längsten verweilten sie an einem Stand, der handgefertigtes Spielzeug anbot. Kunstschnee und Engelshaar schmückten die Auslagen und Lichterketten strahlten um die Wette. Leon sah ganz verträumt aus und als stellte er sich vor, wie er zu Hause mit all den Spielsachen spielen würde. Nele hingegen zeigte aufgedreht auf alles Mögliche und tat lauthals kund, was sie davon unbedingt brauchte und haben wollte.

Thilo kramte schon in der Jackentasche nach seinem Portemonnaie, als Ava hastig den Kopf schüttelte. Fragend hob er die Augenbrauen. »Kein Andenken?«

»Es ist doch bald Nikolaus. Und bis Weihnachten dauert es auch nicht mehr lang. Wenn, dann kauf heimlich was, dann bekommen sie es auf der Heimfahrt als Überraschung – und vor allem zur Ablenkung.« Verschwörerisch zwinkerte Ava ihm zu.

Thilo lächelte und nickte wissend. »Du Fuchs. Dann lenk die beiden mal ab.«

Ava gab ihm einen Kuss zum Zeichen, dass sie die Herausforderung angenommen hatte. »Kinder? Kinder? Hallo, Erde an Leon und Nele. Wollen wir mal schauen, ob es noch einen Stand mit Spielzeug gibt?«

Leon verzog das Gesicht voller Ablehnung und Nele verkündete: »Wir können hier doch nicht weg, ihr habt uns noch gar nichts gekauft. Das ist alles so cool.«

»Lass uns erst mal schauen, ob es woanders noch was Cooleres gibt, okay? Außerdem ist ja bald Weihnachten, da bekommt ihr einen ganzen Berg an Geschenken.«

Nele kniff die Augen zusammen und Leon schaute skeptisch zu Ava hoch.

Sie sagte: »Jetzt lasst uns doch noch ein bisschen weiterschauen. Nicht dass ihr die besten Sachen verpasst.«

Langsam nickte Leon und gab ihr eine Hand. Nele seufzte nur, schloss sich ihnen aber an.

»Ich binde noch meinen Schuh, bin gleich da«, sagte Thilo übertrieben unauffällig und halb singend.

Ava musste lachen, lenkte die beiden aber schnell mit der Krippe mit lebendigen Schafen und Eseln ab, an der sie auf dem Weg zur nächsten Bude vorbeikamen. Im Hintergrund begann ein Glockenspiel, das von der Kirche herüberscholl, deren Turm man vom Markt aus gut sehen konnte. Die hellen und tiefen Töne verbanden sich zu einer Melodie, die Avas Weihnachtsstimmung auf ein neues Level katapultierte. Der Schnee auf den Dächern, den sie daheim oft vermisste, dazu der Geruch nach Maroni, Süßem und Gebratenem in der kalten Luft – all das bildete die perfekte Weihnachtskulisse. An manchen Buden hingen Stechpalmenblätter, andere waren mit großen Holz-Zuckerstangen geschmückt. Sie hätte diesen Moment gerne festgehalten oder für später konserviert. Stattdessen prägte sie sich alles genau ein, damit ihr zumindest eine Erinnerung daran blieb.

»Darf man die Tiere füttern?«, fragte Nele und stieg auf die unterste Sprosse des Holzzauns.

»Ich glaube nicht. Die wären kugelrund, wenn jedes Kind die Schafe und Esel füttert.«

»Eselsbraten«, murmelte Leon, woraufhin Ava ihn spielerisch anstupste.

»Du Monster«, sagte sie.

»Warum kichert ihr?«, fragte Nele und schaute vorwurfsvoll über die Schulter. Bevor Ava eine Chance hatte zu antworten, plapperte Nele schon weiter: »Wohnen die Tiere immer hier? Wo schlafen sie nachts? In dem Stall dort? Und frieren die da nicht?«

Bis Ava ihre Fragen bestmöglich beantwortet hatte, drängte Nele bereits zum Aufbruch. Sie wollte mehr Spielsachen anschauen. Ava bezweifelte nicht, dass ihre Tochter später in ihren Teenagerjahren zu einem wahren Shoppingrausch fähig wäre, wenn sich ihr die Gelegenheit böte.

Völlig unvermittelt schrie Nele auf, drehte sich um und warf sich gegen Ava, die sie mit einem Arm umschlang, ehe sie wusste, was überhaupt los war. Leons Hand ließ sie nicht los. Hastig schaute sie sich um, was Neles Angst ausgelöst haben mochte, während sie ihre Tochter danach fragte, was passiert sei.

»Das Monster da drüben! Die Figur. So sah auch das Monster in meinem Zimmer aus!« Neles Stimme zitterte heftig, aber sie weinte nicht.

»Der Krampus dort?«, fragte Ava.

»Was ist mit dem Krampus?«, wollte Thilo wissen, der zu ihnen aufschloss.

Ava nickte zur Holzfigur und erklärte ihm, dass es sich bei Neles Albtraummonster wohl um eine ähnliche Gestalt gehandelt hatte.

»Woher kennst du denn den Krampus? Hast du den vorher schon gesehen? Vielleicht in einer Werbung für den Urlaub hier? Oder auf einem Flyer für eine Sehenswürdigkeit?«, fragte Thilo und streichelte Nele über den Rücken.

»Mama, wer ist der Krampus?«, fragte Nele und setzte vorsorglich ihren Hundeblick auf. Sie ahnte gewiss, dass ihre Mutter ihr ungern etwas vermeintlich Gruseliges erzählen wollte.

Thilo sagte: »Während ihr das Gespräch führt, holen wir Männer Nachschub an Verpflegung. Leon, hilfst du mir beim Aussuchen?«

»Oh ja«, rief Leon und wechselte freudig von Avas an Thilos Hand.

Nachdem sich die beiden einige Meter entfernt hatten, ging Ava vor Nele in die Hocke und stellte überrascht fest, dass ihre Tochter wieder ein ganzes Stück gewachsen war. »Was ich dir jetzt erzähle, ist nur eine Geschichte.«

»Das brauchst du mir nicht zu sagen, Mama, ich bin doch kein Baby mehr«, erwiderte Nele pampig, aber ihre Stimme verriet einen letzten Rest von Angst. Ava war froh, dass inzwischen der größte Schrecken aus dem Gesicht ihrer Tochter verschwunden war. Trotzig fand Ava besser als ängstlich.

»Gut. Hier in den Alpen gibt es andere Geschichten – also Sagen und Legenden – als bei uns zu Hause. Hier heißt es, dass es neben dem Nikolaus auch den Krampus gäbe. Eine Mischung aus Ziege und Dämon. Der Krampus bringt aber keine Geschenke mit.«

Da Ava stockte, fragte Nele: »Sondern? Was bringt er den Kindern dann mit: Brokkoli?«

»Na ja, es heißt – und das ist wie gesagt nicht echt – dass er die Kinder stattdessen bestraft.«

»Wie denn?«

»Bist du sicher, dass du das wissen willst? Ich finde das irgendwie nicht gut, wenn ich dir solche Schauergeschichten erzähle.«

»Sag schon! Bitte, bitte, bitte!«

»Okay, manche bekommen Kohle statt Geschenken. Andere haut er mit einer Rute. Und ganz, ganz schlimme Kinder steckt er angeblich in seinen Jutesack und nimmt sie mit.«

Nele machte große Augen, aber nach der ersten Schrecksekunde spielte sie die Coole. »Die Geschichte gefällt mir. Woher weißt du das alles?«

»Ich habe vor dem Urlaub ein bisschen im Internet danach gesucht, weil mich dieses Brauchtum-Zeugs interessiert. Alles in Ordnung? Sollen wir mal schauen, was Papa zu essen gefunden hat?«

»Nein, warte. Weißt du noch mehr über den Krampus?«

»Wenn ich mich richtig erinnere, bedeutet sein Name Kralle oder so ähnlich. Wobei er ja Hufe als Füße hat und zu seinen Hörnern am Kopf passt das auch nicht.«

Nele lachte: »Ja, wie doof, Ziegen haben ja keine Krallen. Da hätten die mal besser einen anderen Namen genommen.«

Ava nickte und war froh, dass Nele wohl nicht mehr an den Teil mit dem Dämon dachte und dass sie ihr nicht verraten hatte, dass der Name auch etwas Lebloses oder Verdorrtes bezeichnen konnte. Mit Nele schlenderte sie zu den anderen beiden, die Waffeln für alle gekauft hatten.

Bis zum Abend verbrachten die vier einen herrlichen Urlaubstag. An den Krampus und das Stück Jutestoff dachte selbst Ava nur noch wenig. Sie genoss die Ausgelassenheit und die Familienzeit, die sie alle an diesem wunderschönen Ort am Alpenrand miteinander verbringen konnten.

DREI.

Träume werden wahr?
4. Dezember

Erst am Abend, als Leon längst im Bett lag und es auch an Nele war, schlafen zu gehen, meldete sich wieder das Klümpchen in Avas Magen. Es bestand nicht nur aus Sorge um Nele, sondern auch aus Beunruhigung wegen des angeblichen Monsters. Neles Stimmung hatte sich beim Abendessen ebenfalls verändert: Wo sie für gewöhnlich keinen ihrer Gedanken für sich behielt, war sie heute deutlich stiller als sonst gewesen. Kaum hatte sie sich die Zähne geputzt, kam sie zu Ava und Thilo ins Wohnzimmer, statt in ihren Schlafanzug zu schlüpfen.

Thilo fragte: »Was ist los, meine Große? Du schaust ganz verkniffen.«

Nele nickte. Mit sterbenselender Stimme verkündete sie: »Ich hab ganz schlimm Bauchweh.«

»Komm«, sagte Ava, »wir legen uns in dein Bett und da streichle ich dir dein Bäuchlein.«

»Bekomme ich noch einen Gutenachtkuss?«, fragte Thilo.

Nele hüpfte zu ihm auf den Schoß und vergaß für einen Moment ihre Bauchschmerzen. Nachdem die beiden ihre üblichen und allabendlichen Gutenachtwünsche ausgetauscht hatten, hielt sich Nele wieder den Bauch und schlurfte an Avas Hand mit hängenden Schultern zu ihrem Zimmer. Beide schlüpften zur Kuscheltier-

Biberdame Bibette unter die Decke, die noch nach Weichspüler roch und auf deren Stoff ein Weltraum-und Galaxienmuster abgebildet war. Neles Weltraumphase hatte zwar im Herbst geendet, aber ihren Lieblingsbettbezug wollte sie unbedingt mit in den Urlaub nehmen.

»Wo tut es denn genau weh?«, fragte Ava, nachdem sie sich aneinander eingekuschelt hatten.

Nele deutete auf einige Stellen. »Hier ein bisschen. Und da und hier auch.«

»Musst du doch noch mal zur Toilette?«

Nele schüttelte den Kopf, der an Avas Oberarm gekuschelt war.

»Weißt du, was einem manchmal Bauchweh macht, wenn es nicht daran liegt, dass man aufs Klo muss?«

»Was?«

»Wenn man sich Sorgen über etwas macht. Hast du Sorgen, Schatz?«

»Ich hab Angst, dass das Monster wieder kommt. Der Krempel von letzter Nacht, mit den Hörnern.«

»Den Krampus meinst du, Schatz. Den gibt es gar nicht. Das ist nur eine gruselige Geschichte. Früher hat man öfter versucht, den Kindern mit Gruselgeschichten Angst zu machen, damit sie besser hören. Fies, oder? Die Märchen, die wir früher öfter gelesen haben, sie sind ja teilweise auch ziemlich heftig.« Ein mulmiges Brodeln kämpfte sich durch Avas Leib. Die Frage »was wäre, wenn« beschäftigte sie öfter und auch hier brandete sie auf. Was wäre, wenn ihre Tochter nicht einen Einbrecher, sondern tatsächlich den Krampus in ihrem Zimmer entdeckt hatte? Zwar glaubte Ava nicht an Spuk und Gespenster, aber wer war sie, zu entscheiden, was es wirklich gab und was nicht. Und wenn viele Menschen an einen Gott glaubten, wären der Teufel und seine Dämonenschar nicht allzu weit hergeholt. Dann wäre ein weihnachtlicher Ziegendämon gar nicht so verrückt, wie es auf den ersten Blick schien.

»Und was, wenn du dich irrst, Mama? Wenn es den Kremp… Krampus doch gibt?«

Ava drückte Nele fester an sich. »Es ist absolut in Ordnung, wenn man sich vor etwas fürchtet. Aber manche Ängste – wie die vor dem Krampus – sind unbegründet und man kann sich ihnen stellen, bis man keine Angst mehr hat.«

»Bleibst du bei mir, bis ich eingeschlafen bin?«, fragte Nele.

Ava blieb.

Nach dem, was sie heute alles erlebt hatten, dauerte es in der gemütlichen Wärme des Bettes nicht lange, bis Nele tief atmete und in Avas Armen erschlaffte. Sobald ihre Tochter eingeschlafen war, schlich sie sich vorsichtig aus dem Zimmer, um nach Leon zu sehen.

Als sie die Tür öffnete, um hineinzuschlüpfen, setzte Leon sich auf und hauchte: »Wer ist da?«

»Mama. Kannst du wieder nicht schlafen?«

»Nein, ich bin gar nicht müde.« Leon gähnte und rieb sich die Augen. »Wahrscheinlich bleibe ich für immer wach.«

Nachdem Ava ihn wieder hingelegt und zugedeckt hatte, gab sie ihm einen Kuss auf Stirn, Nasenspitze und Mund und sagte: »Versuch es noch ein bisschen länger. Ich komme gleich nochmal nach dir schauen, okay?«

»Na gut.«

Ava wünschte ihrem Sohn noch einmal eine gute Nacht und verließ sein Zimmer. Als sie am großen Schrank vorbeikam, der im Flur stand, knackte sein Holz und riss sie aus ihren Gedanken. Sie lächelte über den Schrecken, den ihr dieses uralt aussehende Möbelstück eingejagt hatte, das wohl schon seit Jahrzehnten so dunkel und geheimnisvoll an der Wand stand, und setzte sich im Wohnzimmer neben Thilo auf die Couch. Er hatte einen Laptop auf dem Schoß.

»Weihnachtsshopping?«, fragte sie.

»Recherche«, gab Thilo knapp zurück, noch in den Text vertieft, den er las.

Ava las ein paar Zeilen, dann war Thilo fertig. Er bot ihr den Laptop an, doch sie winkte ab. »Erzähl mir, was du herausgefunden hast.«

»Der Krampusbrauch ist schon richtig alt. In der Zeit der Inquisition ist er wohl verboten worden. Wer sich als teuflische Gestalt verkleidet hat, musste mit der Todesstrafe rechnen. Heftig, oder?«

»Die hatten wohl richtig Angst«, mutmaßte Ava und wieder kribbelte es in ihr. Sie mahnte sich, nicht wie ihre Kinder anzufangen und überall Schattenmänner und Monster zu vermuten. »Warum ist der Brauch dann nicht verloren gegangen?«

»In manchen abgelegenen Regionen haben sie einfach weitergemacht. Und das gipfelte schließlich Hunderte Jahre später in den Krampuszügen, die es hier bis heute gibt.«

»Ach, davon hatte ich gelesen und es wieder vergessen. Meinst du, das wäre etwas für die Kids, falls es hier in der Nähe so einen Umzug gibt?«

Thilo kratzte über die Bartstoppeln an seiner Wange. »Dieses Jahr eher nicht. Lautes Glockenläuten, Schreie und mit Ruten bewaffnete Krampusgestalten, die die Zuschauer erschrecken? Die haben teilweise echt üble Fratzen als Masken. Nele würde das sonst vielleicht mögen, aber nicht nach den Albträumen zuletzt.«

»Sie würde mit einigen anderen Kindern die Krampus-Leute reizen, ohne geschnappt zu werden«, sagte Ava und schmunzelte bei der Vorstellung, wie ihre mutige Tochter sich mit einem Ziegendämon anlegte.

Thilo lachte. »Sie würde sich einen Krampus schnappen, ihm Maske und Rute abnehmen und selbst zum grummeligsten Krampus von allen werden.«

Die beiden schwelgten eine Weile in Erinnerungen an vergangene Weihnachtsfeste und Familienabenteuer, als Ava zu gähnen anfing.

»Willst du schlafen gehen oder schauen wir noch eine Folge?«, fragte Thilo und bezog sich auf die Serie, die sie aktuell am liebsten streamten.

»Au ja, eine Folge schaffe ich noch. Oder zwei.«

Thilo lachte. »Oder drei.«

Es dauerte selbst nach zwei Folgen ihrer Lieblingsserie noch lange, bis Ava in den Schlaf gefunden hatte. Sie träumte, dass sie vor einer Krampusgestalt in eine abgelegene Berghütte floh. Dieser Krampus war gruseliger als alle, die sie zuvor gesehen hatte. Seine Maske war nicht nur aus Holz oder Leder gefertigt, sondern außen mit der Haut und letzten Bartresten des Nikolauses bespannt. Blut troff von einigen der weißen Härchen und ein Augenlid hing etwas zu tief. Die Haut war blass und wächsern, von dunkelroten Adern durchzogen und übersät mit kleinen Schnitten. Kniehoch lag der Schnee, durch den sie stapfte, und schnell waren ihre Turnschuhe durchweicht und ihre Füße kalt. Aber der Krampus drohte sie einzuholen, fast konnte er sie schon mit seiner Rute erreichen. Er schrie, blökte und knurrte kehlig, allein die Laute klangen grausam. Sein Atem ging stoßweise, wie auch ihr eigener.

Dann gelangte sie an eine Hütte, zog die Tür hinter sich zu und verriegelte sie mit dem dafür vorgesehenen Querbalken. Fenster hatte der kleine Holzbau nicht, zumindest keines, das sie erkennen konnte. Das einzige Licht kam vom Kamin, in dem ein für seine Abmessungen eindeutig zu großes Feuer loderte. Ava schaute sich in der Albtraumhütte um, aber viel gab es nicht zu entdecken. Abgesehen von einem Tisch, einem Stuhl und einem Weihnachtsbaum war sie leer. Der Baum sah seltsam aus und fesselte ihre Aufmerksamkeit. Typischer Traumlogik folgend, war der Krampus vergessen. Stattdessen schritt sie auf die Tanne zu und streckte ihre Hand danach aus, zog sie aber hastig zurück, als sie erkannte, womit der Baum geschmückt war.

Innereien zierten den Nadelbaum. Einzelne Organe hingen an Goldfäden an den Ästen und Därme waren wie Girlanden ringsum darauf drapiert. Kleine dunkle Fäden, bei denen es sich um Blutgefäße handeln musste, bildeten das Lametta auf dem

Tannengrün und oben auf der Spitze des Weihnachtsbaumes steckte ein Schädel mit Geweih und rundete die Dekoration ab.

Ava wich vom Baum zurück und entdeckte in dunkles Papier eingepackte Präsente, die zuvor noch nicht dagewesen waren. Sie sank auf den blanken Holzboden und nahm das erste Geschenk auf den Schoß. Ungeduldig riss sie das mattschwarze und bereits zerknitterte Papier auf. Zum Vorschein kam eine hübsch mit Schnitzereien verzierte, dunkle Holzschatulle. Ava ließ kurz ihre Finger darüberwandern, dann klappte sie den Deckel auf. Darin lagen Zähne mit blutigen Hälsen. Schnell fuhr Ava mit der Zunge über ihre eigenen, um zu prüfen, dass ihre Zähne noch fest im Zahnfleisch steckten. Voller Abscheu schloss sie die Schachtel und legte sie zurück unter den Weihnachtsbaum. Mit pochendem Herzen nahm sie das nächste Geschenk auf ihren Schoß.

Ein bisschen Blut durchweichte die Verpackung, aber in ungeminderter Freude riss Ava das Einwickelpapier auf. Vergessen waren die Zähne in der Holzschatulle, als wären sie nie Bestandteil des Traumes gewesen, und sie hoffte auf eine schöne Überraschung. Zum Vorschein kam ein grober Karton, der vor Blut ganz aufgeweicht war. Der Deckel zerriss, als Ava ihn hochheben wollte, und enthüllte das blutdurchtränkte Lieblingskuscheltier von Leon: einen grauen Babypinguin mit blauer Fliege. Watte quoll aus seinem Bauch und einer seiner Watschelfüße hing nur noch an einem letzten orangefarbenen Faden.

Kurzerhand warf sie das Plüschtier in das Kaminfeuer. Dabei entdeckte sie, dass durch die Öffnung des Luftschachts bereits viel zu groß geratene Ziegenfüße in die Hütte hereinragten, an denen zwar die Flammen leckten, denen aber die Hitze nichts auszumachen schien. Ava keuchte. Der Krampus! Ihr Körper fühlte sich plötzlich an wie Blei. Sie wollte aus der Hütte fliehen, aber sie schaffte es kaum, aufzustehen. Es war, als hätten tausend unsichtbare Hände sie gepackt, um sie dort festzuhalten, wo sie war. Mit unendlicher Mühe gelang es Ava schließlich, sich aufzurappeln. Schweiß bedeckte ihren Körper und sie atmete, als wäre sie die ganze Nacht hindurch gerannt, statt Gruselgeschenke auszupacken.

Ihre Füße klebten schier am Boden fest, als sie versuchte loszusprinten. Die Hufe berührten schon den Untergrund des Kamins, gleich würde der Krampus auf wundersame Weise herausschlüpfen und ein Blutfest mit ihr veranstalten. Er würde sie nicht einfach nur holen, um sie in die Unterwelt zu bringen, er würde sie hier und jetzt leiden lassen. All das wusste Ava in ihrem Albtraum mit Sicherheit. Viel zu langsam für diese bedrohliche Situation setzte sie einen Fuß vor den anderen. Irgendwie schaffte sie es zwar zur Tür, aber als sie sich nach dem Kamin umdrehte, stand der Ziegendämon schon direkt hinter ihr. Sie riss den Querbalken hoch, warf die Tür auf und stockte doch, obwohl der Weg frei war. Denn all der Schnee dort draußen war rot wie Blut. Ein Bild der Apokalypse. Die Bergspitzen glommen in der Dunkelheit. So würde sie sich die Hölle vorstellen, wenn sie an einen solchen Ort glaubte. Ava spürte eine Hand auf der Schulter.

Mit pochendem Herzen schreckte Ava aus dem Schlaf.

Die Hand war noch immer da.

Thilo flüsterte: »Schatz, wach auf, du träumst etwas Schlechtes. Hörst du mich?«

»Ich bin wach«, nuschelte Ava.

»Du hast gewimmert, da dachte ich, ich wecke dich besser auf.«

»Danke.« Ava strich sich die Haare aus dem Gesicht und trank einen Schluck aus der Flasche, die sie stets für nächtlichen Durst neben dem Bett abgestellt hatte. »Ich gehe mal nach den Kindern sehen, so schnell kann ich jetzt ohnehin nicht mehr einschlafen.«

»Was hast du denn geträumt?«, fragte Thilo.

»Krampus-Zeug.«

»Und das so übel?«

Ava schnitt eine Grimasse in der Dunkelheit. »Wenn du wüsstest.«

Zuerst schlich sie zu Leon und fand ihren Sohn im Bett sitzend. »Schatz, warum bist du denn wach?«, fragte sie. Im Nachtlicht sah er ganz verschlafen aus, vielleicht hatten sie und Thilo ihn geweckt.

Leon zuckte mit den Schultern und drückte mit dem einen Arm seinen Stoff-T-Rex an sich. Im anderen Arm hielt er den Babypinguin, der im Traum so unschön zugerichtet gewesen war.

»Hat Mister T. was Schlimmes geträumt? Oder etwa Pingpong?«, fragte Ava, da sie wusste, dass Leon Albträume gerne auf seine Kuscheltiere schob.

Leon schüttelte aber nur den Kopf. »Ich hab was gehört«, murmelte er.

»Leg dich hin, das waren nur Papa und ich. Schlaf schön weiter.«

»Können wir nicht aufstehen?«

»Nein, es ist noch mitten in der Nacht.«

Leon nuschelte ein müdes Okay und kuschelte sich anschließend in die Decke.

Leise verließ Ava sein Zimmer. Neles Tür war angelehnt, aber gerade, als sie diese aufdrücken wollte, hielt sie in jeder Bewegung inne. Lief Nele durch das Zimmer? Sie hielt sogar die Luft an, um ganz genau lauschen zu können, aber Schritte hörte sie keine mehr.

Hätte Ava sich noch mit ihren Albträumen herumgeplagt, wäre ihr das sachte Geräusch entgangen, wie das Fenster zu schwang und dabei gegen den Rahmen stieß. Ava riss die Tür auf, um festzustellen, was Nele da tat. Nicht, dass sie nur im Schlafanzug und ohne Schuhe hinauskletterte oder in der Kälte davorstand.

Aber Nele lag in ihrem Bett.

Aus dem Augenwinkel meinte Ava zu erkennen, wie ein dunkler Schemen vor dem Fenster aus ihrem Sichtfeld verschwand.

Avas Herz pochte. Sie versuchte, die Angst runterzuschlucken, um klar denken zu können, aber es war, als drückte eine Klaue ihren Hals zu und nahm ihr damit jegliche Luft zum Atmen. Ihr Körper spulte alle Alarmsignale ab, die einem Menschen möglich waren, und ihr Herz wummerte dermaßen heftig, dass sie sich selbst nicht mehr denken hören konnte. Mit geballten Fäusten zwang sie sich, sich auf nichts anderes als auf die Luft zu konzentrieren, die in ihre Lunge hinein und hinaus strömte und die versuchte darin zu einem gleichmäßigen Rhythmus zu finden.

Sie atmete tief ein und langsam wieder aus. Nachts spielen die Schatten den Menschen gerne Streiche, erinnerte Ava sich an die Worte, die sie selbst schon so oft ihren Kindern gegenüber benutzt hatte. Vielleicht war ein Auto vorübergefahren, und das hatte den Eindruck einer Bewegung verursacht. Der Schatten eines Busches konnte schnell aussehen wie irgendein Ungeheuer.

Aber die Geräusche!

Ava riss sich von der Stelle los, an der sie wie verwurzelt gestanden hatte, und eilte zum Bett. Nele schlief mit entspanntem Gesicht und tiefen Atemzügen. Ava musste sie berühren, sich versichern, dass alles gut war. Ihre Tochter hatte schlafwarme Wangen und alles war, wie es sein sollte.

Im Zimmer selbst fiel ihr nichts Besonderes auf, aber das Fenster, das sie am Abend noch selbst überprüft hatte, war nur angelehnt. Mit ausladenden Schritten stürmte sie hin, als könnte ihr vehementes Vorgehen einen letzten verbleibenden Schatten vertreiben. In Wirklichkeit war es aber die Angst, dass wieder etwas hier hereinschlüpfte, wenn sie nicht schnell genug wäre.

Zaghaft fasste sie den Griff an und schloss das Fenster. Ein bisschen verfluchte Ava die Ferienhütte, die weder Rollläden noch richtige Fensterläden hatte. Zur Verdunklung der Räume dienten lediglich dicke Vorhänge, aber Ava hätte gerne etwas Solides gehabt, mit dem sie die Fensteröffnung zusätzlich vor der Außenwelt sichern konnte.

Anschließend wankte sie mit schweren Schritten zum Elternschlafzimmer, als säße ihre zentnerschwere Angst ihr auf den Schultern und hinderte sie am Vorwärtskommen. Noch bevor sie durch die Tür war, raunte sie: »Thilo! Thilo, da war was in Neles Zimmer. Ich habe einen Schatten gesehen. Und Schritte gehört.« Ava verschwieg ihm vorerst, dass sie sich überhaupt nicht sicher war, ob es Schritte oder einen Schatten gab. Beides mochte sie sich eingebildet haben. Sie wollte seine Aufmerksamkeit und dass er diese Sache so ernst wie sie selbst nahm.

Er setzte sich auf, antwortete aber nicht.

»Hörst du?«, fragte sie nach und ihre schrille Stimme erschreckte sie selbst ein wenig.

Mit vom Schlaf schwerer Zunge sagte er: »Ja. Bist du sicher?« Thilo schaltete die Lampe auf dem Nachttisch an.

»Nein. Eventuell hat auch Nele wieder das Fenster geöffnet und angelehnt gelassen und die Geräusche habe ich mir eingebildet oder es waren die normalen nächtlichen Laute eines ruhenden Hauses. Das draußen könnte auch nur ein Schatten von allem Möglichen gewesen sein. Zum Beispiel der von einer Wolke, die vor dem Mond vorbeigezogen ist. Woher soll ich das wissen? Aber es könnte auch jemand hier drin gewesen sein! Bei uns im Ferienhaus. In Neles verdammtem Zimmer!«

»Okay, versuch dich zu beruhigen. Soll ich nachsehen gehen?«

»Beruhigen«, murmelte Ava wütend vor sich hin. Lauter sagte sie: »Nein, bei Nele und Leon ist alles gut, ich war ja eben da.«

Beide schwiegen einen Moment und Ava setzte sich zu Thilo an den Bettrand.

»Geht es dir langsam besser?«, fragte Thilo, wartete ihr Nicken ab und fügte dann hinzu: »Was machen wir jetzt?«

»Heimfahren?« Ava war sich nicht bewusst, dass sie gerne weg von dieser Hütte, aus diesem Ferienort und fern der gesamten Region wäre, bis sie es ausgesprochen hatte. Gleichzeitig wollte sie ihren wohlverdienten Familienurlaub auf keinen Fall abbrechen.

»Wegen einem harmlosen Schatten? Wegen Geräuschen, die vom üblichen Ächzen eines abkühlenden Hauses stammen? Und das hier ist sogar fast komplett aus Holz. Das knarzt natürlich mehr als unseres daheim.« Thilo seufzte. »Leon und Nele wären ziemlich enttäuscht und das Geld für die fehlenden Tage würden wir auch nicht zurückbekommen.«

»Thilo!«

»Was ich noch hinzufügen wollte: Wenn es dir ernst ist, fahren wir morgen früh zurück nach Hause. Aber meiner Meinung nach verrennst du dich in deine eigene Fantasie.«

Einen Moment lang hätte Ava gerne vorgeschlagen, direkt alles einzupacken und aufzubrechen. Aber sie merkte selbst, dass sie es übertrieb und dass sie sich zu sehr hineinsteigerte. Wahrscheinlich war es nur der Albtraum, der ihr nachhing, und doch hatte sie dafür keine Garantie. »Danke. Ich weiß auch nicht, was wir machen sollen. Ich will uns den Urlaub nicht verderben. Und wenn wir die Polizei rufen?« Noch bevor Thilo seine Meinung dazu äußern konnte, schüttelte Ava selbst ihren Kopf. »Das sollten wir nicht machen. Nicht, wenn wir nicht wenigstens eine handfeste Vermutung haben, dass da wirklich was war.«

»Dann lass uns erst mal schlafen. Vorher gehe ich eine Runde um die Hütte. Und morgen früh entscheiden wir uns. Wir könnten die Polizei aber tatsächlich anrufen. Ist immerhin deren Job.«

Ava schüttelte den Kopf. »Erst, wenn ich weiß, dass ich tatsächlich etwas gesehen habe. Oder wenn ich einen besseren Beweis als ein Stück Jutestoff habe, das von überallher kommen könnte. Aber das ist dann auch exakt der Zeitpunkt, an dem wir heimfahren.«

»Wir rufen die Cops also vom Auto aus an?« Thilo grinste schief. »Während unserer Flucht?«

Ava versuchte es mit einem Lächeln, das nicht ganz glückte. »Oder von zu Hause aus.«

Thilo stieg aus dem Bett, um sich draußen kurz umzuschauen. Im Flur machte er Licht und Ava hörte, wie seine Jacke raschelte. Vermutlich schlüpfte er anschließend in seine Stiefel, während es kurz für Ava still blieb, dann erkannte sie das Geräusch des Schlüssels, der ins Haustürschloss gesteckt wurde. Mit einem leisen Klicken zog Thilo die Tür hinter sich zu.

Ihre Gedanken fuhren Karussell, nur dass dies nichts von einer fröhlichen Fahrt auf dem Jahrmarkt hatte. Es war eher, als wären sie unerwartet in einer Geisterbahn gelandet.

Was, wenn Thilo angegriffen wird?

Was, wenn jemand anderes an seiner Stelle reinkommt?

Was, wenn ich selbst umgebracht werde und die Kinder nicht beschützen kann?

Ava schaute sich nach einer Waffe zur Verteidigung um.

Obwohl Thilo eben erst gegangen war, kam es ihr wie eine Ewigkeit vor, die sie auf ihn wartete. Als wäre er schon seit einer Stunde draußen in der Kälte. In der Dunkelheit. Bei wem – oder was – auch immer. Sie kaute auf ihrer Unterlippe herum, aber ihr fiel einfach nichts Cleveres ein, was sie tun konnte. Die Alarmsirenen schrillten durch ihr Hirn und übertönten jeden hilfreichen Gedanken.

Ava zog die Beine an und umarmte ihre Knie, auf denen sie ihr Kinn abstützte. Innerlich zählte sie. Hörte auf und fing dann doch wieder an, bis sie schließlich überhaupt nicht mehr wusste, wie viel Zeit vergangen war.

Sie war kurz davor, selbst in ihre Winterstiefel und die Daunenjacke zu schlüpfen, als Geräusche an der Haustür laut wurden. Es klickte. Ava sprang auf und blieb dann doch erstarrt stehen. Sie hatte noch immer keine Waffe in der Hand.

»Thilo?«, flüsterte sie, obwohl es ein Ruf hätte werden sollen, aber der Kloß, den sie in ihrer Kehle spürte, musste ihre Stimmbänder lähmen. »Thilo?!«, wiederholte sie mit mehr Nachdruck.

Ihr wurde bewusst, dass sie schlimmstenfalls der letzte Mensch war, der Nele und Leon beschützen konnte, gegen was auch immer sich Zutritt in die Hütte verschafft hatte. Würde er, sie oder es auch Ava umbringen, wären ihre Kinder diesem Ungetüm schutzlos ausgeliefert. Mit aller Macht zwängte sie ein Schluchzen in ihre Kehle zurück und lauschte. Sie wollte aufstehen und wagte es doch nicht, um nicht ein möglicherweise alles entscheidendes Geräusch zu überhören.

Ein Schritt, dann noch einer.

Hatte Thilo sie noch immer nicht rufen gehört?

Oder war da gar kein Thilo, der ihr hätte antworten können?

Die Fragen wirbelten durch Avas Kopf und machten sie schier schwindelig. Als sie aufstand, zitterten ihre Knie, ihre Füße fühlten sich taub an. Fast war sie an der Schlafzimmertür, um in den Flur sehen zu können. Sie durfte niemanden aus der Diele zu den Kindern durchlassen, falls es nicht Thilo war. Wer oder was zu uns ins Haus hereingekommen ist, ergänzte sie in Gedanken. Dieser Entschluss gab ihr Kraft. Und sie packte die Schlafzimmertür am Holz über der Klinke und riss sie auf. Unbewaffnet, was nun nicht zu ändern war, sprang sie in den Flur. Ava war bereit, sich nach Schuhen zu bücken oder den nächstbesten Gegenstand zu greifen, den sie entdeckte.

Thilo stand vor ihr und schlüpfte aus seiner Wintermontur. Rieb sich die Hände und blies hinein.

»Kalt, da draußen«, sagte er und legte bei ihrem Anblick den Kopf schräg. »Was machst du da?«

»Herrgott, was machst du da? Hast du mich nicht rufen hören? Hättest doch was sagen können, damit ich weiß, dass du es bist, der reingekommen ist«, zischte Ava. Nach einem Moment hob sie entschuldigend die Hände. Es brachte ja nichts, wenn sie ihn so anfuhr.

Thilo hängte, ohne zu antworten, seine Jacke an den Haken.

»Hast du draußen was gesehen? Irgendwelche Spuren gefunden?«, fragte Ava weiter.

»Ohne Taschenlampe nicht, nein. Ich kann ja morgen noch mal schauen. Draußen war alles ruhig. Gehen wir jetzt noch eine Runde schlafen, ehe die beiden Minimonster aufwachen?«

»Als ob ich jetzt so einfach schlafen könnte! Hast du denkbare Spuren nicht selbst verwischt?«

Thilo trat auf sie zu und nahm Ava in den Arm. »Ich wüsste noch was anderes, was wir machen könnten, statt zu schlafen.«

Sie musste lächeln, wenigstens mit einem Mundwinkel, lehnte sein Angebot aber ab. »Ich hab schon gedacht, du wärst tot und irgendein grässliches Geschöpf kommt hier herein, um die Kinder zu holen.«

»Der Krampus?«

»Nein.« Sie atmete tief durch. »Okay, ja. Zum Beispiel der Krampus. Jetzt lach mich nicht aus.«

Thilo hob nun seinerseits die Hände, als würde er sich ergeben, lachte aber leise. »Dann lass uns noch eine Runde schlafen, sonst sind wir morgen total erledigt. Probier es doch zumindest.«

Ava spürte, wie sie ruhiger wurde. Bei Leon und Nele war alles gut und Thilo hatte auch draußen nachgesehen. »Na gut, du hast recht. Was habe ich nur für ein geniales Prachtexemplar von Mann geheiratet?«

»Da fehlen noch charismatisch, loyal, witzig und clever.«

Ava fühlte sich deutlich unbeschwerter. Ihren Albtraum hatte sie endlich richtig abgeschüttelt. Sie hatten alles geprüft. Und die Chance war nicht gering, dass einfach nichts gewesen war und Nele wieder mal das Fenster aufgemacht hatte. »Ja, all das bist du auch«, stimmte sie ihm zu.

»Und dann haben wir noch gar nicht über meinen stattlichen …«

»Mama? Papa?«, fragte Nele und stand mit Bibette im Arm plötzlich vor ihnen. »Was macht ihr hier im Flur?«

Die beiden wechselten einen Blick. Kurzerhand schlossen sie eine stille Übereinkunft. »Wir mussten beide aufs Klo«, sagte Ava.

»Musst du etwa auch?«, fragte Thilo in amüsiertem Tonfall. »Dann sind wir ja schon drei!« Ava fand es gut, dass er nicht direkt nach Albträumen oder dergleichen fragte. Sie hatte wirklich einen tollen Mann geheiratet, fand sie.

Nele sagte: »Mir war kalt. Und dann hab ich euch gehört. Stehen wir schon auf?«

Innerlich seufzte Ava. Dass ihre Kinder immerzu aufstehen wollten, wo sie gerne noch geschlafen hätte, war wohl schlichtweg das Los als Eltern. »Nein, es ist noch Schlafenszeit. Wenn du frierst, solltest du das Fenster nicht immer wieder aufmachen. Komm, ich dreh die Heizung hoch.«

Nele bewegte sich nicht. »Ich war das nicht! Ich hab das Fenster doch gar nicht aufgemacht.« Neles Gesicht wirkte erschrocken über den Vorwurf und empört darüber, dass man ihr etwas unterstellte, woran sie unschuldig war.

Ava legte den Kopf schräg. Entweder ihre Tochter war eine sehr viel bessere Schauspielerin geworden – und sie verkniff sich absichtlich den Gedanken an das Wort Lügnerin – oder sie hatte das Fenster tatsächlich nicht geöffnet. Ava tendierte dazu, an Zweites zu glauben, und ihr Mund wurde ganz trocken.

»Hast du geschwitzt und dann das Fenster im Halbschlaf geöffnet? Sodass du es jetzt gar nicht mehr weißt? Überleg mal ganz doll, ob du dich erinnern kannst«, schlug Thilo vor. »Wir wären dir ja auch nicht böse. Kann ja mal vorkommen, dass man bisschen frische Luft braucht. Und eigentlich ist es ja schon toll und groß von dir, wenn du ein Problem hast und das selbst löst, statt direkt nach Mama oder mir zu rufen.«

Nele schaute Thilo mit zusammengekniffenen Augen an. »Ich bin ja auch schon groß«, sagte sie, als müsste sie ihrem Papa zum hundertsten Mal die einfachsten Sachverhalte erklären. »Aber das mit dem Fenster, das war ich nicht!«

»Wir glauben dir«, sagte Thilo und schaute fragend Ava an.

Ava nickte. »Genau. Jetzt lass uns erst mal schlafen gehen, dann schauen wir uns die Sache mit dem Fenster morgen an. Vielleicht ist es ja kaputt und schwingt von alleine ein Stück weit auf, wenn genug Wind dagegen bläst. Irgendwas am Schließmechanismus könnte im Eimer sein.« Ava begleitete Nele zu ihrem Zimmer. Sie bekam eine Gänsehaut, als sie den Raum betrat, und konnte es nicht erwarten, die Kinder wieder zu Hause ins Bett zu bringen. Kurz war sie geneigt, Nele mit ins Elternschlafzimmer zu nehmen, aber so breit, wie sich ihre Tochter nachts machte, würden sie und Thilo kaum Schlaf finden.

Sie prüfte erneut das Fenster, das nach wie vor geschlossen war, und drehte die Heizung ein wenig höher. Trotzdem gefiel ihr der Gedanke, dass offenbar etwas am Fenster kaputt war: Weder Einbrecher noch Ziegendämonen trugen dann die Schuld, sondern ein einfacher Defekt, den sie und Thilo bestenfalls schon morgen

Vormittag reparieren konnten. Anschließend deckte sie Nele zu und küsste sie auf die Stirn und auf die Nasenspitze.

»Mama, kannst du noch ein bisschen dableiben?«

»Brauchst du Wärme?«, fragte Ava.

»Ein bisschen. Ich hab Angst, dass mein Albtraum wiederkommt.«

»Hattest du denn heute Nacht wieder einen?«

Nele nickte.

»Warum hast du uns denn nicht gerufen?«

»Ich will doch das Extrageschenk bekommen. Und außerdem ruft Pippi Langstrumpf ihre Eltern auch nicht. Die wohnt ja sogar ohne die. Liest du mir davon etwas vor?«

»Das mit dem Geschenk hast du auf dem Weihnachtsmarkt also doch mitbekommen?«, fragte Ava und lachte leise. »Ich würde dir gerne was von Pippi vorlesen, aber das Buch liegt leider daheim. Wir haben ja schon eine Weile nichts mehr darin gelesen, darum habe ich es nicht mit eingepackt. Tut mir leid. Aber daheim holen wir das nach.«

»Okay, Mama. Ich hab mir ganz fest gesagt, dass das nur ein Albtraum ist, und mir die Decke über den Kopf gezogen. Dann konnte ich das Gruselmonster – den Krampus – am Fenster nicht mehr sehen. Als dann die Schritte auf mich zugekommen sind, hab ich mir die Ohren zugehalten. Das hätte Pippi doch auch so gemacht, oder? Und dann hab ich gewartet. Und dann muss ich eingeschlafen sein. Oder der Traum hat gewechselt oder so.«

»Beim nächsten Albtraum rufst du mich direkt, okay?«, bat Ava und unterdrückte das Zittern in ihrer Stimme. Sie hoffte, dass es ihr gelang, komplett zu verbergen, dass Nele mit ihren Worten einen Nerv bei ihr traf. Sie verfluchte sich selbst dafür, dass sie in dieser Nacht immer wieder so leicht aus der Fassung zu bringen war. »Du musst das doch nicht alleine überstehen, egal, wie groß du schon bist. Und dein Geschenk bekommst du trotzdem.«

»Gut«, sagte Nele bloß.

»Was genau hast du denn geträumt?«

»Hab ich doch schon gesagt! Dass das Krampusmonster zum Fenster reinkommt, um mich mitzunehmen. Ich hätte fast gerufen, ich hatte so Angst! Aber dann warst du zu hören, erst im Flur, dann bei Leon, und er ist wieder zum Fenster zurückgelaufen. Dann weiß ich nichts mehr, bis ich aufgestanden bin.«

Ava räusperte sich. Damit sie nichts Falsches sagte oder sich irgendwie sonst anmerken ließ, was in ihr vorging, presste sie ihre Fingernägel fest in ihre Handballen. Sie konzentrierte sich auf den Schmerz und erdete sich damit. »Dann warst du aber mutig unter deiner Decke. Ruf mich das nächste Mal trotzdem direkt. Bestimmt hilft dir das beim Aufwachen. Und wenn dir irgendwas komisch vorkommt nachts, dann sag auch Bescheid, okay?« Ava biss sich auf die Lippe. Womöglich hatte sie sich dazu verleiten lassen, zu viel zu sagen, dabei hatte sie es sogar geschafft, ihrer Stimme einen so ruhigen Klang zu geben.

Nele kniff die Augenbrauen zusammen, sodass eine Falte über ihrer Nase entstand. »Meinst du etwa, mein Monster gibt es echt?«

»Nein, aber es könnte hier Waschbären geben. Und das möchte ich herausfinden, damit ich sie vertreiben kann, ehe sie uns unsere Süßigkeiten oder vielleicht sogar deine Spielsachen stehlen. Das sind nämlich richtige Räuber.« Ava fragte sich, welche Tipps hierzu in einem Erziehungsratgeber stehen würden. In keinem dieser unzähligen Werke gab es wohl Hinweise dazu, wie man mit einem Krampus umzugehen hatte. Sie wünschte Nele eine gute Nacht und schlüpfte anschließend neben Thilo ins Bett.

»Sie hatte wieder diesen Traum«, sagte sie. »Aber sie hat mich im Flur und bei Leon gehört. Dann wäre der Krampus wieder gegangen. Scheiße, Thilo, ich weiß nicht, was ich davon halten soll. Ich habe den Verdacht, dass jemand bei uns in der Hütte war. Oder eher die Befürchtung? Die Vermutung? Wir müssen auf der Stelle die Polizei anrufen, oder?«

»Schatz, willst du das echt noch mal durchkauen? Glaubst du inzwischen wie Nele, dass der Krampus bei uns in der Hütte war? Du hattest vorhin doch selbst eine ganze Liste an Erklärungen.«

»Ist doch eigentlich egal, wir müssen was machen. Und wenn wir nur die Kinder beide zu uns ins Bett holen.«

»Wir haben doch nachgesehen. Vorhin hast du noch gesagt, es war nur ein Schatten. Was ich für sehr viel wahrscheinlicher halte als einen Einbrecher. Oder ein Monster. Hier in einem Ferienhaus gibt es doch nichts zu holen. Keine Wertgegenstände, meine ich.«

»Aber Kinder.« Ava sah Thilo an, dass er sich nicht ansatzweise solche Sorgen machte wie sie.

Er sagte: »Bevor wir die Polizei anrufen, wenn gar nichts ist, würde ich eigentlich lieber abreisen. Am Ende haben wir die Behörden am Hals, weil die denken, wir sind Spinner, die ihre Kinder nicht großziehen können. Lass dich von Neles Albträumen nicht anstecken.« Thilo seufzte. »Und wenn die beiden hier schlafen, ist morgen keiner von uns allen ausgeruht und der Tag wird die Hölle. Mach dich nicht verrückt, wenn da doch gar nichts ist.«

Ava wischte ihre schweißfeuchten Hände an der Bettdecke ab und strampelte sich halb von der Decke frei. Sie wünschte, sie wüsste, was Realität und was Vorstellung war. Ein bisschen verfluchte sie Thilo dafür, dass er es sich so leicht machte, aber gleichzeitig entfachte seine Zuversicht einen kleinen Hoffnungsschimmer. Wie konnte sie entscheiden, was zu tun war, wenn sie nicht einmal wusste, ob überhaupt irgendetwas echt war? Sie hatte keinen einzigen überzeugenden Beweis. Nur die Albträume ihrer Tochter, die sie von zu Hause zur Genüge kannte, knarzendes Holz und einen Schatten vor dem Fenster, der alles Mögliche sein konnte – oder auch gar nichts.

»Lass uns schlafen und morgen entscheiden, was wir genau unternehmen. Auf jeden Fall können wir uns mal Neles Fenster anschauen, vielleicht lässt sich das ja reparieren«, sagte sie zu Thilo und nahm sich vor, die Nacht hindurch Wache zu halten, weil es das Mindeste war, was sie ihrer Meinung nach tun konnte. Ihre Vernunft rang mit ihren Ängsten – und es war ein schmutziger Kampf.

Thilo schaltete die Lichter aus und gab ihr einen Kuss. Es dauerte keine drei Minuten, da wurden seine Atemzüge tief und gleichmäßig. Ava musste schmunzeln und schüttelte über sich selbst den Kopf. Vermutlich übertreib sie es maßlos mit ihrer Vorsicht. Hoffentlich.

Mit angewinkelten Beinen saß sie im Bett und lauschte in die Stille. Ein leichter Wind sauste ums Haus, sonst war außer Thilos Atem zunächst nichts zu vernehmen. Nach einer Weile stützte sie ihr Kinn auf ihren Knien ab. Einmal knackte irgendwo das Holz, aber alles blieb unauffällig. Morgen würde sie sich für den entgangenen Schlaf verfluchen. Aber Ava wollte trotzdem nicht die Gelegenheit verpassen, mitzubekommen, falls sich etwas tat.

In seinem Kinderzimmer nieste Leon zweimal hintereinander, aber sonst machte er sich nicht bemerkbar. Auch von Nele war lange Zeit nichts zu hören. Ava fielen langsam die Augen zu. Die Aufregung von zuvor war verdaut, Zweifel an sich selbst und ihrer vermeintlichen Überreaktion blühten zwar auf, hielten sie aber auch nicht richtig wach. Mehrfach rieb sie sich die Augen und gähnte herzhaft. Ava vermied es, das Handy zu nehmen und die Uhrzeit zu prüfen. Sie wollte gar nicht wissen, wie viel von der Nacht noch vor ihr lag, bis der Morgen aufzog. Sie wollte nicht ihre Illusion zerstören, dass ihre einsame nächtliche Wache gewiss bald geschafft wäre. Würde sie jetzt auf die Uhr schauen und es wäre erst drei Uhr nachts, würde sie aufgeben, sich hinlegen und noch so viel Schlaf erhaschen, wie sie nur konnte.

Ava entschied, dass sie aufstehen und ein paar Schritte gehen musste, wenn sie nicht aus Versehen einnicken wollte. Leise raschelte die Bettdecke, als sie sich erhob. Thilo schlief friedlich weiter. Ausgiebig streckte sie sich und dachte an das kleine Schläfchen, das sie sich nach dem Frühstück gönnen würde, wenn alle anderen wach wären. Thilo könnte mit Leon und Nele eine kleine Runde durch den Ort laufen oder eine Schneeballschlacht machen. Und hinterher wäre sie hoffentlich lange genug ausgeruht, um den Tag zu überstehen. Am Abend würde sie dann frühzeitig ins Bett gehen. Zufrieden nickte Ava.

Sie lief durch den Flur und bewegte sich dabei vor allem von Teppich zu Teppich, da die Holzdielen sich selbst durch ihre Strümpfe hindurch unangenehm kalt anfühlten. Vor dem Wandschrank blieb sie stehen. Am Tag ihrer Anreise hatte sie schon hineinschauen wollen, aber da er – mit steckenden Schlüsseln zwar – abgesperrt war, kam ihr das wie ein Einbruch in die Privatsphäre der Besitzer vor. Thilo hatte gemeint, dass darin Putzsachen und so langweiliges Zeug verstaut waren, und seither hatte Ava sich keine Gedanken mehr um dieses monströse Teil von Schrank gemacht. Sie streckte ihre rechte Hand aus. Ein kleiner Blick würde niemandem schaden. Und wenn die Ferienhüttenbesitzer etwas zu verbergen hatten, dann würden sie es gewiss nicht dort verstecken, wo ständig fremde Menschen ungehindert Zugriff hatten.

Mit einem Mal zuckte sie heftig zusammen, als der Kühlschrank in der Küche geräuschvoll ansprang und der Kompressor das Kühlmittel durch den Kühlkreislauf pumpte. Sie zog ihre Hand zurück, als wäre das Geräusch eine Warnung gewesen. Ich feiges Huhn, dachte Ava und gluckste leise. Ihr Herz pochte ein wenig schneller als sonst. Sie schlenderte betont langsam in die Küche und schaute dort automatisch auf die Digitaluhr am Herd.

4:38.

Es war zu spät, um schlafen zu gehen. Zu früh, um wach zu bleiben. Sie ärgerte sich darüber, dass sie hierhergekommen war.

Ein kleiner Geistesblitz zuckte durch ihr müdes Gehirn: Sie konnte Nele zu Thilo ins Bett legen. Dann wäre sie nicht alleine, sondern gut beschützt. Eine Sorge weniger! Ava betrachtete abwägend die Kekspackung, die auf der Küchenzeile stand. Ein bisschen Zucker würde ihr anschließend, sobald sie Nele zu Thilo verfrachtet hatte, bestimmt helfen. Und mit den Keksen konnte sie sich die Zeit vertreiben. Ihr Plan gefiel Ava. Wenn sie dazu ihren E-Book-Reader in die Küche holte …

Eine der Zimmertüren fiel klickend ins Schloss.

Erschrocken blieb Ava auf der Stelle stehen. Verharrte regungslos und lauschte angespannt.

Sie war sicher, den Ton gehört zu haben. Mit hundertprozentiger Sicherheit hatte sie es sich nicht eingebildet. Der Nebel der Müdigkeit lichtete sich und ihr wurde klar: Sie durfte nicht länger lauschen, sie musste nachschauen gehen, was es war. Denn da war etwas gewesen und schlimmstenfalls waren ihre Kinder in Gefahr. Thilo würde mit den Augen rollen, wenn er wüsste, was sie hier tat. Aber dieses Mal war sie überzeugt davon, was sie gehört hatte.

Mit heftig pochendem Herzen stürzte sie aus der Küche. Der Flur lag dunkel vor ihr. Instinktiv entschied sie, zuerst nach Nele zu sehen. Dort erschien ihr die Lage am heikelsten. Ava rannte auf Neles Tür zu und der Teppich schluckte das Geräusch ihrer Schritte. Sie riss die, wie sie bemerkte – angelehnte – Tür auf und fragte »Nele?«, ehe sie sich einen Überblick über die Lage verschafft hatte.

Nele rührte sich unter der Bettdecke, antwortete aber nicht. Im Zimmer war nichts Auffälliges zu bemerken. Ava schlich dennoch an das Bett heran. Sie musste sich vergewissern, dass Nele tief und fest schlief und in sorglosen Kinderträumen schwelgte. Von ihrer Tochter lugten nur der verstrubbelte Haarschopf und einer ihrer Füße unter der Decke hervor. Ava beugte sich zu ihr hinunter und lauschte ihren regelmäßigen Atemzügen.

Zusammen mit der Decke hob sie ihre Tochter so vorsichtig wie möglich hoch und trug sie ins Elternschlafzimmer. Nachdem sie sie auf ihrer eigenen Matratze ablegt hatte, bewegte Nele sich, als würde sie aufwachen. »Schlaf ruhig weiter, Schatz. Du liegst jetzt bei mir im Bett«, flüsterte Ava sanft. Ehe sie ihren malträtierten Rücken strecken konnte, stockte ihr der Atem.

Leon!

Ava eilte, so leise sie konnte, aus dem Zimmer und hastete zu Leon. Seine Tür war geschlossen. Daher war das Geräusch also gekommen! Auch seine Tür riss sie atemlos, dafür mit heftig schlagendem Herzen, auf. Leon war da. Er saß im Bett.

Kurz verfluchte sie die Entscheidung, die beiden nicht wenigstens für die paar Tage Urlaub in dasselbe Zimmer gesteckt zu haben. Nur weil es daheim stets in einer Katastrophe aus

Schlaflosigkeit und Übermüdung endete, hätte es doch im Urlaub ausnahmsweise klappen können. Und sie hätte auf Leon und Nele gleichzeitig aufpassen können.

»Mein Schatz, was ist denn los?«, fragte Ava leise, während sie langsam wieder Atem schöpfte.

Leon reagierte nicht.

Sie ging vor ihm in die Hocke. »Leon?«

Ihr Sohn zuckte leicht zusammen und hob dann den Kopf, um sie anzuschauen. »Mama?«

»Leg dich wieder hin. Es dauert noch ein bisschen, bis wir aufstehen können.«

Leon murmelte eintönig etwas, das Ava nicht verstand. Er legte sich aber hin und ließ sich zudecken. Um ihn nicht mehr aufzuwecken als nötig, fragte Ava nicht nach, was er gesagt hatte. Er gähnte herzhaft und schlief schnell wieder ein. Auch in seinem Zimmer prüfte sie alle Ecken und Winkel, schaute in den Schrank und sogar unter das Bett. Wenn sie schon wach war und die überdrehte Mutter gab, fand Ava, dann konnte sie auch das volle Programm durchziehen.

Während sie das Zimmer verließ, fragte Ava sich, ob Leon auf die Toilette gegangen war oder was ihn sonst aus dem Bett zur Kinderzimmertür getrieben hatte. Dass er die Tür wohl im Halbschlaf hinter sich zugezogen hatte, sprach für sie dafür, dass er irgendwo unterwegs gewesen sein musste, und die einzige Erklärung war für sie eine volle Blase. Da sie aber keine Klospülung gehört hatte, wollte Ava nachsehen, ob etwas in der Toilette war. Leon vergaß oft zu spülen, nachdem er sein kleines Geschäft erledigt hatte. Oder hatte er etwas zu trinken gesucht, weil er die Trinkflasche an seinem Bett leer getrunken hatte? Ava hätte losschreien mögen, so hilflos machten sie all die Fragen und Möglichkeiten, mit denen sie sich konfrontiert sah. Und nur eine einzige Antwort lag vor ihr.

Die Toilette war leer.

Müde rieb sie sich über die Augenlider. Sie war in dieser Nacht wie eine Irre durch das Ferienhaus gerannt. Gemächlich schlenderte sie auf das Wohnzimmer zu und widerstand dem Drang, ihre Schritte zu beschleunigen. Es war der letzte Raum, den sie prüfen wollte. Sie musste aufhören, sich selbst verrückt zu machen. So langsam, wie sie die Geduld dafür übrig hatte, setzte sie einen Fuß vor den anderen, um sich selbst zu beweisen, wie ruhig sie sein konnte.

Ava zog die Tür etwas weiter auf, um den Kopf hineinzustecken, aber da hier kein Nachtlicht in der Steckdose hing, konnte sie zunächst kaum etwas erkennen. Das Küchenlicht, das zwar den Flur erhellte, reichte nicht bis zum Sofa. Zwar dauerte es einen Moment, dann gewöhnten sich ihre Pupillen an die Finsternis und das spärliche Mondlicht, das durch das Fenster fiel, genügte, um zu erkennen, dass auch hier alles in Ordnung war. Thilo hörte sie nebenan sacht und selig schnarchen, als gäbe es keine Probleme.

»Gibt es überhaupt welche?«, flüsterte sie in die Dunkelheit und der Gedanke daran, dass ihr eine Stimme, die keinem ihrer Familienmitglieder gehörte, antworten könnte, trieb Ava eine Gänsehaut über ihren Körper.

VIEЯ.

Nikolausabend, Krampusnacht?
5. Dezember

Die späte Dezembersonne fiel durch den Spalt zwischen den Vorhängen zur Küche herein und weckte Ava auf, die am Küchentisch neben einer leeren Kaffeetasse und einer halb aufgegessenen Packung Kekse eingeschlafen war. Desorientiert blinzelte sie einige Male, bis die Erkenntnis in ihr Gehirn vordrang, wo sie sich befand, und warum sie nicht in ihrem Bett aufwachte. Ihr steifer Nacken sang ein schmerzhaftes Lied davon, dass sie keine zwanzig mehr war.

Schnell stand sie auf, um zu prüfen, dass alles in Ordnung war, obwohl sie gegen ihren Willen doch eingenickt war, aber heftiger Schwindel überfiel sie. Ava stützte sich an der Rückenlehne eines Stuhls ab. Nach einigen tiefen Atemzügen sah sie wieder alles klar vor sich und die Küche hörte auf, sich zu drehen.

»Dieser Urlaub macht mich fertig«, murmelte sie und ließ vorsichtig den Stuhl los.

Im Elternschlafzimmer lagen Nele und Thilo friedlich schlafend beieinander und sogar Leon schlief noch, allerdings in seinem Bett. Es war selten, dass die beiden so lange liegen blieben, und am liebsten hätte sie sich selbst noch mal hingelegt, aber Ava bezweifelte, dass sich das lohnen würde. Kaum würde sie die Augen schließen, käme eins der Kinder, um mit ihr aufzustehen.

Ava machte sich auf den Rückweg in die Küche, da zog Nele die Tür auf und streckte die Nase in den Flur. »Guten Morgen, Mama«, nuschelte sie und rieb sich über die Augen.

Nach ausgiebigem Knuddeln schlichen die beiden in die Küche und bereiteten den Frühstückstisch vor. Bald wurden auch Thilo und Leon wach und kamen dazu. Ihren Teller hatte Ava nicht mal zur Hälfte leer gegessen, da spürte sie, wie die Müdigkeit ihren Körper bleischwer machte. Da es Ava widerstrebte, sich jetzt hinzulegen, wo der Tag doch gerade erst begonnen hatte, wollte sie einen Spaziergang unternehmen.

»Wer geht mit mir raus?«, fragte sie daher, nachdem alle ihre Teller leer gegessen hatten. »Morgen ist Nikolaustag. Wollen wir mal schauen, ob wir den Nikolaus draußen schon irgendwo entdecken? Vielleicht ist er ja unterwegs, um letzte Vorbereitungen zu treffen.«

Die Kinder riefen ihre Begeisterung über diese Idee laut durch die Küche. Ava musste lächeln, weil sie ihnen einen sonst eher unliebsamen Spaziergang untergemogelt hatte.

Thilo aber verschränkte die Arme vor der Brust. »Du willst nicht packen?«

Ava wollte sich durch einen Schluck Kaffee Zeit stehlen, um eine Antwort zu finden, und führte ihre Tasse, die allerdings leer war, zum Mund. Ungenutzt stellte sie sie auf den Tisch zurück. »Ich weiß nicht, wie wir das entscheiden sollen. Ich würde sagen, den Tag nutzen wir noch aus und fahren frühestens, kurz bevor es dunkel wird, los. Wäre doch schade darum. Der herrliche Sonnenschein.«

»Du siehst aus, als würdest du gleich einnicken und deinen ›herrlichen Sonnenschein‹ verschlafen. Letzte Nacht warst du ganz schön aufgeregt.«

»Ja.« Ava wusste selbst nicht, ob sie sich zu Unrecht verrückt machte oder ob sie alle längst im Auto auf dem Rückweg nach Hause sitzen sollten. Mehr konnte sie dazu also nicht sagen.

»Gebt euch die Hand und dann gehen wir raus«, sagte Leon und blickte konzentriert zwischen den beiden hin und her.

Thilo lächelte ihn breit an. »Aber Mama und ich streiten doch gar nicht, Leon. Siehst du, ich gebe ihr sogar einen riesengroßen Kuss.« Thilo kam zu Ava, zog sie vom Stuhl hoch und bot den Kindern eine filmreife Darstellung eines Kusses.

Leon nickte streng. »Das ist auch in Ordnung«, verkündete er entschieden.

»Wehe, du kommst auf die Idee, mich so abzuknutschen, wenn wir uns das nächste Mal streiten«, sagte Nele und verzog angeekelt das Gesicht.

Kussgeräusche imitierend, jagten Nele und Leon ein paar Runden um den Tisch herum, während Thilo Teller und Besteck in die Spülmaschine und Ava die Nahrungsmittel in den Kühlschrank und zurück ins Regal stellte.

»Bringen wir den Schneemännern und den Schneetieren da draußen Frühstück mit?«, fragte Nele und schlüpfte noch im Schlafanzug in ihre Winterstiefel.

»Nein, denen können wir aber aus Schnee ein Frühstück zaubern. Stopp, Nele, ihr müsst euch erst mal richtig anziehen, sonst friert ihr unterwegs.«

Bis jeder seine eigenen Kleidungsstücke an den richtigen Körperteilen trug, spürte Ava einen leichten Schweißfilm auf dem Rücken. Sie war froh, nach draußen in die Kälte zu gehen, um sich dort abzukühlen. Thilo hatte den Moment genutzt, um sich das Fenster in Neles Zimmer genauer anzuschauen, war aber kopfschüttelnd zu ihr gekommen. Er hatte nichts gefunden, was defekt wirkte.

Kaum sperrte sie die Haustür auf, verschwanden die beiden Kinder in unterschiedliche Richtungen: Nele rannte zu den Schneemännern und Leon streifte durch den Vorgarten.

»Siehst du? Ist doch gut, dass es keine drei sind«, meinte Ava amüsiert.

»Eins müssten wir dann halt sich selbst überlassen, falls die Bande in unterschiedliche Richtungen ausbüxt«, stimmte Thilo zu und ging zu Nele, während Ava zu Leon schlenderte. Dabei sog sie tief die eisige Winterluft ein, die nach Schnee und Tannengrün duftete.

Vor einer Dornenhecke kniete Leon sich hin und beugte sich mit dem Kopf tief herab. Neugierig, was ihr Sohn gefunden hatte, beschleunigte Ava auf den letzten Metern ihre Schritte zu einem leichten Joggen. Sie schaute über seine Schulter und schrak vor dem Anblick zurück. »Nicht anfassen«, sagte sie und zog Leon hoch.

Der tote Vogel zu ihren Füßen sah nicht friedlich aus, als würde er schlafen. Im Gegenteil. Sein Tod konnte nicht natürlich gewesen sein. Nicht von einem Fressfeind, einem Sturz oder dem Aufprall an einer Fensterscheibe herrühren. Sein Kopf war um hundertachtzig Grad nach hinten gedreht und in seinem Bauch klaffte ein großer Schlitz, der seine Innereien freilegte. Maden wühlten sich durch sein Gedärm. Getrübte Augen und stumpfe Federn zeugten neben den Maden, die trotz der kalten Umgebung am Kadaver fraßen, davon, dass der Vogel bereits eine Weile tot sein musste. Fassungslos starrte Ava den Kadaver an und brauchte eine Weile, um sich von seinem Anblick zu erholen. Es waren nicht die Wunden und die Maden, die ihr den Magen umdrehten, sondern das, wofür sie standen: der Gewalt, die diesem Tier absichtlich zugefügt worden war. Ava fragte sich, ob sie ihn nicht schon gestern oder vorgestern hätte entdecken müssen.

»Findest du das interessant?«, fragte Ava.

Leon nickte.

»Und auch ein bisschen ekelig?«

»Mama, was machen die Würmer in dem Vogel?«, fragte Leon und blieb ihr eine Antwort schuldig.

Ava suchte nach den richtigen Worten und entschied sich für: »Die wohnen da jetzt.« Sie wollte einem Vierjährigen nichts von Verwesung und Verfall erzählen. Davon, dass ein Körper sich nach seinem Tod zersetzte. Das verschob sie auf einen anderen Zeitpunkt, wenn sie nicht im Urlaub waren, wenn Leon älter war und wenn sie selbst, ohne übermüdet zu sein, alle Nerven beisammenhatte.

»Sind die Würmer eine Familie? Hat jede Würmerfamilie einen eigenen Vogel?«, wollte Leon wissen, ohne den Blick vom Tier abzuwenden.

Ava setzte gerade zu einer Antwort an, blieb dann aber doch stumm. Ihr fiel auf, dass der Schnee rings um den Kadaver sauber und weiß war. Bei einer solchen Verletzung hätte ihrer Ansicht nach aber Blut um das Tier herum verteilt sein müssen. Zumindest einige Spritzer davon. Der Vogel war also vermutlich woanders gestorben und von irgendwem hierher gebracht worden. Sein letzter Flügelschlag hatte ihn sicherlich nicht an diese Stelle geführt. Nicht unbedingt ein Einbrecher oder der Krampus mochten dahinterstecken, sondern viel eher die Dorfjugend, die den Urlaubern gerne einen Schrecken einjagte. Avas schlechtes Gewissen, für alles der hiesigen Jugend die Schuld zu geben, währte nur kurz. Sie überlegte, ob dies ein besonderes Zeichen sein mochte und ob derjenige zurückkäme, der den Kadaver hier abgelegt hatte. Ob er mit ihr und ihrer Familie dasselbe zu tun gedachte wie mit dem Vogel. Sie schüttelte ihren Kopf, um diese hoffentlich viel zu weit hergeholten Gedanken zu vertreiben, aber ihr verräterisches Herz raste, als wollte es alleine von hier weglaufen.

Leon hakte ungeduldig nach. »Mama, sag schon, wie ist das jetzt?«

»Ich habe die Maden noch nicht gefragt, wie sie miteinander verwandt sind«, sagte Ava und verlieh ihrer Stimme einen heiteren Klang. »Frag du sie doch, vielleicht verraten sie es dir ja.«

Nele und Thilo kamen angestürmt. Thilo hatte Schnee im Haar, wahrscheinlich das Überbleibsel von einer Attacke von Nele.

»Was habt ihr gefunden?«, fragte Nele. Sobald sie den Vogel bemerkte, trat sie einen Schritt zurück und meinte: »Das ist ja ekelig.«

Auch Thilo verzog das Gesicht. »Wollen wir dann mal zu unserem Spaziergang aufbrechen, statt tote Tiere zu studieren?«

Die vier verließen das Ferienhausgrundstück und spazierten bergauf und bergab aus dem Dorf mit den urigen Holzhäusern hinaus und anschließend einen Feldweg entlang, aber der Vogel begleitete Ava in Gedanken und heftete sich an sie wie ein Blutegel. Immer wieder blieben sie stehen, um ein paar Schneebälle zu werfen, um Fotos von der schönen Aussicht über die Berge mit all den schneebedeckten Baumwipfeln zu schießen oder um sich gegenseitig auf Sehenswertes hinzuweisen. Mal war es eine Bank, die aus einem Baumstamm gefertigt worden und von kunstvollen Eisblumen überzogen war, mal waren es Spuren im Schnee, die, wie Ava vermutete, von einem Gassi geführten Hund stammten. Ein Highlight war ein Falke, der zuerst am Himmel vorüberflog, um dann auf eine Stelle im Feld niederzustürzen. Ob er seine Beute fangen konnte, war für Ava durch die Distanz nicht zu erkennen. Und stets kehrten, so herrlich die Eindrücke während des Spaziergangs auch waren, ihre Gedanken zum toten Vogel zurück.

Leon zeigte sich begeistert über alles, was sie aufstöberten, und lief zu seiner Spaziergang-Höchstform auf. Wo er sonst schnell meckerte, dass ihm die Füße wehtaten, konnte er es hier nicht erwarten, die nächste Entdeckung zu machen. Nele hingegen blieb ungewöhnlich still.

»Alles in Ordnung bei dir, Schatz?«, fragte Ava sie, als Thilo und Leon auf ein paar gefällten und schneebedeckten Baumstämmen herumturnten. Dass Nele sich ihnen nicht anschließen wollte, war Beweis genug für Ava, dass etwas in ihrer Tochter vorging.

Nele zuckte mit den Schultern und kickte einen Stein quer über den Weg in ein Gebüsch.

»Weißt du es nicht oder willst du nicht drüber reden?«

Nele verzog das Gesicht. »Passiert dasselbe wie mit dem Vogel auch uns, wenn wir sterben?«

»Wenn wir uns beerdigen lassen, dann schon. Aber davon bekommt man überhaupt gar nichts mehr mit. Man kann sich auch einäschern lassen, dann passiert das nicht.«

»Ich will nicht, dass diese Viecher über mich drüberkrabbeln«, sagte Nele und erschauderte.

»Kann ich verstehen, ist wirklich eine komische Vorstellung.«

»Dann lasse ich mich einäschern. Was ist das überhaupt?«

Ava zögerte einen Moment. »Dein Körper wird zu Asche gemacht und kommt in eine hübsche Urne. Aber auch davon bekommst du dann nichts mehr mit.«

Auch nach dem Gespräch verhielt sich Nele still und distanziert. Manchmal verlor sie sich in der Betrachtung eines Baumes, eines Zaunes oder der Landschaft und merkte erst spät, dass die anderen weitergegangen waren. Hin und wieder bekam sie nicht mit, wenn sie angesprochen wurde.

Eine kleine Hand schob sich irgendwann in die von Ava. »Mama, wenn der Krampus die Kinder mitnimmt, tötet der die dann auch, sodass die Maden kommen?«

Ava griff intuitiv Neles Hand fester. »Schatz, den Krampus gibt es doch gar nicht. Und ich bin mir sicher, dass er das in all den Geschichten auch gar nicht macht.«

»Okay.«

»Macht dir das sehr Angst, Schatz?«, fragte Ava.

Nele war anzusehen, dass sie überlegte. Nach einer Weile sagte sie: »Nachts mehr als jetzt gerade.«

Ava merkte, dass ihre Tochter dichtmachte und nicht weiter darüber reden wollte. Vorerst ließ sie es also auf sich beruhen.

Erst zurück im Ferienhaus kam wieder Leben in sie. Nele und Leon bekamen eine heiße Schokolade und bastelten am Küchentisch ein paar fantasievolle Konstrukte aus Knete. Als ihnen das langweilig wurde, gingen sie jeweils in ihre Zimmer, um etwas anderes und für sich allein zu spielen. Es dauerte keine Minute, da waren die üblichen Kampfgeräusche von Leon, der seine Spielsachen wilde Schlachten schlagen ließ, und Neles stets unermüdliches Plappern zu hören.

»Spannend, wie die beiden sich entwickeln«, sagte Ava zu Thilo, der bei ihr am Küchentisch saß.

Bevor er seine Ellenbogen auf dem Tisch abstützte, prüfte er, ob noch Knetkrümel übrig waren. »Sie sind wirklich schnell groß geworden. Mir kommt es wie gestern vor – okay, eher wie vor einem Monat – dass wir Baby-Leon zum ersten Mal aus dem Krankenhaus mit nach Hause zu Nele gebracht haben.«

»Ja! Und wie sie sagte: ›Muss das da jetzt bei uns wohnen?‹«

Beide schmunzelten über die gemeinsame Erinnerung.

Thilo fragte: »Hat Nele dir gesagt, was mit ihr los war? Beim Spaziergang, meine ich.«

»Der tote Vogel hat sie ein bisschen mitgenommen. Sie wollte wissen, ob das auch mit ihr passiert nach ihrem Tod.«

»Leon fand ihn einfach cool.«

Ava meinte, dass das noch am Alter lag. Sie scheute sich davor, Thilo auf die Fragen hinzuweisen, die sich ihr wegen des Vogels stellten. Wie er dorthin gekommen war, wo er offensichtlich nicht gestorben war, blieb ihr ein Rätsel.

Da Ava schwieg, fragte Thilo: »Willst du dich noch mal hinlegen? Oder sollen wir packen?«

»Den beiden gefällt es hier. Jetzt, bei Tag betrachtet, habe ich mich heute Nacht ein bisschen hineingesteigert. Ein bisschen sehr, zugegebenermaßen.« Hast du das? Warum sagst du das?, fragte sich Ava. »Wollen wir ihnen nicht wenigstens noch den Nikolaustag hier lassen?«

»Puh, Süße, das ist ein Hin und Her. Sagst du mir Bescheid, wenn du weißt, was du willst?«

Wut explodierte in Avas Brust. Die Müdigkeit mochte nicht gerade helfen, sie ruhig bleiben zu lassen, aber Thilos Tonfall regte sie auf, sodass sie sich nicht zurückhalten konnte, ihn anzukeifen. »Ich weiß genau, was ich will. Ich will einen verdammten normalen Urlaub. Ohne Einbrecher. Ohne Krampus, der bei uns einsteigt. Und was ich noch viel lieber hätte, wäre ein Mann, der mit mir zusammen eine Entscheidung trifft und das nicht mir überlässt. Ich habe gottverdammt noch mal keine Ahnung, was hier vor sich geht. Ob hier überhaupt irgendetwas vor sich geht.«

»Ava …«

»Nein, du hörst dir das jetzt an. Ich will auf keinen Fall meine Familie einer Gefahr aussetzen, aber ich weiß einfach nicht, ob überhaupt eine Gefahr besteht. Ich will uns allen auch nicht den Urlaub verderben, auf den wir uns so lange gefreut haben. Gerade nachdem der Sommerurlaub ausfallen musste, weil dein Vater im Krankenhaus war und wir ja deswegen nicht wegfahren konnten.«

»Ava, ich … «

»Nein! Ich will von dir nichts hören, außer es ist etwas Produktives, was uns in Sachen Hierbleiben oder Heimfahren weiterbringt. Das Sommerurlaubsdrama wegen deinem doofen Vater? Geschenkt. Und sorry, ist aber so. Aber der Urlaub hier soll das wiedergutmachen.« Ava atmete tief durch und fügte mit ruhiger Stimme hinzu. »Danke, das hat gutgetan. Jetzt bist du dran.«

Thilo schaute sie an wie ein Bombenentschärfer, der vor der Mutter aller Bomben stand. Er fürchtete offensichtlich, dass sie erneut hochgehen würde, falls er nicht die richtigen Worte fand. Und nichts zu sagen wäre ein ebenso großer Fehler, wie einen falschen Draht zu durchtrennen. »Liebling«, fing er mit dem sichersten Wort an, das ihm wohl gerade einfiel. »Du musst das natürlich nicht allein entscheiden. Und falls wir frühzeitig abreisen, dann gebe ich dir so wenig die Schuld daran, wie ich oder mein Paps die Schuld daran hatte, dass wir im Sommer gar nicht erst losgefahren sind.«

Ava hob die Augenbrauen, um ihm zu signalisieren, dass sie beim letzten Punkt nicht ganz seiner Meinung war und dass das ein weiteres heikles Thema war.

»Okay. Also gut. Ich schlage vor, dass wir hierbleiben. Ein Stück Stoff und ein kaputtes Fenster; deswegen fahren wir doch nicht heim. Außerdem kann ich euch vor allem beschützen, was es nicht gut mit euch meint, erst recht vor einem Fabelwesen.«

Für Ava bestand das Problem aus viel mehr als nur aus einem Stück Jutestoff und dem Fenster, das nachts offen stand und das keiner geöffnet haben wollte. Oder dem Schatten, Neles viel zu realistischen Albträumen und den Spuren im Schnee. Ihr müdes

Gehirn schaffte es aber nicht, eine ordentliche Lösung zustande zu bringen. »Okay. Eine Nacht noch. Wenn wieder etwas Seltsames ist, dann fahren wir morgen Mittag heim. So könnten die Kinder dann immerhin ihr Nikolausgeschenk noch hier im Urlaub bekommen.«

»So machen wir das. Dann legst du dich jetzt noch eine halbe Stunde ins Bett. Oder lieber länger? Ich mach das Mittagessen. Rösti und Spiegeleier, wie klingt das? Und morgen, da könnte ich mich an Sauerbraten und Knödeln probieren, wenn wir vorher noch wo einkaufen. Hab ich beides noch nie gemacht, aber einen Versuch wäre es wert.«

Ava gab ihm einen Kuss. »Danke. Ich denke, ein kurzes Nickerchen wäre wirklich das Beste.«

Voller Vorfreude auf das Schläfchen schlenderte sie zur Schlafzimmertür, massierte sich kurz ihren nach wie vor etwas mitgenommenen Nacken und gähnte dabei genüsslich. Ihre Hand lag bereits auf der Türklinke, dann hielt Ava jedoch für einen Moment inne. Sie hörte Leon in seinem Zimmer weiterhin vergnügte Kampfgeräusche von sich geben, Neles Geplaudere kam ihr jedoch seltsam vor. Erst konnte Ava nicht festmachen, woran das lag. Ohne sich zu bewegen, lauschte sie dem Klang von Neles Stimme. Als ihre Tochter besonders lange schwieg, ehe ihr Plappern wieder einsetzte, verstand sie endlich, was ihr so ungewöhnlich vorkam: die Sprechpausen. Normalerweise quatschte Nele beim Spielen wie ein Wasserfall, dieses Mal war es aber, als würde sie jemandem zwischenzeitlich zuhören.

Ava ließ die Klinke los, als hätte sie sich daran verbrannt. Diese erste reflexartige Bewegung kam deutlich schneller als die Erkenntnis, dass sie jetzt nicht schlafen, sondern nach Nele sehen sollte. Nachdem Ava diese schlichte Tatsache mit ihrem müden Gehirn verstanden hatte, wirbelte sie herum und eilte zum Zimmer ihrer Tochter.

Ihre Hände fühlten sich schrecklich leer an. Viel zu leer für den Fall, dass ein Fremder, ihr nächtlicher Eindringling oder womöglich sogar der Krampus, bei Nele war. Dennoch zögerte

Ava nicht und stieß die Tür auf. Allein der Fakt, dass ihre Tochter fröhlich und ausgelassen klang, sobald sie sprach, ließ Ava nicht durchdrehen vor Sorge.

»Tschüs, bis bald dann!«, rief sie gerade heiter.

Mit dem Rücken zur Tür und das Fenster im Blick saß Nele auf ihrem Bett.

Allein.

»Mit wem hast du geredet, Schatz?«, fragte Ava eine Oktave zu schrill. Sie rannte zum Fenster, um zu prüfen, ob sich jemand von der Ferienhütte entfernte. Da niemand zu entdecken war, drehte sie sich wieder zu Nele um und wollte mit beinahe normaler Stimme und Tonlage wissen: »Was spielst du denn gerade Schönes?«

Nele schaute Ava verunsichert an. »Schimpfst du mich auch nicht?«

»Nein, du weißt doch, wenn du ehrlich zu mir bist, schimpfe ich nicht.« Sie setzte sich neben ihre Tochter und kitzelte sie ein bisschen am Bauch, um den Worten die Ernsthaftigkeit zu nehmen. »Aber wenn ich rausfinde, dass du etwas angestellt hast, was du vor mir verheimlichen wolltest, dann gibt es ein Donnerwetter.«

Nele prüfte Ava mit zu Schlitzen verengten Augen. »Ganz sicher nicht?«

»Versprochen.«

Nele holte tief Luft. »Ich hab Opi angerufen.«

»Wie denn das?«

»Mit deinem Handy.« Nele zog Avas Smartphone unter ihrem Bein hervor.

Ava wurde stutzig. Sie hatte ihrer Tochter nie gezeigt, wie man mit einem Handy telefonierte. Sie konnte ein paar Kurzwahl-Nummern am Festnetztelefon benutzen, aber das Handy bekam sie eher selten in die Hände. »Und das hast du ganz allein geschafft?«

»Ja, ich kenne Opas Telefonnummer auswendig.« Nele sagte die Nummer fehlerfrei auf.

»Okay, und wie geht es Opi so?«

Während Nele erzählte, prüfte Ava die Liste der ausgehenden Anrufe. Sie war leer.

»Und dann hab ich ihm noch von dem toten Vogel erzählt. Da meinte Opi, dass das eben die Natur ist. Ist die Natur böse, Mama? Macht die gerne alles kaputt?«

»Warte, warte, lass uns mal bei deinem Anruf bleiben. Hast du sonst noch was an meinem Handy gemacht?«

Nele nickte langsam. Gerade als Ava nachhaken wollte, gestand Nele ihr Missgeschick. »Beim Auflegen bin ich auf ein paar Tasten gekommen. Da war dann irgendwas weg. Es tut mir leid, aber du hast mich so erschreckt, als du reingekommen bist. Darf ich dein Handy trotzdem wieder haben, allerliebste Mama der ganzen Welt?«

Ava musste schmunzeln. »Klar doch. Aber das nächste Mal fragst du vorher. Wären wir woanders im Urlaub, hättest du bestenfalls Opa nicht erreicht oder schlimmstenfalls super hohe Kosten mit dem Anruf verursacht.« Ava atmete durch. Sie versuchte durch den Nebel ihrer Müdigkeit, der langsam wieder aufzog, weiter klar zu denken. Ihre Eltern hatten eigentlich ein paar Tage bei alten Freunden verbringen wollen und Thilos Vater nannte Nele nicht Opa, sondern Opa Hans. Deswegen glaubte Ava nicht, dass Nele tatsächlich telefoniert hatte. »Hast du nur gespielt, du würdest mit Opa sprechen?«

»Nein, warum?«

»Nur so. Du hast echt mit ihm geredet?«

»Ja, er wollte ›just in diesem Moment‹, als ich angerufen habe, mit Oma los, hat er gesagt. Aber er hat sich für mich extra noch Zeit genommen.«

»So ein lieber Opa, dann rufe ich ihn jetzt auch mal an.«

»Das kannst du dir schenken, Mama, die beiden sind inzwischen bestimmt schon losgefahren. Sie wollten zu ihren Freunden. Und du weißt ja, ihre Handys sind eh immer aus.«

Ava amüsierte sich noch über Neles altkluge Ausdrucksweise, während sie überlegte, ob sie ihren Vater anrufen sollte. Hatte Nele wirklich telefoniert oder nicht? Nele konnte sich in ihren Spielen verlieren, sie flunkerte wie eine Meisterin und Ava bezweifelte stark, dass sie ihre Eltern erreicht haben konnte.

Ava entschied, dem später auf die Spur zu gehen. Sie wollte so viel Schlaf erhaschen, wie sie nur konnte. Wenn sie dann fitter wäre, ergäbe hoffentlich alles einen Sinn. Alles, was sie in diesem seltsamen Urlaub erlebte, sollte endlich einen klaren und eindeutigen Zusammenhang für sie darstellen. Insgeheim hoffte sie, das Verhalten ihrer Tochter zu entschlüsseln. Wenn sie nicht mit ihrem Opa gesprochen hatte, befand Ava die Chance für höher, dass sie auch keinen Krampus bei sich im Zimmer gesehen hatte.

Auf dem Weg ins Schlafzimmer entdeckte sie neben dem Teppich in der Diele einige schwarze Krümelchen. Sie zog die Augenbrauen die Stirn hinauf. Wenn sie sich von jeder Aufgabe ablenken lassen würde, derer sie sich annehmen konnte, würde sie nie zum Schlafen kommen. Sauber machen konnte sie später noch. Damit die Kinder nicht durch den undefinierbaren Schmutz trampelten und ihn in der gesamten Hütte verteilten, schob sie ihn mit der Socke unter den Teppich.

Am späten Nachmittag, als das Mittagessen längst verspeist war und Avas Mittagsschläfchen seine zunächst sehr erfrischende Wirkung wieder verloren hatte, rief sie die anderen zur Haustür. Sie wollte mit ihnen die Stiefel putzen, um sie anschließend vor die Tür zu stellen, damit der Nikolaus sie über Nacht füllte. Die Leckereien nebst einer kleinen Spielzeugüberraschung lagen längst weit oben in einem Schrank in der Küche bereit.

Während Nele fleißig mit einem Lappen über ihre Winterstiefel rubbelte, schaute Leon seine Eltern ungläubig an. Offensichtlich hatte er die vorherigen Nikolausabende und Stiefelgeschenke komplett vergessen. »Aber ich will keine Käsefuß-Süßigkeiten. Ich will meinen Laster rausstellen.«

Thilo schaute Ava amüsiert an. »Klingt gar nicht so schlecht. Eine Lasterladung Süßkram.«

Empört schaute Nele von ihrem Stiefel auf, der seither kein Stück sauberer geworden war. Stattdessen hatte sie den Schmutz und die Schlammreste nur verteilt. »Das ist unfair! In den Laster passen viel mehr Sachen als in meinen Schuh. Das ist gemein!«

»Keine Sorge, Nele, ihr bekommt gleich viel. Leon, es ist aber Brauch, dass man den Schuh vor die Tür stellt. Willst du diese lustige Tradition nicht versuchen?«

Leon verschränkte die Arme fest vor der Brust und schüttelte den Kopf.

»Der Nikolaus beschenkt alle Kinder gleich. Ist das für dich in Ordnung, Nele, wenn Leon statt seines Stiefels seinen Laster rausstellt?«, fragte Ava.

Nele putzte eifrig an ihrem Schuh weiter. »Dann ja.«

»Super, dann kannst du jetzt deinen Laster holen.«

Spitzbübisch grinsend raunte Thilo ihr zu: »Ich will aber auch einen Laster rausstellen.«

Ava lachte und knuffte Thilo in die Seite. »Putz jetzt deine Schuhe, wenigstens das eine Mal im Jahr.«

»Okay, Mami.« Die beiden gaben sich einen Kuss und Leon kam mit seinem Laster angeflitzt.

Er fragte: »Soll ich den putzen?«

»Auf jeden Fall. Hier ist dein Tuch«, sagte Thilo und reichte Leon ein Küchentuch.

Eifrig ins Putzen vertieft und ohne aufzuschauen, fragte Nele plötzlich kleinlaut: »Mama, was machen wir denn, wenn statt dem Nikolaus der Krampus kommt?«

»Mit sauberen Schuhen will der nichts zu tun haben. Es ist ausgeschlossen, dass der kommt. Ihn gibt es doch gar nicht, schon vergessen?«

Nele schüttelte den Kopf, dass ihre Haare um sie herumwirbelten, und widmete sich dann weiter ihrem Winterschuh.

Nachdem die Stiefel und der Laster vor die Tür gestellt waren, gab es Abendessen und anschließend machten sich die Kinder für das Bett fertig. Ava gab beiden einen Gutenachtkuss und überlegte, ob sie nun ebenfalls schlafen gehen sollte. Den schönen Tag würde sie allerdings gerne noch etwas nachklingen lassen. Das letzte Quäntchen, das zur Entscheidung, noch ein wenig länger aufzubleiben, beitrug, war die Radiosendung, die Thilo am knisternden Kaminfeuer hörte. Auch zwei Tassen Glühwein standen auf dem Wohnzimmertisch bereit.

»Du hast es uns aber gemütlich gemacht.«

»Wer weiß, ob wir morgen Abend noch hier sind. Die bringen gleich ein Hörspiel, aber wenn du es nicht hören willst, wechseln wir den Sender und hören einfach Musik.«

»Warum sollte ich es nicht hören wollen?«, fragte Ava überrascht nach.

»Es geht um den Krampus. Eine Gruselgeschichte wird vorgelesen.«

»Das sollte schon in Ordnung gehen. Ich mag das ja gerne. Außerdem kann ich mich an dich kuscheln, wenn es zu heftig wird.«

Thilo legte seinen Arm um sie. »Oder ich kuschle mich an dich.«

Ein Baumarktwerbespot dröhnte aus dem Radio. Dann wurde es leise und sanfte Gruselmusik setzte ein, ehe ein Sprecher mit tiefer und wohlklingender Stimme verkündete, dass es nun Zeit dafür sei, eine unheimliche Geschichte zu erzählen. Vorfreude kribbelte in Avas Brust. Sie trank einen Schluck Glühwein, der sie von innen aufwärmte. Sie schmiegte sich wieder an Thilo und legte die Füße auf die Couch.

Der Radiosprecher las ihnen diese Geschichte vor:

In einer Nacht wie der heutigen begab es sich, dass ein Geschöpf der Hölle entstieg, um eines der grausamsten Gräueltaten zu begehen, die ein Mensch erdenken kann: Das Wesen machte sich auf, um Kinder zu rauben und zu quälen. So lag es in seiner Natur, allein das war der Grund für seine Existenz. Hierfür war es vom Satan selbst, seinem Meister, erschaffen worden.

Wie zu einer Statue erstarrt, verweilte die Kreatur in der Dunkelheit, bis ihre Zeit gekommen war. Die Glieder waren taub und träge, sodass das Wesen wartete, bis neue Kraft es durchströmte. Ein paar Dezembertage in der Weihnachtszeit, wie es die Menschen nannten, erlaubten es dem Krampus, sich aus diesem dunklen Loch, seinem eigenen Höllenpfuhl, zu erheben und die Einsamkeit hinter sich zu lassen. Sehr bald würde es wieder so weit sein. Von Wut getrieben, würde er den Menschen ein Leid zufügen, das sie niemals vergessen konnten. Ungeduldig ballte er die Klauen zu Fäusten, presste die Hufe erst fester auf den steinigen Boden und scharrte dann darüber.

Da bemerkte der Krampus, wie leicht ihm beide Bewegungen fielen. Seine Fratze verzog sich zu einem boshaften Lächeln. Er würde nicht mehr länger warten müssen. Stück für Stück fiel die Starre von ihm ab, bis er schließlich die Höhle tief im Berg verlassen konnte.

Das Mondlicht streichelte das Tal, das vor ihm lag. Der Krampus würde sich nicht mit solch einer Zärtlichkeit aufhalten. Der Holzbottich auf seinem Rücken wog viel zu leicht und wollte mit Kinderleibern gefüllt werden.

»Holzbottich?«, fragte Ava flüsternd nach. »Kein Jutesack?«

Thilo zuckte mit den Schultern. »Eine andere Version der Geschichte?«

Ava nickte. »Möglicherweise abhängig von der Region.«

Der Krampus begann seinen Abstieg unter dem sanften Klirren seiner Eisenkette und dem Läuten der Kuhglocke, die er stets um den Hals trug. Seine Hufe, denen einer Ziege gleich, setzte er sicher auf den steinigen Untergrund und so erreichte er innerhalb von kurzer Zeit das Dorf, das ihn in den letzten Jahrhunderten zu fürchten gelernt hatte. Es gab Geschichten, die über ihn kursierten, wenngleich die Menschen in den vergangenen Jahren immer mehr an Angst einbüßten. Was ihr Fehler war, stellte sich als sein Vorteil heraus.

Er drang in das erste Haus ein, dessen Bewohner töricht genug gewesen waren, alle Lichter gelöscht zu haben. Seine Rute aus Birkenzweigen bettelte darum, süßes Kinderfleisch und heißes Blut zu kosten. Doch er musste sich gedulden. Der Krampus schlich durch den Flur, setzte seine Hufe auf, ohne dass sie ein Geräusch verursachten. Seine Intuition, eine Gabe des Satans, verriet ihm, wo die Kinder zu finden waren. Kinderlose Häuser betrat er nicht. Auf direktem Weg begab er sich zu dem Schlafzimmer eines kleinen Mädchens. Die Tür gab ein leises Ächzen von sich, als wüsste sie, was nun folgte. Der Ziegendämon trat an das Bett heran, bereit, sein Werk zu tun.

Seine Nüstern blähten sich, so wohlig duftete das Mädchen. Mit seiner ellenlangen Zunge leckte er zunächst über die Stirn des Kindes. Dieser Geschmack. Mit nur einer Kralle ritzte er die Haut am Handrücken auf und leckte die hervortretenden Blutstropfen ab. Das Mädchen zuckte im Schlaf. Das musste vorerst genügen. Erst in seiner Höhle durfte er sich dem Drang hingeben, das Kind zu fressen. Er packte es und stopfte das schreiende Balg in den Holzbottich auf seinem Rücken. Wenn er zwei weitere Menschenkinder gesammelt hatte, würde er sie in seine Höhle bringen, sie dort mit der Rute schlagen und sie fressen. Der Teufel würde sich die Seelen holen.

Der Krampus verließ das Haus, ohne dass jemand einen Verdacht schöpfte, was soeben vorgefallen war. Das Gör wimmerte im Bottich, doch kaum ein Geräusch drang nach außen. Wie konnten die Menschen so einfältig sein und ihre Kinder in den Krampusnächten unbewacht lassen? Wie konnten sie an seiner Existenz zweifeln, wo er sie schon seit Jahrhunderten heimsuchte? Seine Fratze mit Hörnern wurde vielfach nachgebildet und doch waren sie blind und ahnungslos geworden.

Der Weg zum nächsten Haus, das er in dieser Nacht aufsuchen wollte, war lang genug, dass das Mädchen im Bottich vollends verstummte. Auch hier war es seine Intuition, die ihm den Weg wies, damit er stets die Familien wählte, die am wenigsten an ihn glaubten. Bei denen es am leichtesten war, ein Kind zu rauben. Ob es sich dabei um überaus ungehorsame Kinder handelte oder um Sprösslinge wie andere auch, kümmerte ihn nicht. Der Krampus folgte seinem Gespür und nahm das Gör mit sich. So war es schon immer gewesen und so würde es ewig sein.

Auch im zweiten Haus stahl sich der Krampus leise an das Kinderbett heran. Ein Junge, keine acht Jahre alt, lag in tiefem Schlummer vor ihm. Seine Ketten klirrten leise, als er sich über das Kind beugte. Die Gier übermannte ihn. Er musste – musste – ein wenig von dem Knaben haben. Ein klein wenig nur. Der Krampus beugte sich tiefer zur zarten Haut hinab, bereit, ihm in die Halsbeuge zu beißen.

Ein Schreckenslaut hinter ihm ließ ihn in seiner Bewegung innehalten. Knurrend wandte er sich um. Wie war das möglich?

Auch das Mädchen, das er bereits gefangen hatte, begann wieder zu weinen.

»Sicher, dass du dir das anhören möchtest?«, fragte Thilo.

Ava nickte. »Bist du dir denn sicher, dass du das verkraftest?«, neckte sie ihn.

»Also, ich werde garantiert schlafen wie ein Lämmchen. Albtraum- und sorgenfrei und …«

Ava hielt ihren Zeigefinger vor die Lippen und sagte: »Pssst, wir verpassen sonst noch was.«

Im Türrahmen stand eine Jugendliche. Kein Mädchen mehr, aber auch noch nicht erwachsen. Mitnehmen würde er sie nicht. Mit ihr musste der Krampus anders verfahren. Er hob seine Rute, um sie ihr gegen die Schläfe zu schlagen. Ob sie davon ohnmächtig würde oder starb, war ihm einerlei. Es würde ihr ohnehin niemand Glauben schenken, falls sie davon erzählte, dass sie einen Ziegendämon im Zimmer ihres Bruders gesehen hatte. In der heutigen Welt beschäftigten ihre eigenen Dämonen die Menschen weitaus mehr als die in der Welt da draußen.

Mit der Rute schlug der Krampus fest zu. Die zur Abwehr erhobenen Hände stellten kein Hindernis für ihn dar. Seit Jahrhunderten nutzte er die Birkenzweige und sie dienten ihm treu. Einen Schritt tat das Gör noch rückwärts, dann fiel es in sich zusammen wie die Mauer einer Burg, die unter feindlichem Beschuss nachgab.

Endlich kehrte er sich wieder dem Jungen zu, dessentwegen er hierhergekommen war. Das Kind hatte die Augen weit aufgerissen und die Decke bis zum Kinn gezogen, als böte dieser schlichte, wenn auch bunt bedruckte Stoff ihm Schutz. Sein Mund war zum stummen Schrei geöffnet. Nur die Zunge wand sich darin wie ein sterbender Wurm. Zu gerne hätte der Krampus sie herausgerissen und auf der Stelle verspeist, aber er zügelte seinen Hunger und dachte an den Festschmaus in seiner Höhle. Mit seiner Klauenhand riss der Krampus die Decke vom Bett. Der Junge begann sich zu winden und kroch vor dem Dämon weg. Er packte ihn an den Handgelenken und Knöcheln und stopfte ihn unsanft zum anderen Balg in den Bottich. Aus dem Behältnis drang im der herrliche Geruch nach Todesangst entgegen. Er konnte sie fast schmecken. Die beiden schrien mit vereinter Kraft, aber ihre Klagelaute drangen nur dumpf durch das unheilige Holz nach außen.

Ohne zurückzublicken, verließ der Krampus das Haus und setzte seinen Weg fort. Ein Kind wollte er noch holen.

Er verließ das Dorf, denn stets trieb ihn sein düsterer Sinn einem bestimmten Balg entgegen. Ein beinahe voller Mond erhellte ihm den Weg über Wiesen, durch Felder und an einem kleinen Wald vorbei. Aber er hätte sein Ziel auch in völliger Dunkelheit erreicht. Die Berge ragten bis schier hinauf ins Himmelszelt, als er zur Hütte gelangte, in der das Kind lebte. Es waren zu wenige Hütten beieinander, als dass man hätte von einem Dorf sprechen können, aber auch in einer Stadt würde der Krampus sein Werk tun, ohne dass es den Menschen auffallen würde. Ohne dass sie etwas dagegen tun könnten.

Er öffnete einen Fensterladen und schob das Fenster auf, dessen Mechanismus beschädigt war, denn solche Dinge wusste er. Er stieg ins Dunkle hinein. Eine Katze fauchte. Mit einem Grollen, das die Tiefen seiner Kehle nicht einmal zu verlassen brauchte, vertrieb er das Tier. Das Gör saß im Bett, als er sich zu ihm umdrehte. Ein Mädchen von vielleicht fünf oder sechs Jahren. Sie hatte ein Kruzifix erhoben und sprach Gebete.

Der Krampus trat auf sie zu. Hätten seine Gesichtszüge es zugelassen, hätte er gegebenenfalls gelächelt. Er schlug mit seiner Kette dem Kind das Kruzifix aus der Hand und biss es in den Arm. Strafe musste sein.

Das Mädchen schrie schrill auf, als er es packte. Aus seinem Holzbottich drang das Jammern der beiden anderen Blagen.

Ein Licht ging im Flur an. Hastige Schritte wurden laut.

Wohl sollte er sie noch nicht jetzt bekommen. Aber er würde bald zurückkehren, um dieses Mädchen zu stehlen. Würde, wenn nötig, in der Dunkelheit ausharren und dem Menschenkind auflauern, bis die Stunde gekommen war, es mit sich zu nehmen. Bis zur ersten Raunacht hatte er Zeit. Erst dann würde er für beinahe ein Jahr in seiner Höhle ausharren müssen.

Der Krampus stieg aus dem Fenster und kehrte in seinen Berg zurück. Er hatte bisher jedes Kind bekommen, das er hatte haben wollen.

»Dies, liebe Hörerinnen, liebe Hörer, war der erste Teil unserer Krampus-Reihe. Schalten Sie morgen Abend wieder zur gewohnten Uhrzeit ein und hören Sie, wie der Krampus weiter sein Unwesen treibt. Nun hören Sie die harmonischen Klänge von …«

Thilo schaltete das Radiogerät aus.

FUNF.

Nikolaustag
6. Dezember

Nachdem die letzten Worte des Radiosprechers verklungen waren, tauchte Ava langsam wieder aus ihrem tranceartigen Zustand auf. Sie hatte in Gedanken die Geschehnisse der Erzählung vor sich gesehen. Sie fühlte kalten Schweiß auf ihrer Stirn und obwohl sie die Hände zu inzwischen verkrampften Fäusten geballt hatte, fühlte sie sich gleichzeitig benommen und unendlich müde. Es war wie nach einem Serienmarathon, bei dem man nicht gemerkt hatte, wie dringend man schlafen gehen sollte, weil einen die Geschichte so sehr mitriss.

»Nette Story. Wusstest du, dass der Krampus die Kinder sogar frisst? War mir neu. Magst du noch eine Tasse Glühwein oder wollen wir schlafen gehen?«, fragte Thilo.

Auf keinen Fall wollte sie sich anmerken lassen, welchen Schrecken die Geschichte ihr eingejagt hatte. Normalerweise würde sie dann einige Neckereien über sich ergehen lassen müssen, aber in diesem Urlaub war es mit ihrer Stimmung und ihrem Nervenkostüm eskaliert. Daher konzentrierte sie sich auf ihre Müdigkeit und versuchte, nicht an das Hörspiel zu denken. Sobald sich Ava ausgiebig gestreckt und noch ausführlicher gegähnt hatte, murmelte sie schläfrig, dass ihr schon die Augenlider zufielen. Dem war tatsächlich so, da musste sie nicht für Thilo übertreiben. Ihre Muskulatur fühlte sich an wie Pudding, und das gerade jetzt, wo ihr Körper so schwer von der Müdigkeit war und sie noch den Weg ins Bad und ins Schlafzimmer vor sich hatte.

Dennoch schleppte sich Ava von der Couch bis zum Waschbecken und verfluchte sich dafür, dass sie nicht zusammen mit den Kindern die Zähne geputzt und anschließend auf den Wein verzichtet hatte. Sie kleckste Zahnpasta ins Porzellanbecken und traf erst beim zweiten Anlauf die Bürste. Den Fleck wischte sie nicht weg. Auch wenn es morgen angetrocknet und schwerer zu entfernen wäre – der Klecks musste warten. Ava war zu müde. Viel zu müde, um mehr als das Allernötigste zu tun.

Mit monotonen Bewegungen schrubbte sie ihre Zähne sauber und schloss dabei ihre Augen. Ava dachte an die Urlaubstage, die hinter ihnen lagen, und auch an all die vermeintlichen Warnsignale, die sie geglaubt hatte zu erkennen. Nach der Krampusgeschichte im Radio kam es ihr irgendwie absurd vor, dass sie wirklich um die Sicherheit ihrer Familie besorgt gewesen war. Absurd zumindest in Bezug auf einen Ziegendämon. Die Gruselgeschichte hatte ihr nach dem ersten Schrecken darüber verdeutlicht, wie weit hergeholt diese Sagengestalt war. War sie so gestresst? So überreizt, dass sie sich Dinge einbildete oder zumindest einredete, die gar nicht real waren? Dinge, die sie sonst eindeutig und fraglos als das erfasste, was sie waren: in die Welt der Fantasie gehörend und nichts anderes als Hirngespinste.

Ava öffnete die Augen nur einen Spalt breit, denn das Licht im Bad kam ihr viel zu grell vor. Sie spuckte den Zahnpasta-Schaum aus, spülte ihren Mund aus und schaute sich anschließend selbst im Spiegel an. Langsam schüttelte sie ihren Kopf und flüsterte: »Du bildest dir keine Dinge ein. Okay, du redest mit dir selbst, aber du bist definitiv nicht irre.« Sie wollte ihrem Bauchgefühl, ihrer meist untrüglichen Intuition, weiterhin vertrauen, war aber bereit, zuzugeben, dass sie sich hatte dazu verleiten lassen, sich in Neles Albträume hineinzusteigern. Alles, was sie so sehr aufgeregt hatte, ließe sich irgendwie erklären, ohne dass ein Ziegendämon dafür herhalten müsste.

Thilo kam ins Bad, um sich seinerseits fürs Bett fertig zu machen. »Geh du schon mal schlafen, ich schau nach den Minimonstern«, schlug er vor.

»Das klingt gut«, murmelte sie und schlurfte in Richtung Schlafzimmer. Als der Gedanke vorüberzog, dass sie nicht unähnlich wie die Zombies in ihrer aktuellen Lektüre lief, musste Ava kurz schmunzeln. Ihr Hirn fühlte sich mindestens so matschig an wie das der Untoten in der Geschichte. So schnell, wie sie noch dazu fähig war, schlüpfte sie in ihren Pyjama. Sie konnte es kaum erwarten, unter der warmen und weichen Decke zu liegen und endlich den Schlaf nachzuholen, den sie in der vorherigen Nacht verpasst hatte.

Ava stopfte das Kissen unter ihrem Nacken zurecht, schloss die Lider und war schon halb eingeschlafen, da flüsterte Thilo: »Schatz, bist du noch wach?«

Ein »Mhmm« war alles, womit sich Thilo zu begnügen hatte. Der Schlaf zerrte an ihr wie eine Skeletthand, die aus einem Grab geschossen kam und den Passanten an seiner statt in die ewige Ruhestätte ziehen wollte und nicht daran dachte, ihn freizugeben.

»Hör mal, ich will dich ja wirklich nicht stören, aber hast du den Sack Kohle vor Neles Bett abgelegt und ihn dort vergessen? Ich hab den Sack weggestellt, damit sie morgen früh nicht damit spielt und alles schmutzig macht.«

Ava war mit einem Mal hellwach. Sie schlug den Schlaf zusammen mit ihrer Bettdecke zurück und setzte sich auf. »Ein Sack Kohle?«, fragte sie nach und zweifelte, ob sie das richtig verstanden und womöglich nur geträumt hatte.

Thilo nickte. Das Licht aus dem Flur beleuchtete ihn nur von hinten, aber es war hell genug, dass sie seinen fragenden Blick erkannte.

»Ich weiß nichts von einem Sack Kohle«, sagte Ava viel zu schrill und schlug sich die Hand vor den Mund, als könnte sie damit die Lautstärke wieder zurück in ihren Rachen stopfen. Kurz lauschten beide, ob Leon oder Nele davon aufgewacht waren, aber alles blieb ruhig. In Flüsterlautstärke wollte Ava wissen: »Aber mit den beiden ist alles okay? Sie schlafen?«

»Leon ist ein bisschen verschwitzt, sonst ist alles prima. Beide schlafen tief und fest und du solltest das auch machen. Die Kohle habe ich ja weggebracht. Ich hab sie im Schrank im Flur versteckt, dort dürften die Kinder sie nicht finden. So wird Nele morgen früh nicht von oben bis unten schmutzig am Küchentisch sitzen.«

»Thilo, aber wo kam die Kohle denn überhaupt her?«

Ihr Mann schaute sie einige Momente lang seltsam an, ehe er etwas sagte. »Ava, im Ernst? Fängst du schon wieder mit dem Krampus an?«

»Ich fange mit gar nichts an. Ich will wissen, wo die Kohle hergekommen ist, die keiner von uns bei Nele abgestellt hat. Die vorher gar nicht da war.«

»Wir fahren morgen heim. So kann das ja nicht weitergehen«, sagte Thilo entschieden und Ava öffnete bereits ihren Mund, um zu widersprechen, obwohl sie eigentlich genau das gewollt hatte. Aber sie wollte mitentscheiden und nicht bevormundet werden, auch wenn sie gleichzeitig froh war, dass Thilo endlich eindeutig Stellung bezog. Ava atmete tief durch, damit sie nicht losschimpfte, da wurde ihr klar, dass er ihr lange die Chance gegeben hatte, eine eigene Entscheidung zu treffen. Sie massierte ihre Schläfen, um das Gefühlschaos in ihrem Inneren zu bändigen.

»Meinst du, Nele hat die Kohle irgendwo gefunden?«, fragte Ava, ohne auf Thilos Beschluss einzugehen. »Gibt es hier eigentlich einen Dachboden, den sie heimlich erklommen haben könnte? Einen Keller gibt es auf jeden Fall nicht.«

»Was könnte sie denn mit Kohle wollen?«

»Vielleicht dem Nikolaus helfen, seinen Kohlevorrat für die bösen Kinder aufzustocken?« Obwohl Ava den Drang verspürte, selbst nachsehen zu gehen, was es mit dem Sack Kohle auf sich hatte, blieb sie liegen. Sie wollte einerseits Thilo nicht noch mehr Grund dafür geben, zu glauben, sie sei übergeschnappt. Andererseits hatte er sich darum gekümmert, sodass ihr müder

Körper, in dem ihr leider inzwischen viel zu wacher Geist wohnte, endlich Ruhe finden konnte, auch wenn ihr Gehirn nun wieder auf Hochtouren lief.

»Es gibt eine Luke zum Dachboden. Aber selbst mit einem Stuhl kommt Nele da nicht dran. Der Stab, mit dem man sie öffnet, liegt auf dem besagten Schrank im Flur. Da kommt sie genauso wenig dran. Aber ich will dich gar nicht länger wachhalten.« Thilo schaltete das Licht in der Diele aus, legte sich hin und wünschte ihr eine gute Nacht.

Ava lag da und starrte in die Dunkelheit. Sie fühlte sich gleichzeitig schwach und kribbelig. Während Thilos Atemgeräusche immer gleichmäßiger wurden und er innerhalb von wenigen Minuten einschlief, kam Ava sich vor, als wäre sie erstarrt. Unfähig, sich zu bewegen, nicht in der Lage, sich auszuruhen und endlich einzuschlummern. Ihr linkes Augenlid begann zu zucken. Erst blinzelte sie, dann rieb sie mit der Hand darüber, die sie aus der Decke freikämpfte. Es wurde nicht besser. Schließlich seufzte sie und setzte sich auf.

Beinahe schwindelig tappte sie in den Flur. Es kam ihr vor, als würde die sie umfassende Dunkelheit in Wirbeln um sie herumschwirren. Mit einer Hand stützte sie sich an der Wand des Flurs ab, während sie zu Nele schlich. Die Müdigkeit zwang sie fast in die Knie. So fertig war sie seit Leons Babyzeit nicht mehr gewesen. Ihr schlichter Plan lautete: nach Nele sehen. Kohle untersuchen. Schlafen gehen.

Ava drückte die Tür ganz langsam und nur einen Spalt breit auf. Im Nachtlicht konnte sie Nele gut erkennen, die sich tief unter der Bettdecke vergraben hatte. Lediglich ein Knie und ihre verstrubbelten Haare lugten daraus hervor. Behutsam schloss sie die Tür wieder. Das Letzte, was sie jetzt gebrauchen konnte, war ein waches Kind, das sie vom Schlafen abhielt. Sie schüttelte sachte den Kopf und korrigierte sich. Das war nur das Vorletzte auf ihrer Liste der unliebsamen Dinge, auf die sie heute Nacht keine Lust mehr hatte. Platz eins nahm eine Krampusgestalt ein, die in ihre Ferienhütte einbrach, um ihre Kinder zu stehlen. Ein

Krampus, an den sie nicht glaubte. An den sie zumindest nicht glauben wollte und der dennoch ständig in ihrem Kopf herumspukte. Sie hatte als Mutter keine andere Wahl, als diesbezüglich sicherzugehen.

Daheim hatte sie die Idee romantisch und wunderschön gefunden, in der Weihnachtszeit in die Alpen zu fahren. Nun fragte sie sich, ob es an der Gegend lag, die ihre Fantasie übersprudeln ließ, oder ob sie selbst völlig neben der Spur war, dass sie sich überhaupt über einen Ziegendämon Gedanken machte und nicht über Einbrecher und Kindsdiebe. Sie wusste selbst, dass sie sich in etwas verrannte. Es war wie nach einem Horrorfilm, wenn einem vermeintlich in jeder dunklen Ecke eine böse Schattengestalt auflauerte. Nur dass sie es aus Sorge um Leon und Nele nicht schaffte, diese Angst von sich wegzuschieben, wie es ihr nach einem Gruselfilm gelang. Spätestens beim Licht des nächsten Tages waren die Filmschrecken überwunden. Dieser Schrecken jedoch nahm für sie kein Ende. Immer wieder gab es eine Kleinigkeit, die ihre Furcht schürte.

Dieses Mal verzichtete Ava darauf, sich an der Wand abzustützen. Ihre Beine fühlten sich sicherer an und ihr Schwindelgefühl war beinahe vergangen. Sie steuerte den großen Schrank an, in dem Thilo den Sack mit Kohle versteckt hatte. Nele musste ihn irgendwo gefunden haben. Anders konnte es gar nicht gewesen sein. Ava durfte gar nicht erst anfangen, sich in andere Erklärungen hineinzusteigern, die es realistisch betrachtet überhaupt nicht gab. Sie war normalerweise bodenständig und rational genug, um zu wissen, wie absurd sie sich verhielt.

Sie hatte kaum die Hand an den Griff an der Schranktür gelegt, da hörte sie ein Knacken. Ava hielt inne und lauschte, ob sich das Geräusch wiederholte.

Nichts.

Langsam zog sie die Tür auf, damit ihr der Sack nicht entgegenfiel, falls er beim Hineinstellen verrutscht war. Die Angeln der Schranktür quietschten leise, aber jämmerlich. Es klang, als flehten sie um Gnade. Als wollten sie ihr Geheimnis wahren und es Ava nicht preisgeben. Avas Erbarmen war jedoch im Gegensatz zu ihrer Neugier am Nullpunkt. Sie wollte die Kohle selbst sehen, den Sack fühlen, an dem gewiss nichts Ungewöhnliches wäre, und dann konnte sie hoffentlich das Thema als erledigt betrachten.

Sie zog die Tür vollständig auf. Es war zu dunkel, als dass sie etwas anderes als Schwärze im Schrank erkennen konnte. All die fremden Gegenstände wollte sie auch nicht blind mit den Fingern betasten, weshalb sie ihr Handy aus dem Wohnzimmer holen ging. Sie drückte zuerst auf die An-Taste und entschied sich dann, nicht nur das Licht des Bildschirms zu nutzen, sondern die Taschenlampe einzuschalten. Auf halbem Rückweg erklang ein erneutes Knarren. Dieses Mal blieb Ava jedoch nicht stehen, sondern eilte zum Flur, aus dem das Geräusch zu kommen schien.

Die Diele war leer. Sie leuchtete zu den Türen der Kinder, die nach wie vor angelehnt und nur einen minimalen Spalt offen waren. Dann leuchtete sie zum Schrank. Ihr Herz machte einen Hüpfer. Die Türen, die sie soeben selbst unter den Klagelauten der Türangeln weit geöffnet hatte, waren geschlossen.

»Thilo?«, flüsterte sie und war selbst überrascht, wie schrill sie dabei klang.

Ava bekam keine Antwort.

Sie schluckte.

Ihr Versuch, sich zu erinnern, wie groß die Fächer des mehr als mannshohen Schranks waren, scheiterte. Sie wusste nicht, ob jemand hineingeschlüpft sein konnte, der dort auf sie wartete. Ava presste ihre Fäuste an ihre Schläfen, aber sie wusste es einfach nicht. Von sich selbst enttäuscht, ließ sie die Arme fallen und die Schultern hängen, während ihr Herzschlag durch den Körper donnerte. Sie atmete tief durch, ehe sie mit der Handylampe wieder den Schrank anleuchtete. Der Lichtkegel zitterte über den Schrank, dass es fast aussah, als würde er auf sie zukommen.

Mitten im Flur stand sie wie erstarrt da. Sie konnte keine Erinnerung finden und wünschte sich stattdessen, dass ihre Taschenlampe auch zu Röntgenstrahlen fähig wäre, damit sie von ihrer Position aus enthüllen konnte, was im Schrank war. Damit sie sich diesem dunklen Riesen nicht weiter nähern müsste. Ava wusste nicht, wie sie den Mut zusammensammeln sollte, um die Schranktüren aufzureißen und tatsächlich nachzusehen.

Mehrmals holte sie ganz tief Luft und atmete langsam aus. Es half ja doch nichts. Der Urlaub entwickelte sich für sie zu einer einzigen Nerven- und Mutprobe. Ihr rutschte fast das Handy aus ihrer vom Schweiß feuchten Hand. Auf keinen Fall könnte sie ins Schlafzimmer zurückkehren, ohne vorher in den Schrank gesehen zu haben. Sie hatte keine andere Wahl, als sich zu überwinden und nachzuschauen, auch wenn ihr der Angstschweiß bereits den Rücken hinunterrann.

Sie schlich zum Schrank und gab dabei keinen einzigen verräterischen Laut von sich: Keine Holzdiele knarrte, kein Schritt verursachte ein Geräusch, obwohl sich ihre Beine unkontrollierbar und wachsweich anfühlten. Falls ihr jemand auflauerte, wollte sie es ihm – oder ihr – nicht zu leicht machen. Sie war froh, dass niemand da war, der sie hierbei beobachtete. Niemandem würde sie davon erzählen, wie dämlich sie sich schon wieder verhielt, schwor Ava sich. Immerhin konnte sie von sich behaupten, sich mutig der Situation gestellt zu haben.

Vor dem Schrank mit den angelehnten Türen angekommen, pochte ihr Herz wie verrückt. Als wüsste es etwas, das ihr noch verborgen blieb. Sie stieß die Schranktür leicht an, aber nichts passierte. Ava richtete ihre Handytaschenlampe auf den Schrank, riss die rechte Tür auf und betrachtete das, was vor ihr lag.

Putz- und Gebrauchsgegenstände des Alltags standen auf allen Ebenen verteilt. Ein Eimer, Ersatzbettwäsche, Putzmittel, eine kleine Werkzeugkiste. Schachteln mit Glühbirnen in verschiedener Größe, die wohl inzwischen allesamt verboten waren. Ein beinahe antik wirkender Staubsauger war im Fach mit dem größten Stauraum abgestellt worden.

Kein Krampus.

Und zu guter Letzt: ein kleiner Sack aus Jutestoff, halb voll mit Kohle. Zwar konnte sie keine ausgefranste Ecke erkennen, von der das Stoffstück stammen mochte, das sie in Neles Zimmer gefunden hatte, aber es war exakt derselbe Stoff. Weder an der Kohle noch am Sack war irgendetwas Auffälliges oder Besonderes. Von der Größe her hätte Nele ihn wohl tragen oder vielmehr hinter sich her schleifen können, aber Ava konnte sich nicht erklären, wo ihn ihre Tochter gefunden hatte. Etwa exakt an dieser Stelle?

Ihren Unterarm lehnte Ava gegen eins der horizontalen Regalböden und stützte ihre Stirn darauf ab. Sie lauschte dem Puls, der noch in den Ohren dröhnte, aber langsam abebbte. Spürte die etwas kühlere Haut ihres Arms an ihrer Stirn. Gerne hätte sie geweint, aber es kamen keine Tränen. Was war nur los mit ihr? Wie konnte sie sich den Urlaub selbst so verderben, dass sie morgen nach Hause fuhren, wo doch nichts gewesen war? Sonst hatte Ava immer große Stücke auf ihre Intuition gehalten, egal, ob es um Menschen oder um Entscheidungen ging. Ihr Bauchgefühl war ein zuverlässiger Berater, besser noch, als wenn sie alles zu oft durchdachte und in Gedanken zerpflückte. Offensichtlich war ihre Intuition in die Ferien gefahren.

Entschlossen stellte sich Ava wieder aufrecht hin. Sie schloss den Schrank und lehnte sich mit dem Rücken dagegen. In Gedanken ging sie durch, weshalb sie sich überhaupt in diese Krampusthematik so hineingesteigert hatte: ein offenes Fenster, Spuren im Schnee, ein toter Vogel, ein Stück Jute, nächtliche Geräusche einer Holzhütte und Neles Albtraumberichte. Nichts davon war ein eindeutiger Beweis für einen Eindringling, alles davon hätte aber einer sein können. Ihr Beschützerinstinkt hatte sie eingeholt. Heftiger denn je.

Zu Hause würde sie es sich ewig vorwerfen, dass sie ihnen allen den Urlaub ruiniert hatte. Wie sie Thilo kannte, würde er garantiert mit sich reden lassen. Sie würde gleich ins Bett gehen, sich ordentlich ausschlafen und ihm morgen früh erfrischt und mit klarem Kopf darlegen, dass ihr bewusst war, sich zu sehr in diese Hirngespinste hineingesteigert zu haben. Und dass sie sich jetzt definitiv wieder im Griff hatte, wie sonst auch. Aus Sorge um Nele und Leon war es passiert, aus Stress vom hinter ihr liegenden

Alltag und gewiss auch, weil sie einen klitzekleinen Hang für alles Mystische hatte.

In ihrer Vorstellung begrub sie den Krampus. Sie nahm seine Sagengestalt auseinander, zerlegte seine nicht mögliche Existenz in Einzelteile und warf sie weit hinab in ein tiefes Loch. Sie schüttete es zu mit den Gedanken an die vor ihr liegende Weihnachtszeit, an das Glück ihrer Familie und die strahlenden Gesichter ihrer Kinder, wenn sie morgen ihre Stiefel – und den Laster – vor der Haustür fanden. Sie würde den Krampus aus ihren Gedanken verbannen, sodass es ihm niemals gelingen konnte, sich aus dem Grab frei zu scharren.

Zufrieden und erleichtert atmete Ava durch. Die Ungewissheit hatte ihr die Luft zum Atmen genommen, ohne dass sie es richtig gemerkt hatte, und nun fühlte sie sich befreit und stark. Endlich war sie die Zweifel los. Sie durfte sie nur nicht wieder zulassen. Vernünftig betrachtet gab es keinen Anlass für diese kleinen Vorkommnisse, die nichts anderes als Zufälle, Missgeschicke oder Missverständnisse waren. Ava nickte einmal entschlossen und ging ins Bett. Sie war über den Krampus hinweg.

Schnell fiel sie in einen tiefen Schlaf und hörte die Geräusche nicht, die es auch nicht schafften, Thilo aufzuwecken: Quer durch die gesamte Ferienhütte führten Schritte, die an der Haustür endeten. Der Schlüssel im Schloss wurde bewegt, aber die Tür wurde nicht geöffnet. Unverrichteter Dinge kehrte Leon in sein Bett zurück, voller kribbelnder Ungeduld, was der Nikolaus in die Ladefläche seines Lasters gelegt hatte.

Irgendwann schlug Ava die Augenlider auf und war plötzlich hellwach, obwohl noch alles dunkel war. Sie konnte nicht einschätzen, ob es mitten in der Nacht oder schon frühmorgens war. Alles war still im Ferienhaus und sie hatte keine Ahnung, wovon sie überhaupt aufgewacht war. Ein mulmiges Gefühl beschlich sie. Irgendetwas war seltsam. Zwar war sie vollständig wach, aber nicht ganz ausgeschlafen oder erholt. Sie schloss es nicht aus, dass sie aus einem Albtraum erwacht war, so unbehaglich, wie sie sich noch fühlte.

»Okay, okay. Alles ist gut«, flüsterte sie kaum hörbar und setzte sich auf. Die Bettdecke rutschte von ihrem Oberkörper und an der kühlen Luft im Zimmer fühlte sich der Schweiß auf ihrer Haut eiskalt an. Ihren feuchten Pyjama tauschte Ava gegen ein T-Shirt und eine Leggins, bevor sie in die Küche ging, um etwas zu trinken und auf die Uhr zu sehen.

Es war kurz nach fünf.

Ava nutzte die Gelegenheit und füllte die drei Stiefel sowie Leons Laster mit allerhand Leckereien und legte kleine Geschenke daneben. So müssten die Kinder nachher nicht abgelenkt werden, sondern alles war für den Nikolausmorgen bereit.

Anschließend kroch sie zurück ins Bett. Den Gedanken an das seltsame Gefühl verbot sie sich und fiel nochmals in einen leichten Schlaf.

Als der Morgen bereits dämmerte, fand Ava Leon inmitten seiner Spielsachen auf dem Teppich sitzend vor. Das Chaos brachte Ava zum Lächeln. Ihre Kinder schafften es immer, gefühlt mit allen verfügbaren Spielsachen auf einmal zu spielen und diese im ganzen Raum, wenn nicht sogar in der gesamten Hütte zu verteilen. »Du bist schon auf?«, fragte sie. »Du wartest aber lieb auf den Nikolaus.«

Leons Augen strahlten. »Wenn ich extra lieb bin, denkst du, ich bekomme dann ein bisschen mehr Schokolade als Nele? Die stellt doch immer irgendwas an. Und wenn man brav ist, bekommt man doch mehr, oder?«

»Ihr seid beide lieb, egal, ob ihr auch mal nicht hört, mein Schatz.«

»Und, krieg ich Extraschokolade?« Leon drückte den Spinosaurus und das Auto, das er in den Händen hielt, an sich.

»Das müssen wir herausfinden, wenn der Nikolaus die Stiefel gefüllt hat.«

»Und den Laster.«

Ava küsste Leon auf die Nasenspitze. »Ganz genau, mein Großer.«

»Wann können wir nachschauen gehen?«

»Wenn Nele und Papi wach sind.«

Leon legte die Spielsachen auf den Boden und krabbelte auf Avas Schoß. »Wie lange dauert das noch?«

»Nicht mehr sehr lange. Nur noch ein bisschen«, sagte Ava und umarmte Leon.

»Können wir sie nicht wecken? Nele fände das bestimmt gut.«

»Das denke ich zwar auch, aber wir lassen den beiden noch eine Weile, in Ordnung? Wie wäre es damit: Ich lese dir ein paar Weihnachtsgeschichten vor und bis wir fertig sind, sind die zwei sicher wach.«

»Ich will die mit der Lebkuchenfrau und den Zuckerstreuseltieren hören. Und dann noch die mit dem Weihnachtsbaum, in dem ein Elf wohnt.«

»Das Buch mit den Geschichten haben wir sogar dabei. Welche zuerst?«

Von dem einen oder anderen Gähnen unterbrochen, las Ava Leon aus dem Weihnachtsbuch die kurzen Erzählungen vor, bis Nele an der Tür stand. »Was macht ihr da?«, wollte ihre Tochter wissen und rieb sich die Augen.

»Wir lesen und warten auf dich. Wollen wir Papa wecken, um zu schauen, was der Nikolaus uns allen dagelassen hat?«

Der Jubelschrei der beiden war laut genug, um Thilo auch aus dem tiefsten Schlummer zu reißen. Nele und Leon rannten weiterhin brüllend aus dem Zimmer und Ava folgte ihnen, nachdem sie das Lesebuch auf den Nachttisch gelegt hatte.

Schnell war Thilo wach und bereit, mit ihnen die Haustür zu öffnen. Zwar blinzelte er noch gegen das für ihn grelle Morgenlicht an, aber auch er freute sich, wie die Kinder sich auf Stiefel, Laster und Geschenke stürzten.

Ava grinste. Eine kleine Anspannung war von ihr abgefallen. Ganz still und leise hatte sich in ihrer Brust die Sorge breitgemacht, dass alles gegen Kohle ausgetauscht worden wäre. Aber welcher Nachbar würde einer fremden Familie im Urlaub den Nikolausmorgen verderben?

Nachdem alles eingesammelt war, machten sie es sich im Wohnzimmer gemütlich. Thilo holte ihnen beiden eine Tasse Kaffee, während die Kinder schon von Schokolade verschmierte Münder hatten und ihre Geschenke testeten.

Die Vormittagsidylle dauerte bis nach dem Frühstück. Ava war schon länger neugierig, was Nele zum Thema Kohlesack in ihrem Zimmer zu sagen hatte, und hielt es nicht länger aus. Schließlich sprach sie ihre Tochter, die kleine bunte Perlen auf ein dafür vorgesehenes Brett steckte, darauf an: »Nele, was hattest du gestern eigentlich mit der Kohle vor, die Papa in deinem Zimmer gefunden hat?«

Mit völlig verdutztem Gesicht schaute Nele von ihren Perlen auf. »Papa hat Kohle in meinem Zimmer gefunden? Vom Nikolaus?«

»Nein, nein, nicht vom Nikolaus. Ein ganz normaler Sack Kohle.«

Nele schüttelte den Kopf. »Davon weiß ich nichts, Mama, ehrlich!«

Ava glaubte ihr aufs Wort, so einen verwirrten Eindruck, wie sie machte. Ratlos schaute sie Nele dabei zu, wie sie sich wieder ihrem Perlenmuster zuwandte und weiter eine Perle nach der anderen aufsteckte. Erst als Avas Blick auf Leon fiel, der mit roten Wangen dasaß und übermäßig konzentriert sein neuestes Auto vor und zurück schob, kam ihr der Gedanke, ihn nach der Kohle zu fragen. »Hör mal, Leon, du weißt doch, was Kohle ist. So kleine schwarze Klümpchen. Die waren in einem Sack aus grobem braunen Stoff drinnen. Hast du so was hier mal gesehen?«

Thilo schaute von seinem Handy auf.

Leon verzog den Mund. Nach einem kurzen Moment nickte er, ohne Ava anzuschauen.

»Wo hast du den Sack denn gefunden? Keine Sorge, du bekommst keinen Ärger. Erzähl es mir ruhig, ist gar nicht schlimm.«

Leon plapperte los: »Also beim Spielen, da bin ich wieder am Schrank vorbeigekommen. Und ich war die ganze Zeit schon neugierig, was da drinnen ist. Und dann hab ich reingeguckt und das gefunden und ihn in mein Zimmer gezogen. Den dunklen Staub aus dem Sack und die Krümel habe ich unter mein Bett geschoben. Erst wollte ich Nikolaus damit spielen, aber dann gab es Abendessen. Danach hab ich nimmer dran gedacht. Erst nachdem wir ins Bett gebracht worden sind, ist mir der Sack eingefallen. Ich wollte ihn Nele zeigen und während ihr euch im Wohnzimmer so eine komische Geschichte angehört habt, hab ich ihn zu Nele gebracht. Sie hat aber geschlafen. Und ich hab sie nicht aufgeweckt, stimmt's, Nele?«

Nele nickte kurz, interessierte sich aber nicht länger für die Sache, wo sie stattdessen mit ihren Perlen spielen konnte.

»Du steckst also hinter dem Kohlesack-Mysterium«, sagte Ava und musste lachen.

Leon nickte mit unsicherem Gesichtsausdruck, weil er offensichtlich nicht ganz erfasste, was Ava meinte.

Motiviert davon, das Rätsel komplett zu lösen, sauste sie in die Küche und holte das Stück des Jute-Stoffs. »Kommt dir auch das bekannt vor?«, fragte sie schier atemlos. Weniger wegen der paar Schritte Bewegung als vielmehr vor Spannung.

Leon überlegte.

Ava kannte ihn gut genug, um zu durchschauen, dass er es wiedererkannte, aber nicht wusste, ob er das zugeben sollte. Ava war zu neugierig, um länger abzuwarten, und hakte nach: »Du hast damit schon mal gespielt, oder?«

Endlich nickte Leon erneut. »Das hatte ich unter meinem Nachttisch gefunden. Ich hab damit Nikolaus gespielt und wollte, dass Nele glaubt, ich wäre der Nikolaus. Dann wäre sie endlich netter zu mir. «

»Also zu dir bin ich wohl lieb genug, Kurzer«, kommentierte Nele trocken von der Seite und Ava entfuhr ein herzliches Lachen, in das auch Thilo einstimmte, der weiterhin dem Gespräch lauschte.

»Gar nicht. Immer musst du …«

»Jetzt streitet nicht, ihr zwei! Es geht gerade um etwas anderes«, grätschte Ava dazwischen, ehe sie abdrifteten. »Sag mal, Leon-Schatz, hast du zufällig mal Neles Fenster geöffnet?«

Hierzu schüttelte er eindeutig und vehement den Kopf.

Thilo sagte: »Da ist garantiert der Schließmechanismus im Eimer. Müssen wir den Vermietern Bescheid geben. Aber sind jetzt alle deine Rätsel gelöst und endgültig aufgeklärt?«

Ava verzog den Mund. Die Spuren im Schnee vor dem Fenster konnten durchaus von den Vormietern oder von den Besitzern stammen, die sich den defekten Fenstermechanismus angesehen hatten. »Ja, das sind sie«, gab sie zu.

»Dann würde ich vorschlagen, dass wir unsere letzten Ferientage besonders genießen, ganz ohne Krampus.«

»Wir bleiben?«

»Falls ihr drei das möchtet, von mir aus gerne«, sagte Thilo und entschuldigte sich. »Tut mir leid, dass ich so mürrisch war und ohne dich entscheiden wollte, ob wir fahren oder bleiben. Ich konnte es mir nicht mehr mit anschauen, wie dich das Thema fertigmacht.«

Ava kuschelte sich an Thilo. Alles war vergeben und vergessen. Gerade als es besonders gemütlich war, klingelte Avas Handy. Eigentlich hätte sie es am liebsten ignoriert, aber die Neugier siegte und sie schaute auf dem Display, wer anrief. Es war ihr Vater. Schnell nahm sie den Anruf an.

»Einen frohen Nikolaustag, Papa!«

»Danke, dir ebenso. Haben die Kurzen schon ihre Geschenke und Süßigkeiten bekommen?«

»Natürlich.«

Ehe Ava weitersprechen konnte, unterbrach ihr Vater sie: »Dann ist der tote Vogel also vergessen?«

Ava drückte sich das Handy fester ans Ohr. »Du weißt vom Vogel?«

»Nele hat mich doch angerufen. Wusstest du das nicht? Sie sollte euch allen schöne Grüße ausrichten.«

Ava lehnte sich an und schloss die Augen. Das Telefonat hatte also tatsächlich stattgefunden. Losgelöst von allen Ängsten und Befürchtungen, plauderte Ava noch ein wenig mit ihrem Vater, dann mit ihrer Mutter und reichte das Handy auch an die anderen weiter. Damit hakte Ava auch Neles Albträume als das ab, was sie waren: Hirngespinste und Nachtängste ihrer Tochter. Selbst Neles Aussage, wach gewesen zu sein und etwas getrunken zu haben, bevor sie den Krampus am Fenster gesehen hatte, maß sie nicht mehr viel Bedeutung bei. Nele träumte sehr lebendig und bestimmt hatten das Wachsein und auch das Trinken noch zu ihrem Albtraum dazugehört.

Ob der tote Vogel mit geöffneter Bauchdecke nun ein Gruß oder eine Mutprobe der hiesigen Dorfjugend war oder ob die Katzen und Fressfeinde hier besondere Raffinesse an den Tag legten, auch das kümmerte Ava nicht länger. Endlich konnte sie mit voller Überzeugung davon ausgehen, dass nichts Bedrohliches hinter dem Kadaver steckte.

Es war schließlich keine große Überraschung für Ava, dass Nele und Leon im Winterurlaub bleiben wollten. Auch sie selbst konnte sich kaum etwas Schöneres vorstellen, als in der idyllischen Alpenregion mit all dem Schnee, den Bergen und der frischen Luft ihre letzten Urlaubstage zu verbringen.

Ava trank ihren Kaffee leer und lehnte sich anschließend auf dem Sofa zurück. Sie fand es faszinierend, wie die Fantasie ihrer Kinder zu ihrer eigenen Realität hatte werden können. Wie der Krampus in ihren Urlaub geschlüpft war, ohne je wirklich da gewesen zu sein. Nie hätte sie geglaubt, welche Streiche ihre Einbildungskraft ihr spielen könnte oder dass sie sich dermaßen in etwas hineinsteigern würde.

Nichts als reine Freude auf die schönen Winterabenteuer, die sie hier noch bis zu ihrer Abreise erleben würden, durchströmte sie.

Ein bisschen Schneegestöber, ein paar Ausflüge und viel gemütliche Familienzeit in der Hütte würde sie mit ganzem Herzen genießen und bis zur letzten Sekunde auskosten. Endlich war sie aus ihren eigenen Krampus-Albträumen erwacht.

Sie nahm ihren E-Book-Reader zur Hand, um noch ein wenig zu lesen, bevor Thilo und sie das Mittagsessen zubereiten würden. Fantasie war für Ava nach wie vor etwas Wundervolles und Atemberaubendes.

Draußen vor der Hütte herrschte allerdings keine ungetrübte Winter-Weihnachts-Idylle. Ein Vogel stieß sein letztes Zwitschern aus. Eine Warnung, die ungehört verklang. Eine Maus zog sich tiefer in das Gebüsch zurück, unter dem sie ihren Bau gegraben hatte, als ein für sie riesenhaftes Wesen die Hütte umrundete. Die ersten Fliegen witterten bereits das Blut, das aus dem Vogelbauch troff und surrten gierig heran.

Den noch warmen Kadaver ließ die Gestalt im Schnee vor dem Fenster zurück und entfernte sich. Eine Gefahr von vielen auf dieser Welt. Ein Schrecken unter solchen, von denen man sich meist erst dann bedroht fühlte, wenn es zu spät war. An den man nicht glauben wollte, und der manchmal doch da war. Geduldig. Lauernd.

Danksagung

Im Rahmen meiner Wortspendenaktion habe ich wirklich tolle Vorschläge bekommen. Vielen Dank dafür an: Ahasver Wanderer, Anna Lichtschreiber, Dina Beck, Florian Krenn, Francis Behrend, Helen Fischer, Iva Moor, Ivi, KieBi liest, Lily Magdalen, Marie Mönkemeyer, Sabrina (Knappundkurz).

Ein großes Dankeschön auch an meine verlässliche und wie immer immens hilfreiche Testlesertruppe Andy, Cathy, Flavia, Helen, Karin und Vivka für eure Zeit und eure Unterstützung. Euer Input ist wirklich unglaublich wertvoll.

Außerdem danke ich wie immer meiner Familie für ihre Geduld mit mir und meiner Schreibzeit und die wunderbaren Gespräche über alle Gruselthemen, die uns einfallen. Und für das Verständnis für meine Weihnachtsstimmung schon im August, die durch das Schreiben der Krampusgeschichte aufkam.

Nachwort

Schon seit Jahren wollte ich eine weihnachtliche Gruselgeschichte schreiben, aber in der Weihnachtszeit war ich stets mit anderen Projekten beschäftigt gewesen. Letzten Winter hatte es sich dann ergeben: Ich hatte eine Idee und in absehbarer Zeit auch die Gelegenheit, eine solche Geschichte zu verfassen.

Schnell war mir klar, dass es dabei in irgendeiner Weise um den Krampusbrauch gehen musste. In meiner Kindheit hat mein Opa, derjenige, der mir, als ich acht Jahre alt war, auch seine Schreibmaschine für meine ersten Gruselgeschichten überlassen hatte, Geschichten über den Krampus erzählt. Er ist in Bayern aufgewachsen und in seiner Kindheit waren die Krampusbräuche allgegenwärtig. Seine eigenen Erlebnisse, wie er sich vor als Krampusse verkleideten Jugendlichen versteckte und auf einen Speicher rettete, um von ihnen nicht verprügelt zu werden, hatte er mir oft in den buntesten Farben geschildert. Seine Erzählungen sind mir zum Glück gut in Erinnerung geblieben und wenn ich sie auch in dieser Geschichte nicht direkt benutzt habe, dann ist es mir hoffentlich trotzdem gelungen, ein treffendes Bild vom Krampus zu zeichnen. Schnee, Dunkelheit und die hässlichen Krampusmasken, die auch seine Erzählung ausgemacht haben, sind auch in »Krampusnächte – Wenn Albträume wahr werden« zentrale Themen. Wichtig war mir auch zu zeigen, wie sehr die Fantasie in den Alltag eindringen und ihn bestimmen kann. Meine Großeltern waren beide immer für eine Geschichte zu haben und ich wüsste gerne, was mein Opa von meinem Krampus-Kurzroman gehalten hätte. Umso mehr freut es mich, dass meine Oma jede einzelne meiner Geschichten liest und mich hinterher immer anruft, um darüber zu plaudern. Auf unser Krampus-Telefonat freue ich mich besonders, liebe Oma. ^^

Und wie dir, liebe Leserin oder lieber Leser, meine Geschichte gefallen hat, interessiert mich ebenfalls brennend. Falls du Lust hast, mir zu schreiben oder eine Bewertung zu hinterlassen, würde mich das sehr freuen.

TANJA HANIKA
DIE GRUFT
DES DOKTOR
AMORBIUS
SCHAUERGESCHICHTE

DIE GRUFT DES DOKTOR AMORBIUS

Ein Schauerkurzroman

von Tanja Hanika

Ist es die Einsamkeit, die in ihm schlummert, oder eine bislang verborgene Dunkelheit, die an die Oberfläche bricht?

Doktor Konrad R. Amorbius macht sich eines unsäglichen Verbrechens schuldig: Er heuert Leichendiebe an. An den toten Körpern forscht der Doktor, um wichtige Erkenntnisse zu erlangen, die Medizin zu verbessern und viele Menschenleben zu retten, nachdem er es nicht vermochte, die Krankheit seiner geliebten Frau zu heilen.

Seine Moral wird bald auf eine harte Probe gestellt und die Folgen sind schlimmer als des Doktors schlimmster Albtraum – und schreckliche Dinge zu träumen vermag er so gut, wie er sein blutiges Handwerk beherrscht. Eine folgenschwere Nacht führt ihn immer wieder zur Familiengruft, die fortan ein düsteres Geheimnis vor der Welt verbirgt.

CN: Obduktion, Leichen, Blut, Depression, Trauer, Nekrophilie, Leichenschändung

Für meine Fledermäuse und Geister.

Eure Unterstützung als meine Marketingteams

bedeutet mir so viel!

Und für alle, die Geist oder Fledermaus

im Herzen sind. :)

EINS.

Leichenschneiden und Seelenleiden
Herbst 1889

Seit Stunden schon prasselte der Regen gegen das Fenster und weichte die Friedhofserde auf, sodass es ein Leichtes sein würde, ihr die toten Körper zu entwenden, die Doktor Konrad R. Amorbius zu sezieren gedachte. Voller Anspannung beobachtete er, wie die Tropfen die Scheiben seines Arbeitszimmers hinab rannen. Kaum konnte er seine innere Unruhe noch bändigen, bis seine Hände endlich vom Blut so feucht wären wie die Fensterscheiben vom Regen. Konrad wollte forschen!

Ungeduldig führte er sein Glas Wildkirschlikör zum Mund, den er stets jedem Branntwein vorzog, bemerkte aber enttäuscht, dass er es erneut ausgetrunken haben musste. Mit einem Poltern stellte er das Glas ab und eilte zum Fenster. Von den Männern, auf die Konrad wartete, war noch nichts zu sehen. Ohnehin sollte niemand davon Kenntnis nehmen, dass sie zu ihm kamen oder dass sie ihm des Nachts eine derart heikle Lieferung brachten. Zwar gab es in der medizinischen Forschung hin und wieder die Möglichkeit, eine Obduktion durchzuführen, wenn die Anverwandten des Verstorbenen den Körper dazu freigaben, dennoch bestand ein viel zu großer Bedarf, um diesen auf legalem Weg zu decken.

Wenn er die Haut eines Toten mit seinem Skalpell zerschnitt, den Brustkorb aufbrach und das Herz Faser für Faser zerlegte, dann war das keine Barbarei. Seine Arbeit geschah aus Nächstenliebe und es war keine leichte, doch er wollte die Medizin revolutionieren. Die Leichen stanken meist grässlicher, als er es in Worte fassen konnte, manche blähten sich bereits auf und in einigen krochen Maden in Wunden und allen Körperöffnungen herum, die er entfernte, bevor er sich an seine eigentliche Arbeit machen konnte.

Verdrossen schaute er zur Likörflasche. Konrad wollte später die vollständige Kontrolle über seine Hände besitzen und über die Schnitte, die er in das tote Gewebe setzen würde. Noch ein Glas kam somit nicht infrage, auch wenn es ihm die Wartezeit bis zur Leichenlieferung erheblich verkürzen würde.

Es klopfte an der Tür zum Arbeitszimmer. Sein Hausdiener trat herein und fragte: »Benötigen Sie noch etwas? Ansonsten würde ich mich für die Nacht zurückziehen, Herr Doktor.«

Mit einem Nicken wünschte Konrad dem Mann, der hoffentlich nicht längst misstrauisch geworden war, eine gute Nacht. Niemand sollte wissen, was er nachts im Keller in seinem Laboratorium tat, und es war überaus schwierig, der Dienerschaft etwas zu verheimlichen.

Niemanden ließ er jemals hinab in den verborgenen Raum – außer den Männern, die ihm die Toten stahlen und brachten. Was er tat, konnte ihn nicht nur den Ruf, sondern auch das Leben kosten. Doktor Konrad Amorbius konnte es nicht nachvollziehen, dass sein Werk nicht anerkannt war. Dass er nicht am Tag vor den Augen der Öffentlichkeit tun durfte, was nötig war, um Söhne, Mütter und alle Menschen zu retten, die erkrankten und verstarben, weil man schlichtweg zu wenig wusste. Konrad seufzte. Seine verstorbene Frau Johanna hatte deswegen bis zuletzt um ihn gebangt. Noch auf ihrem Totenbett hatte sie ihn gewarnt, dass er am Galgen oder unter dem Fallbeil enden würde, was allein um ihrer Tochter Charlotte willen nicht geschehen durfte.

Ein Rumpeln an der Hintertür riss ihn aus seiner Grübelei. »Ich komme«, rief er einmal und murmelte es einige weitere Male, bis er die Tür aufzog. Vor ihm standen zwei regennasse und schlammverdreckte Männer: Konrads Neffe Leopold – ein Tunichtgut mit gutem Herzen, der all das Potenzial seiner Zukunft weggeworfen hatte und dem er auf diese Weise wenigstens etwas Geld zukommen lassen konnte – sowie einer seiner Halunken-Freunde. Dieser war ein klobiger Kerl, der stets hinkte, aber dessen Statur von beeindruckender Stärke zeugte. Diesen beiden Männern vertraute er nicht nur, weil er kaum eine andere Wahl hatte, sondern vor allem, weil ihr Leben in ebensolcher Gefahr war wie sein eigenes, wenn publik würde, was sie trieben. Sie alle zogen in dieser Nacht überaus düstere Mienen. Drei Körper zeichneten sich in der Schubkarre unter einem groben Tuch ab.

»Gab es Probleme? Hat euch jemand gesehen?«, fragte Konrad.

»Das nich'«, meinte der Klobige, »war aber 'ne ziemliche Plackerei. Mistregen. Drei Leichen! Drei? Was wollen Sie mit denen, was Sie nicht auch mit einer machen können?« Der Mann leckte sich über die Lippen, spuckte zur Seite aus und grinste dreckig.

Leopold sagte: »Beim nächsten Mal sollten wir vielleicht wieder nur einen Körper besorgen, Onkel. Ist deutlich weniger auffällig. Entweder wir treiben uns viel zu lange am Stück auf einem Kirchhof herum oder wir müssen die Leichen durch die halbe Stadt zum nächsten Totenacker schaffen. Das Risiko ist groß, du verstehst.«

Konrad nickte. »Dann gebe ich euch etwas extra für eure Mühen.« Er reichte seinem Neffen den Lohn, der umgehend in dessen Hosentasche verschwand. Gewiss würden sie das Geld später gemeinsam versaufen und verhuren. Konrad war es im Moment einerlei, er konnte es kaum erwarten, die Toten im Keller liegen zu haben. Den Klobigen wies er an, die Leichen wie üblich hinunterzubringen.

Leopold hakte die Daumen in seinem Hosenbund ein und lehnte sich an der Hauswand an. »Hast du von dem angeblichen Tollwut-

Fall in Oberstolzenfels gehört? Soll zwei Leuten das Leben gekostet haben.«

Konrad schüttelte den Kopf. Seine Gedanken kreisten nicht um die Nachbarstadt und auch nicht um die Tollwut. Er konnte es kaum erwarten, die Geheimnisse zu lüften, die die Verstorbenen noch hüteten, die aber unter seinen Instrumenten und seinem Verstand gewiss bald freigelegt werden würden.

Leopold rieb sich die Hände an der Hose sauber; dem Klobigen zu helfen fiel ihm wie üblich nicht ein. »Es heißt, ein tollwütiger Hund habe drei Menschen gebissen und einer hätte nach Behandlung durch einen Mann namens Moriensius, der die Erkenntnisse eines Monsieur Pasteur anwandte, überlebt. Wie kann das nur sein? Dieser Doktor Moriensius soll in den 70er-Jahren angeblich Herr einer grassierenden Plage in der Eifel geworden sein. Ein interessanter Mann.«

»Wahrlich faszinierend. Doktor Moriensius ist ein Genie. Ich durfte ihn einmal treffen – aber genug davon!« Konrad wischte sich seine Hände an seiner Hose ab. Sie waren schweißfeucht vor Erwartung.

Der Klobige lief an ihnen vorbei, wuchtete sich den zweiten Körper über die Schulter und trug ihn wortlos ins Haus hinein. Die Leichen waren allesamt in grobe Leinen gewickelt, die sie vor ersten neugierigen Blicken verbargen, falls die beiden jemandem bei ihrem nächtlichen Vorhaben begegneten. Einmal hatte Konrad seinen Neffen gefragt, wohin sie die Toten brachten, wenn sie diese später wieder von hier abholten, aber Leopold hatte nur den Kopf geschüttelt und gemeint, er wolle das garantiert nicht wissen.

Stattdessen fragte er ihn nun, wie es seiner Mutter ging. Konrad selbst hatte nur wenig Kontakt zu seiner Schwester und die raren Briefe, die sie sich schrieben, blieben nichtssagend und förmlich.

Leopold zuckte mit den Schultern. »Es ist, wie es ist. Gibt mir keinen Groschen mehr, darum hab ich sie länger nicht gesehen.«

Der Klobige kam schwer schnaufend zurück und holte den dritten Leichnam. »Nichts geht über 'ne frische Leiche im Keller, was?«, scherzte er und verschwand sogleich.

Konrad nickte Leopold zu und zog sich ins Haus zurück. Er lauschte nach oben, aber von den Bediensteten war nichts zu hören. Auf der Kellertreppe begegnete er dem Klobigen und bedankte sich.

»Immer gern, Doktor Amorbius«, gab dieser zurück. »Bis bald. Das wird ’ne schöne Schlepperei, wenn wir die drei wieder abholen. Nehmen Sie sie schön aus, ja?« Er kratzte sich im Nacken und fragte: »Und Ihnen genügen sicher nicht nur ein paar Teile von den Leichen?«

»Nein, ich brauche sie tatsächlich vollständig. Und möglichst frisch. Am besten noch im Zustand der Rigor Mortis, der Leichenstarre.«

Der Klobige wedelte mit der Hand und verschwand die Kellertreppe hinauf. Konrad stand vor der dicken Tür aus Eichenholz mit ihren Schlössern und Eisenbeschlägen. Die Bediensteten wussten, dass sie zu seinem Refugium keinen Zutritt hatten. Was sich dahinter verbarg, das ahnte, so hoffte zumindest Konrad, niemand. Er atmete tief ein und genoss die letzte reine, von Fäulnisgasen freie Luft. Möglicherweise würde ihm die heutige Obduktion Kenntnisse eröffnen, die er so dringend suchte. Voller Eifer und Forscherdrang trat er ein. Er zog die Tür hinter sich zu und sperrte jedes einzelne Schloss ab.

Kerzenlicht und Verwesungsgeruch empfingen ihn. In der Raummitte standen zwei Obduktionstische und an den Wänden waren lange Reihen von Regalen angebracht, die nur durch einen kleinen Sekretär unterbrochen waren. Bücher standen hier wenige. Er lagerte nebst unterschiedlichen Gerätschaften einige Konservierungsgläser mit präparierten Organen, lose Knochen und Schädel sowie einige Bücher mit heikleren Themen als solchen, die er in seiner Bibliothek ins Regal stellen konnte. Der strenge Geruch verriet ihm, dass einer der Körper bereits zu faulen begonnen hatte. Das Sägemehl auf dem Boden dämpfte seine Schritte, als er zum ersten der beiden Tische trat. Später würde es Blut aufsaugen, das über die Tischkante troff. Obwohl Konrad es eigentlich besser wusste, kümmerte er sich nicht zuerst um den verdorbenen Körper, der dem Gestank nach zu urteilen auf dem hinteren Tisch lag. Er bezweifelte, dass es viel in diesem Leib zu lernen gab. Sein Forscherdrang wollte die Entdeckungen freilegen, die die frischere Leiche auf dem Tisch vor ihm versprach. Der dritte Körper lag von den Leinen bedeckt zwischen den beiden auf dem Boden.

Er zog seinen Beistelltisch heran, legte eine Knochensäge, verschiedene Skalpelle, Sezierscheren und Zangen sowie einen Rippenspreizer darauf zurecht. Pinzette, Spatel, Kopflöffel, einige Schalen und Mikroschaufeln ergänzten sein Obduktionsbesteck. Das Leichenschneiden war es, was sein Herz schlagen ließ: wenn er einen Körper öffnete und daran forschte, um Menschenleben zu retten. Ruhm oder Bekanntheit strebte er nicht an. Er wollte anderen das Leid ersparen, das ihn täglich quälte, weil er seine Johanna nicht hatte heilen können.

Konrad machte schließlich den ersten Körper frei und schätzte Alter und Gebrechlichkeiten ab, stellte die Todesursache fest und protokollierte auch die kleinste Information: ob fehlende Zähne, eine Fraktur, auffällige Narben oder Verfärbungen des Gewebes. Er entdeckte eine Wunde, die dem Mann wohl post mortem zugefügt worden war, wahrscheinlich beim Raub. Es handelte sich um einen knapp Fünfzigjährigen, der am Versagen der Nieren verstorben war. Nachdem Konrad einen Y-förmigen Schnitt über Brust und Bauch in die wächserne Haut geschnitten und die Hautlappen aufgeschlagen hatte, brachte er seinen Rippenspreizer an und legte damit das Innerste des Leichnams frei. Anschließend prüfte er, ob er eine Biopsie – also eine Gewebeentnahme – vornehmen oder eins der Organe in seine Sammlung aufnehmen wollte, die inzwischen aus über fünfzig Konservierungsgläsern bestand.

Das Herz war unauffällig und zeigte keine Veränderung, wie er sie suchte. Natürlich war Konrad stets bemüht, alles zu lernen, was sich ihm darbot, aber sein Interesse galt vornehmlich Herz und Gehirn. Er entnahm nach den Nieren und der Leber auch die übrigen Organe, vermaß und wog sie und begutachtete das

Gewebe. Zuletzt trennte er den Magen heraus und prüfte dessen Inhalt. Was er nicht zu konservieren gedachte, legte er in den Körper zurück und vernähte den Y-Schnitt grob. Dann wandte er sich voller Freude der Schädeldecke zu. Mit Knochensäge, einigen Skalpellen und Zangen machte er sich ans Werk, bis er das Gehirn freigelegt hatte. Auch dieses war unauffällig und würde seiner Forschung leider nicht nutzen. Am Ende deckte er den Körper des Mannes mit demselben Leinen wieder ab, in dem er gebracht worden war. Der Stoff sog etwas Blut auf.

Seufzend schob Konrad seinen Beistelltisch mit den Instrumenten zum hinteren Tisch. Verkommen lassen wollte er auch diesen fauligen Leib nicht. Er zog die Nase kraus, versuchte, sich innerlich auf den Geruch der Verwesungsgase vorzubereiten, und doch schlugen sie ihm mit ganzer Wucht entgegen, als er den Stoff vom Toten herunterzog. Konrads Kehle wurde eng, in seinem Magen brodelte es und fast hätte er trocken gewürgt. Trotz des orangefarbenen Kerzenlichtscheins wirkte die Haut des Toten grünlich und das Fleisch lag prall und aufgequollen vor ihm. Kurz war er versucht, sich direkt der dritten Leiche zuzuwenden. Aber er wollte sein Geld nicht verschwendet und die Möglichkeit auf neue Erkenntnisse nicht vertan haben. Konrad wog ab, ob ihm eine Pause vor der Prozedur guttäte, doch er bezweifelte, dem Geruch standzuhalten, wenn er erst frische Luft geschnappt hatte.

Konrad hielt immer wieder den Atem an, wie ein kläglicher Novize im Leichenschneiden. Die Haut bot keinen Widerstand, sondern war weich und nachgiebig unter seinem Skalpell. Als er den Leichnam zunächst am Abdomen, dem Bauch, öffnete, schlugen ihm mehr dieser schrecklichen Fäulnisgase entgegen. Fröhliche, satte Maden tummelten sich im Gedärm.

Mit dem – hoffentlich sauberen – Handrücken strich sich Konrad über die Stirn und schob eine Haarsträhne weg, die ihn kitzelte. Zur Ablenkung dachte er an seinen größten Albtraum: dass seine Tochter in der Tür stünde und ihn anstarrte wie er sich über einen entblößten, zerschnittenen menschlichen Leib beugte, bis zu den Ellenbogen hinauf mit Blut besudelt. Die Vorstellung von einer Leiche, die sich erhob, um ihm zuzufügen, was er auch ihr angetan hatte, fand Konrad nicht halb so schauerlich. Würde Charlotte ihm verzeihen, was er tat? Konnte sie mit ihren vierzehn Jahren seine Gründe verstehen? Konrad hoffte, dies niemals herausfinden zu müssen.

Wenige Minuten später deckte er den fauligen Körper erleichtert zu. Weitere Nachforschungen lohnten sich nicht, da die Verwesung zu weit fortgeschritten war. Gerne verzichtete der Doktor darauf, den Thorax mit dem Rippenspreizer zu öffnen. Er musste seinem Neffen verdeutlichen, dass er keinen Leichnam in diesem Zustand mehr annehmen würde. Konrad trat der Schweiß auf die Stirn, aber er wickelte den toten Körper besonders sorgfältig ein und hievte ihn vom Tisch. Etwas unglücklich rutschte er dabei ab und die Leiche fiel den letzten halben Meter zu Boden, wo sie mit einem unschönen schmatzenden Laut landete. Die Tischplatte würde er erst sauber wischen müssen, bei all den Schleimresten und Blutklumpen, die am Holz hafteten, bevor er dort erneut obduzieren konnte. Nachdem Konrad den deutlich saubereren vorderen Tisch freigeräumt hatte, hob er den noch eingewickelten dritten Körper hinauf. Er stellte fest, dass dies die leichteste der drei Leichen war. Der Klobige hatte wohl Rücksicht auf ihn genommen, sodass er nicht zu schwer heben musste. Gleichermaßen verlegen wie geschmeichelt grinste er. Konrad wusste selbst, dass er nicht der stärkste Mann war, sicher aber einer der schlausten.

Nachdem der Doktor den Körper auf dem Tisch abgelegt hatte, kam ihm ein Gedanke: Was, wenn es sich dabei um einen noch nicht ausgewachsenen Menschen handelte? Für ein Kind war die Leiche zu groß. Seinen beiden Leichenräubern hatte er eingebläut, dass er keine Heranwachsenden zu obduzieren gedachte. Die Begründung, dass seine Forschung sich zu diesem Zeitpunkt noch nicht in das Kindesalter erstreckte, war ihm leicht von den Lippen gekommen. Konrad wusste jedoch schlichtweg nicht, ob er es über sein Herz bringen würde, ein Kind zu öffnen. Zu sehr würde er an seine eigenen Söhne und Töchter denken, die alle, bis auf seine Charlotte, gestorben und in der Familiengruft bestattet waren.

Einsamkeit übermannte ihn. Er hatte so viele seiner Lieben begraben müssen. Jeder Verlust war ihm nahegegangen. Am meisten aber fehlte ihm seine Frau. Ihre freundlichen Augen. Ihr sonniges Gemüt. Ihre zarten Lippen. Seine Einsamkeit fühlte sich tiefer an als ein bodenloses Grab. Er sehnte sich nach Johanna mit einer Inbrunst, dass er nahezu allnächtlich von ihr träumte. Wie schmerzlich doch das Erwachen war!

Konrad schüttelte seine Hände aus, machte seine Finger locker für die Arbeit. Auch mit dem letzten Verstorbenen wollte er fertig werden, ehe der Morgen dämmerte. Mit einem Ruck zog er das Leinentuch vom Leichnam und erstarrte.

Vor ihm lag eine Frau.

Seine Frau!

Seine wunderbare Johanna, die vor beinahe drei Jahren gestorben war.

Kalt geworden, erstarrt und begraben. Und inzwischen längst vom Gewürm im Sarg zerfressen.

Konrads Herz setzte einen Schlag aus – oder womöglich auch zwei, ehe er sich wieder fing. Er wusste, dass sie es unmöglich sein konnte. Und doch hatte die Tote das gleiche – nein, sehr ähnliches – welliges kastanienbraunes Haar. Volle Lippen wie Johanna, ihre feinen Gesichtszüge und denselben Schwung der Augenbrauen. Es war erschütternd. Betörend!

Ganz langsam, Zentimeter für Zentimeter, streckte er seine zitternde Hand aus. Kurz vor der Toten hielt er inne, wagte es nicht, ihre wächserne Haut zu berühren. In seinen Gedanken konnte er hören, wie Johanna seinen Namen aussprach. Er erinnerte sich an ihre strahlenden Augen, wenn sie über eine seine Bemerkungen lachte. Konrad schluckte und überwand das letzte Stück zwischen seinen Fingern und ihrem Schienbein.

Die Haut war kalt und doch glühte seine Fingerspitze wegen der Berührung. Ihre blasse Haut fühlte sich weich an. Zart und einladend. Langsam ließ er seine Hand ihr Bein hinaufwandern.

Sie konnte noch keine zwei Tage tot sein. Sein Herz pochte wie verrückt.

Sie ist es, dachte er abermals. Er wollte es so sehr. Meine liebe Johanna ist endlich wieder bei mir. Es muss ein Wunder sein. Konrads Herz jubilierte, während sein Verstand begriff, dass er sich selbst betrog. Sie glich seiner Frau so sehr und doch fehlte hier eine kleine Narbe und dort ein Muttermal. Den Unterarm verunzierte ein recht frischer Biss eines kleinen Hundes. Kurz flammte der Wissenschaftsgeist in ihm auf und er fragte sich, ob dieser Biss zu ihrem Tod geführt haben konnte und ob er möglicherweise in Verbindung mit den Tollwut-Fällen stand, doch dann erreichten seine Finger ihren Bauch. Jeder klare Gedanke wurde weggespült von den Empfindungen, die sich in Konrads Körper regten. Träumerisch malte er eine Linie auf die zarte Haut ihres Leibes, bis hinauf zur Brust, dann schreckte er zurück, als wäre das Glühen zu einem sengenden Höllenfeuer geworden. Was tat er da? Es war widernatürlich und seine Erforschung ihres Körpers hatte nicht das übliche wissenschaftliche Ziel.

Seine Fingerspitzen wischte er am Hosenbein ab. Danach war es, als fehlte ihm etwas. Er wünschte sich die Berührung zurück oder zumindest das Gefühl, welches sie auf seiner Haut hinterlassen hatte.

Konrad tat einen Schritt rückwärts. Er musste klar denken. Verzweifelt versuchte er sich bewusst zu machen, dass es nicht seine Frau war, die da vor ihm lag. Einsam und kalt. Es war nicht seine Aufgabe, sie zu wärmen. Ihr Liebe zu schenken. So gerne er das auch getan hätte, er musste einen professionellen Abstand wahren und durfte sich nicht verleiten lassen, den Gelüsten zu folgen, die klammheimlich in ihm erwacht waren.

Er trat zum einzigen Fenster, das fast deckenhoch angebracht war, und zog den sonst stets geschlossenen Vorhang zurück. Der Morgen glühte in sanftem Rot und erweckte die Dame auf seinem Tisch schier zum Leben. Die wächserne Blässe war verschwunden und Konrad entdeckte eine zarte Röte auf ihren Wangen und auf ihrem Dekolleté. Jede Zurückhaltung war abgelegt. Stürmisch näherte sich Konrad der einsamen Schönheit, beugte sich über sie. Zu reglos lag sie da, um ihm den Eindruck zu vermitteln, dass sie nur schliefe, und dennoch wirkte sie nicht gänzlich tot. Seine Einsamkeit und die ihre sollten verschmelzen und sie beide trösten, sodass er im Leben etwas Glück finden und sie im Grab einen sorglosen ewigen Schlummer halten konnte. Ihr Haar glänzte seidig im weichen Licht, ganz wie es Johannas stets getan hatte. Alle Last war von seinen Schultern geglitten. Die Sorgen, die sein Herz wie Dornenranken immerfort umschlungen hielten, waren verschwunden und es schlug endlich wieder frei und unbekümmert.

Ehe er einen ersten Kuss auf ihre Lippen hauchen konnte, entrang sich ihm ein letztes Schluchzen, bis wenige Minuten später im Totenkeller sein Keuchen erklang. Da! Sie roch sogar wie seine Frau. Es konnte nichts Falsches an dem sein, was er trieb.

Glück und Lust und schmerzlich ersehnte Geborgenheit vereinten sich in seinem Leib. Es war für ihn keine Tote, die unter ihm lag. Sie war ein Wunder, das ihm einen letzten Moment der Wonne schenkte, einen Lichtblick in seiner alltäglichen Finsternis. Konrad erlebte einen ungekannten Rausch, der anhielt, bis er seine Hose wieder zuknöpfte.

Kaum war der letzte Knopf geschlossen, da stürzten Trauer und Reue auf ihn ein wie Geröll, begruben ihn und seine Ideale, dass er meinte, keine Luft mehr zu bekommen. Zentnerschwer wog die Last seines Vergehens. Skrupel und Abscheu vor sich selbst vergifteten die reine Liebe, die soeben noch sein Herz gefüllt hatte. Konrad knickten die Beine weg und er sank vor dem Tisch darnieder. Die Kälte des Kellerbodens nagte an ihm, brachte ihn aber nicht dazu, sich zu erheben.

Draußen krähte ein Hahn. Seine Tochter würde nun aufwachen und ihn in einer halben Stunde am Frühstückstisch erwarten. Den Ekel vor sich selbst und all die Schuldgefühle schob er zur Seite. Schnell erhob er sich, schwindelnd deckte er die Leiche wieder zu und schlich in sein Zimmer hinauf, um sich dort gründlich zu säubern. Konrad wollte die Schande dieser Nacht von sich abwaschen, als wäre sie Blut, das er unter seinen Fingernägeln herausspülte. Er scheuerte den Tod und die Grabeskälte von seiner Haut, bis sie rosig wurde.

Sobald der Tag überstanden wäre, würde er in sein Laboratorium zurückkehren. Würde die beiden anderen Leichen abholen lassen, aber diese Frau, die wollte er woanders verbergen. Sie durfte ihn nicht vollends verlassen.

Obwohl ihm gewiss etwas Nahrung im Bauch gutgetan hätte, rührte Konrad weder den Kuchen noch Eier, Speck oder Brot auf dem Tisch an. Ihm fiel es schwer, sich auf Charlotte zu konzentrieren, aber es wäre ihm feige vorgekommen, hätte er die Tageszeitung genommen und sich dahinter verborgen. Üblicherweise führten sie ein heiteres Gespräch und wenn er schon keine Fröhlichkeit vortäuschte, so wollte er sich Charlotte dennoch nicht entziehen.

Seine Tochter sah ihn fragend an. Er musste seine Nerven beruhigen.

»Entschuldige, meine Liebe, ich habe deine Frage nicht verstanden. Ich bin wohl etwas unaufmerksam heute. Ich hatte eine … schlaflose Nacht.«

Seine Tochter schlug die Augen nieder. »Dann bist du zu einem Kranken gerufen worden? Ich hoffe, ihm oder ihr geht es bald besser. Nachdem gestern meine beiden neuen Kleider eingetroffen sind … Es wäre mir eine große Freude, dich hin und wieder zu einer Abendgesellschaft begleiten zu dürfen. Bin ich nicht alt genug dafür?«

»Das ist eine berechtigte Bitte. Wahrscheinlich wird es wirklich Zeit, dass ich dich bei nächster Gelegenheit einmal mitnehme.«

Charlotte bekam rote Wangen und sie strahlte ihn dankbar an. »Danke, Vater, ich werde auch bestimmt nicht zu viel reden, sondern mich zu benehmen wissen.«

Normalerweise brachte Charlottes Freudestrahlen sein Herz zum Hüpfen, aber die übliche Wärme blieb aus. Konrad fragte sich, was sie von ihm hielte, wenn sie wüsste, was er vor nicht einmal zwei Stunden getan hatte.

»Fürchtest du, dass ich dich enttäusche?«, wollte sie prompt wissen und interpretierte seinen Gesichtsausdruck falsch. »Wenn es dir lieber ist, warten wir noch. Aber ich verspreche, meine allerbesten Manieren zu zeigen.«

»Nein, meine Sorge galt nicht dir. Ich musste an letzte Nacht denken. Ich sollte nun wirklich meine Grübeleien beenden. Berichte mir doch bitte von deinen heutigen Plänen.«

Brav nickte Charlotte, befestigte mit flinken Fingern eine lockere Haarnadel und listete einige Aufgaben auf, die ihr bevorstanden: eine Klavierstunde, eine Malstunde, Lektionen in Latein und Mathematik sowie eine Teestunde bei der früheren Herzensfreundin ihrer Mutter. Anschließend legte Charlotte ihre Leinenserviette neben den Teller und verließ auf Konrads Nicken das Speisezimmer.

Konrad saß weiter da, zu müde, um klar zu denken oder aufzustehen. Er betastete den Schnitt an seiner Wange, den er sich bei seiner Rasur versehentlich zugefügt hatte. Um wenigstens etwas im Magen zu haben, löffelte er ein gekochtes Ei, verzehrte etwas Speck und gebuttertes Brot. Alles kam ihm geschmacksarm vor und er ließ es nach wenigen Bissen bleiben.

Völlig unvermittelt kam ihm die Idee: Die Tote konnte er in der Familiengruft verstecken. Es war das Beste, was er ihr geben konnte. Ein bisschen leichter war Konrad damit zumute. Es fühlte sich nicht mehr für ihn an, als würde ihn die Last seiner Schuld in die Knie zwingen. Voller Entschlossenheit erhob sich Konrad, marschierte zu seinem Schreibtisch und setzte dort eine Nachricht für seinen Neffen auf, mit der er einen der Bediensteten sofort losschickte. Anschließend schlüpfte Konrad in seinen Mantel.

Er machte sich auf den Weg, die heutigen Patienten und Patientinnen zu besuchen. Seit Johannas Tod bevorzugte er Hausbesuche und empfing nur selten jemanden in seiner heimischen Praxis. Charlotte sollte so wenig wie möglich vom Siechtum der Menschen miterleben, nachdem sie ihre Mutter auf dem Krankenbett hatte erleben müssen.

Der Tag verging so schleppend, wie auch Konrad sich bewegte. Die Kraft verließ ihn bald und es fiel ihm schwer, sich den Kranken auf die gewohnte Weise zu widmen. Bei den Untersuchungen schweiften seine Gedanken ab, zur Toten in seinem Keller hinab. Erklärte er Medikationen, vertat er sich in der Dosierung, bemerkte es und korrigierte sich. Kaum war er zu einer Haustür herausgetreten, fiel ihm noch etwas ein, das er hatte unbedingt anmerken wollen. Ständig war der Drang da, zurück nach Hause zu kehren. Sie nicht länger allein in der Dunkelheit liegen zu lassen. Die weiche Haut der Toten zu berühren. Ihr Haar zu richten. Weiter gestattete er seiner Vorstellung nicht zu gehen.

Die Glocke im nächstgelegenen Kirchturm schlug sechzehn Uhr, als Konrad mit hängenden Schultern und gesenktem Blick nach Hause lief. Seine Tagträume, die an ihm hafteten wie Blutegel, waren in ihrer Unmöglichkeit kaum zu überbieten. Er würde nicht in den Keller hinabsteigen. Kein einziges Mal! Nicht, bis sein Neffe und der Klobige kämen, um alle drei Körper mitzunehmen. Er brachte es nicht über sich, die Tote wie die anderen zu obduzieren, dennoch war es überfällig, dass sie sein Haus verließ – und er wieder Vernunft und Verstand walten ließ. Zur Familiengruft würde er die beiden begleiten, um die Tote dort beizusetzen, danach würde er die übrigen Leichen zu ihrem üblichen Handeln überlassen.

Der Tag mündete in die Nacht. Nach dem Dinner mit Charlotte zog Konrad sich in sein Schlafzimmer zurück, wusch sich, schlüpfte in seine Schlafkleidung und legte sich ins Bett, wo er ruhelose Stunden verbrachte. Kaum war es ihm gelungen, wegzudämmern, da schreckte er stets wieder auf. Mal war die Tote in seinen Träumen zum Leben erwacht und streckte ihre Hand nach ihm aus, mal verweste sie überschnell vor seinen Augen, bis nur noch ein breit grinsendes Skelett übrig blieb. Am schlimmsten war aber die Traumsequenz, in der er sich selbst dabei beobachtete, was er in der vorherigen Nacht mit ihr getrieben hatte, denn dies ließ sein Herz vor Sehnsucht, Verlangen und Scham gleichermaßen überlaufen.

Da er nicht mehr solcher Eindrücke verschmerzte, stand er wieder auf. Die Sonne war noch nicht aufgegangen und würde das für einige weitere Stunden nicht tun. Um richtig wach zu werden, ließ er die beißend kalte Nachtluft zu seinem Fenster herein. Im Mondlicht betrachtete er, wie die fast kahlen Bäume weitere Blätter im Herbstwind verloren. Eine schwarze Katze huschte über die Straße, aber die Unglücksbotin nahm er nicht persönlich. Bald wurde ihm zu kalt und er schloss das Fenster wieder, um sich mit einem Buch auf einem Sessel niederzulassen. Im Kamin entzündete er ein kleines Feuer, schenkte sich ein Glas Kirschlikör ein und wartete auf den nächsten Tag, indem er sich mit den jüngsten medizinischen Abhandlungen seiner Kollegen befasste.

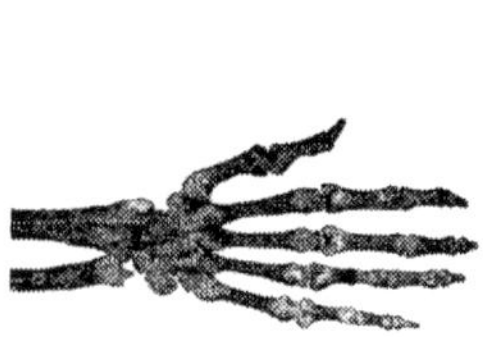

Zwei schier schlaflose Nächte später hatte Konrad das Gefühl, sich ein weiteres Mal von seiner Liebsten trennen zu müssen. Zwar war die weibliche Leiche nicht einmal die sterbliche Hülle seiner

Gemahlin, aber sie hatte Emotionen in ihm geweckt, die lange Zeit in einem todesähnlichen Schlummer geruht hatten. Die Müdigkeit, die sich an seinen Knochen festgeklammert hatte wie ein Abszess, fiel von ihm ab, als der Klobige den Leichnam der Frau hochhob, der er unsittlich nahegekommen war – wenn auch nur in dieser einen schändlichen Nacht. In den Keller war er nicht mehr hinabgestiegen, um seine Willensstärke nicht herauszufordern.

Konrad knetete das Taschentuch in seiner Hosentasche und rang darum, Fassung zu bewahren. Sein Gesicht sollte seine Maske sein, aber den verstohlenen Blicken nach zu urteilen, die ihm sein Neffe zuwarf, misslang das gründlich. Es fühlte sich wie ein Schlag in seine Magengrube an, als der Klobige sich ihren Leib über die Schulter warf. Die Leichenstarre hatte sich bereits gelöst, als sie hergebracht worden war. Konrad fürchtete nicht darum, dass der Körper Schaden nahm – vielmehr tat ihm diese Grobheit in der Seele weh.

»Onkel, Ihr seid Euch sicher, dass wir sie in die Familiengruft bringen sollen?«, fragte Leopold, kaum dass der Klobige zur Tür hinaus war.

Entschieden nickte Konrad einmal. »Sie wird mir dort zu späteren Forschungen dienen.« Es war der einzige Grund, den er in der letzten obduktionslosen Nacht aus seinen Gehirnwindungen freischneiden hatte können.

Sie bestiegen die Mietdroschke, deren Fahrer nicht nur ein Bekannter Leopolds, sondern überdies gut bezahlt war, und holperten durch die Nacht über das Kopfsteinpflaster der Straßen. Das Arrangement hatte Leopold getroffen, wohl, um seinem Onkel einen Gefallen zu tun, doch Konrad bereitete ein weiterer Mitwisser lediglich Sorgen. Die für Konrad besorgniserregend schnelle Fahrt war nach einigen Minuten bereits überstanden, da der hiesige Friedhof nicht allzu fern lag.

Leopold schlug dem Kutscher auf die Schulter und raunte ihm etwas zu, das Konrads Aufmerksamkeit entging, der Mann lachte jedoch schallend. Eine Straße weiter würde er mit seinem Gespann auf sie warten.

Der Klobige schulterte die verhüllte Leiche erneut und passierte das Eisentor des Friedhofs, als beträte er eine Teestube am Sonntagnachmittag. Konrad und sein Neffe folgten ihm mit einem Schweigen, das jedem Trauerzug angemessen gewesen wäre. Kies knirschte unter seinen Stiefeln und vertrocknete Blätter raschelten, die von den Bäumen gefegt worden waren. Die Luft roch nach Schnee und die dicken Wolken versprachen sich bald zu erleichtern. Konrad betrachtete im Vorübergehen all die aufgereihten Grabsteine. Stille Mahnmale vergangener Existenzen, die die Geschichte eines Menschenlebens erfassten. Er fragte sich, welche Erkenntnisse mit den toten Körpern dem Gewürm überlassen worden waren.

Sobald sie die Familiengruft erreichten, nahm Konrad den Schlüssel aus seinem Mantel. Nachdem die Tür aufgeschlossen war, drängten sich die drei in den kleinen Innenraum und Leopold entzündete mit einem Schwefelholz einen mitgebrachten Kerzenstumpen.

»Wo soll 'se rein? Packste mal mit an, Leo?«, fragte der Klobige und trat vom einen auf das andere Bein.

In der Familiengruft gab es einige leere Nischen für die Särge kommender Generationen sowie bereits gefüllte Särge – aber keinen einzigen leeren. Den Leichnam zu den Knochen seiner Frau zu legen, das brachte Konrad nicht über sich. Aber er hatte einen Plan gefasst, wo sie fortan liegen sollte.

»Großtante Mathilde«, murmelte er. Sie müsste längst zu Staub zerfallen sein. Die Frau, an deren mürrische Gesichtszüge er sich nur durch ein Porträt erinnerte, da er ein Knabe von vier Jahren gewesen war, als sie verstarb, würde sich über einen Gast nicht beschweren. Ihre Überreste waren es vielmehr für Konrad nicht wert, den lieblichen Körper der unbekannten Toten zu beschmutzen, der nun zu ihr ins Totenbett einzog.

Der Klobige legte den eingewickelten Leichnam in einer Nische ab. Sein Neffe reichte Konrad den Kerzenstumpf, trat an dessen Seite und gemeinsam zogen sie den Sarg der Großtante ein Stück weit hervor. Mit einer Brechstange stemmten sie unter einigem

Ächzen den Sarg auf, bis die Sargnägel nachgaben, die in das Holz geschlagen worden waren. Als sie den Sargdeckel hochhoben, schnupperte Konrad vorsichtig. Aber Großtante Mathilde war schon lange genug tot, um ihnen den Gefallen zu tun, keine üblen Gerüche von sich zu geben.

»Nich' mehr viel da«, stellte der Klobige fest und stieß Leopold seinen Ellenbogen in die Seite. Anschließend hob er den Leichnam auf und legte ihn achtlos in den Sarg.

Konrads Mund wurde trocken und der Anblick schnürte ihm die Luft ab, wie eine zu eng sitzende Krawatte. Die Frau, die ihn belebt hatte wie die gewittergeladenen Stromstöße das Monster von Doktor Frankenstein, wäre gleich fort. Heiß und kalt überlief es ihn. Ihm wurde erst in diesem Moment klar, wie tröstlich er es gefunden hatte, sie im Keller zu wissen, während er in den oberen Etagen seines Hauses war. Zwar zuletzt unangetastet, aber dennoch greifbar.

Der Klobige grinste unverschämt, zog eine Augenbraue in die Höhe und fragte: »Letzte Worte, Doktor?«

Ihm war, als hätte er seine Zunge verschluckt: Konrad waren jegliche Worte abhandengekommen und ein Kloß verstopfte seine Kehle, dass er in dem stickigen, viel zu engen Steinbau kaum atmen konnte. Daher schüttelte er den Kopf und eilte aus der Gruft, um seine Tat und diese unangebrachten Gefühle hinter sich zu lassen. Zusammen mit der toten Frau sollten sie für die Ewigkeit begraben sein.

Konrad wollte schon dem Ausgang des Friedhofs entgegengehen, da rief sein Neffe ihn zurück. »Vergiss nicht abzuschließen, Onkel.« Er tat, wie ihm geheißen, und wankte hinter den Männern her, die für genug Geld wohl jeden seiner perfiden Wünsche erfüllen würden.

ZWEI.

In der dunkelsten Stunde sucht man das Licht umso verzweifelter.
Frühling 1890

Es dauerte viele Wochen, bis Konrad zu seinem alten Selbst und zum üblichen Tagesablauf zurückgefunden hatte. Hin und wieder schweiften seine Gedanken ab zu der fremden toten Frau, die in seiner Familiengruft bestattet – oder vielmehr verborgen – lag, aber stets schaffte Konrad es, sich auf andere Themen zu konzentrieren. Einzig sein häufig zuckendes linkes Augenlid erinnerte ihn daran, dass Dinge vorgefallen waren, die er doch nicht ganz verdrängen konnte.

Die Tage gingen ineinander über, der März wechselte in den April und der Frühling blühte mit aller Kraft auf. Die Helligkeit, die die Tage immer weiter einnahm, passte nicht zu seinem düsteren Gemüt, obwohl er sich insbesondere seiner Tochter gegenüber seine Stimmung nicht anmerken lassen wollte. Er gab sich dem alltäglichen Trott hin, so gut er konnte, und doch war es, als fehlte ihm ein weiteres Stück seines Herzens.

Für einige Wochen gelang es Konrad, diesen Schein aufrechtzuerhalten. Eines Nachts jedoch stand er tief über den geöffneten Brustkorb eines Leichnams gebeugt, als sein linkes Augenlid plötzlich heftig zuckte und ihm das Skalpell aus den Fingern glitt. Er presste seinen etwas saubereren linken Handrücken auf die nervöse Stelle über seinem Auge und fluchte derb, wie es sonst nicht seine Art war. Fast hätten seine Worte es vermocht, dem Toten eine Schamesröte auf die Wangen zu treiben, so sehr hatte er sich im Vokabular vergriffen. Mit verkniffenem Gesicht fischte er sein Skalpell aus dem Toten, wusch sich die Hände und anschließend all die Werkzeuge, die er benutzt hatte. Den geöffneten Körper deckte er mit einem Tuch ab, um in der kommenden Nacht weiter daran zu arbeiten.

Rücklings setzte sich Konrad auf den leeren Obduktionstisch. Er ließ die Füße baumeln und stützte seinen Kopf auf seinen Händen ab. Er wusste, wie er den Strom an Gedanken in seinem Kopf besänftigen und wie er die Leere in seinem Herzen füllen könnte. Und doch: Wenn er seinen Bedürfnissen nachgab und die Fremde in der Gruft besuchte, würde er den Rest an Anstand und Würde verlieren. Er fürchtete um das letzte bisschen Seelenheil – oder vielmehr um das Heil seines Geistes, denn sollte es die Hölle geben, an die er nicht glaubte, würde er ohnehin dem Teufel nach seinem Tod einen Besuch abstatten müssen.

In welch einem Zustand die Tote inzwischen wäre! Gedankenverloren fuhr er mit den Fingern über die Rillen im Holz des Tisches und strich die kaum noch erkennbare Maserung nach. Was musste er für menschlicher Abschaum sein, dass Herz und Lenden sich nach einem Leichnam verzehrten; wenn auch, um sich seiner geliebten Gattin wieder näher zu fühlen? Alles in ihm sehnte sich nach ihr, es drängte ihn wie sonst nichts zur Gruft hin.

Drei weitere Wochen hielt er diesem Begehren stand. Am sechzehnten Hochzeitstag mit seiner Frau jedoch schlug seine Trauer in alles verzehrende Verzweiflung um und er wusste genau, wo er Trost finden würde. Konrad schlüpfte in Mantel und Stiefel und verließ das Haus. Das Klicken der hinter ihm schließenden Haustür klang beinahe so endgültig wie ein Pistolenschuss. Er schlich durch die Schatten, verbarg sein Gesicht vor den wenigen Menschen, die sich zu dieser Zeit noch draußen herumtrieben, und vor vorbeirumpelnden Kutschen. Immer wieder aufs Neue schwor er sich, dass er sie nur betrachten wollte. Lediglich nach ihr schauen.

Konrad wich einem Betrunkenen aus, der auf ihn zuwankte, und wechselte kurz vor einer herannahenden Droschke die Straßenseite. Je näher er dem Friedhof kam, desto weniger spürte er die nächtliche Kälte und desto hastiger wurden seine Schritte. Allein an die Tote dachte er, deren Gesicht sich in seiner Erinnerung inzwischen in keiner Weise mehr von dem seiner Frau unterschied. Deren zarte Gestalt ihn lockte, auch wenn er in den tiefsten Winkeln seines Ichs wusste, dass Verwesung und Verfall in den letzten Wochen nicht gnädig zu ihr gewesen sein mochten. Es war seine dunkelste Stunde und er suchte das Licht umso verzweifelter.

Kaum hatte er das gusseiserne Friedhofstor aufgestoßen, eilte er zwischen den Gräbern hindurch zur Gruft hin. In der Luft hing der unpassende Geruch nach Frühlingsblumen, die ihre Blüten zur Nacht geschlossen hatten und im unwirklichen Kontrast zu den Verwesungsausdünstungen stünden, wären die ringsum verrottenden Leiber nicht tief genug vergraben worden. Direkt vor der schweren Eichenholztür blieb er stehen. Es war die letzte Barrikade zwischen ihm und seinen Wünschen. Die letzte Chance, unverrichteter Dinge wieder heimzukehren und der brave Witwer, sorgende Vater und exzellente Arzt zu sein, der er bis vor wenigen Monaten gewesen war.

Die Verheißung war immens. Konrad tastete nach dem Schlüssel in seiner Manteltasche und ballte seine Faust darum. Seine Stirn legte er am nasskalten Holz ab und dachte angestrengter nach, als er es in seinem Leben zuvor jemals getan hatte.

Gehen oder bleiben?

Ihm war bewusst, dass er gehen sollte.

Und doch konnte er nicht anders als zu bleiben.

Wie in Zeitlupe zog er den Schlüssel hervor und steckte ihn mit zitternder Hand ins Schloss. Konrad schluckte. Möge ihm verziehen werden, was auch immer er in den kommenden Minuten – oder Stunden – tat. Möge seine Tochter niemals erfahren, was für ein Wesen hinter der Fassade des stolzen Mannes verborgen lag, den er gerne zeigte. Möge er sich selbst vergeben können und fortan ablassen von dieser Frau.

Die Angeln ächzten unter der Schande, deren Zeuge sie gleich werden würden, so kam es Konrad zumindest vor, als er die Tür aufzog. Ihr Seufzen drang von seinem Ohr bis in sein Herz und gerne hätte er sich ihnen angeschlossen und sein Leid über das, was er erleben und tun musste, geklagt. Er tat einen ersten Schritt und die feuchtkalte Luft legte sich auf seine Kleidung und auf die freien Hautpartien. Darinnen erwartete ihn die schwärzeste Finsternis, die es in seinem Leben gab. Dieses Mal hatte er selbst an die Schwefelhölzer gedacht, die vormals sein Neffe mitgebracht hatte. Er betrat die Gruft und entzündete die Öllampe, die er unter seinem Mantel verborgen hatte, ehe er die Tür schloss.

Alles wirkte wie beim vorherigen Mal und er glaubte nicht, dass seither jemand hier drinnen gewesen war. Er besaß neben dem Friedhofswächter den einzigen Schlüssel, den er unablässig an seinem Leib trug, seit sie die Tote in dieser unseligen Nacht hier abgelegt hatten. Konrad wachte über ihn, als sei es der Schlüssel zur eigenen Gefängniszelle in der Hölle, in die er sich selbst gebracht hatte. Dabei galt es, nicht auszubrechen, sondern keinen Dämon, keinen Seelenfresser zu ihm hereinzulassen.

Noch konnte er nach Hause zurückkehren und es wäre nur ein unschuldiger Besuch gewesen, doch das Brecheisen in seiner Hand schien zu vibrieren. Er musste den Sarg öffnen und nachsehen. Wenn er erst in ihr verrottetes, eingefallenes und von Maden überzogenes Gesicht blickte, wäre er endlich frei von seinen Sehnsüchten nach der Frau, deren Namen er nicht einmal kannte. Die Habseligkeiten, die er mitgebracht hatte, legte er vor einer freien Ecke ab und wandte sich Tante Mathildes Sarg zu. Er packte ihn mit beiden Händen. Mit aller Kraft zog er daran und stolperte einen Schritt rückwärts, als der Sarg aus der Nische herausrutschte. Konrad zerrte erneut und der Sarg tat einen weiteren Ruck, der vollauf genügte, damit er den Deckel würde öffnen können.

Sein Herz pochte voller Vorfreude. Mit dem Brecheisen hebelte er den Deckel ein Stück auf und versuchte ihn gleichzeitig nach oben zu wuchten. Nachdem er sich einige Male die Finger eingeklemmt hatte, gelang es Konrad schließlich, ihn zur Seite zu schieben, sodass immerhin der Oberkörper der Frau freigelegt war. Ehe er in den Sarg hineinsah, holte er die Öllampe und stellte sie vorsichtig auf dem Rand ab.

Konrad wusste, wie menschliche Leichen in allen Stadien ihres Verfalls aussehen. Dennoch presste er die Zähne fest aufeinander, als er ihr Gesicht betrachtete. Ihre Schönheit war verwelkt wie eine Blume im Herbst. Ihre ebenmäßige Haut war übersät von Flecken und blätterte teilweise ab. Ihre Knochen standen hervor, als wäre sie abgemagert. Es war keine typische Fäulnis, die ihr ihren Liebreiz nahm. Sie wirkte ausgemergelt auf eine Weise, die Konrad fremd war. Auch wenn es nicht der Sittlichkeit entsprach, gestattete Konrad es sich, seine Aufmerksamkeit tiefer gleiten zu lassen. Ihr schlaffer Busen beschäftigte ihn nur kurz, denn bald fiel ihm die sanfte Wölbung ihrer Leibesmitte auf. Er wusste um die Verwesungsgase, die einen Körper post mortem aufblähten. Doch er hatte noch keinen Leib untersucht, der eine solche Form angenommen hatte. Jegliche sinnlichen Gelüste waren verloschen, doch wissenschaftliche Neugier war in Konrads Innerem entflammt wie ein unaufhaltsamer Flächenbrand.

Langsam streckte er seine Hand aus. Er musste etwas fühlen, vielleicht würde er ertasten, was an diesem Leichnam anders war. Die Frau ähnelte, abgesehen von ihrem Verfall, einer Schwangeren. Doch ein Kind konnte sie nicht unter dem Herzen tragen, denn schwanger war sie auf dem Obduktionstisch in seinem Keller durchaus nicht gewesen. Seine Finger stießen auf weiches Fleisch, das sich eher wie Hefeteig denn wie der Körper eines Menschen anfühlte. Sein Magen, der doch allerhand gewohnt war, begehrte auf und Konrad würgte einmal kurz.

Nachdem er sich gefangen hatte, legte er seine Handfläche auf den Bauch. Er drückte leicht und spürte, wo ihr Leib weich und wo er ein wenig härter war. Konrad breitete seine Hand an einer anderen Stelle aus und bald war ihm unweigerlich klar, dass die

Tote etwas in ihrem Leib hatte. Nur was es war, das vermochte er nicht zu benennen.

Konrad überlegte, ob vor ihrem Tod ein bereits vorhandenes Geschwür in ihrem Inneren für eine Weile weitergewachsen sein mochte. Ob ein Hämatom sich verhärtet hatte. Er dachte an Ratten, die sich von ihrem Rücken in ihren Bauch gefressen hatten – es musste von unterhalb geschehen sein, denn Bissspuren entdeckte er von oben keine. Nicht einmal an die Regeln der Physik wollte sich Konrad halten, denn er überlegte, ob es möglich war, dass die Verwesungsgase in ihrem Inneren irgendwie zu einem Klumpen geworden sein konnten. Zuletzt gab er sich selbst die Schuld. Als er mit ihr auf diese schändliche Weise verfahren war, vielleicht hatte er sie inwendig verletzt und ein Blutgerinnsel hatte sich in ihrem Bauch gebildet, das sich nun zu dieser tastbaren Kugel geformt hatte.

Grübelnd stand er über das Totenbett gebeugt, da geschah eine Kleinigkeit, die alles verändern sollte: eine kleine Regung, die ihm ebenso hätte entgehen können, sodass er die Tote hinter sich lassen und wieder sein altes Leben hätte führen können. Doch diese Regung war seiner ärztlich geschulten Aufmerksamkeit nicht entgangen – eine kurze Bewegung von unterhalb der Bauchdecke.

Der Embryo hatte getreten.

Mit hämmerndem Puls, der laut in seinen Ohren dröhnte, hob er die Leiche an einer Seite an, um die Rattentheorie auszuschließen. Nichts! Sie war unversehrt. Er prüfte ihren Mund, ihre Lippen waren jedoch aneinandergenäht, wie man es neuerdings vor einer Bestattung tat. So konnte der Mund nicht aufklaffen, falls ein offener Sarg bei der Beerdigung gewünscht war.

Keine Ratten. Ein Kind.

Ein Kind, das wuchs und lebte, während seine Mutter verrottete. Das konnte nicht sein, hatte es doch so etwas nie zuvor gegeben.

Konrad schluckte. Er trat einen Schritt zurück, presste sich seine Hand an die linke Brust. Dieses eine Mal in seinem Leben wünschte er, sein Verstand wäre von geringerer Auffassungsgabe, denn ihm war klar, dass er das Kind gezeugt hatte, im mit

Sicherheit einzigen geschlechtlichen Akt, der der Frau je widerfahren war. Dass er ihr ihre Unschuld genommen hatte, die bis zu ihrem Tod intakt gewesen war, das hatte er bereits in dieser folgenschweren Nacht festgestellt und verdrängt.

Wimmernd schlug Konrad den Sargdeckel zu.

Seine Welt verengte sich auf die Gruft. Ihm war, als läge er nun selbst in diesem Bau begraben, erdrückt von ihren Steinen. Eine Last, so niederschmetternd, dass er schier nicht Atem zu schöpfen vermochte. Kaum konnte er sich auf den Beinen halten, so schwer wogen sein Gewissen und der Ballast seiner Schuld. Eine Schwärze trübte sein Inneres, wie er sie nicht kannte, nicht einmal vom Tod seiner Gattin oder all seiner Kinder.

Er griff zur Öllampe, floh aus der Gruft und schloss mit zitternden Fingern die Tür ab. Er musste sicher sein, dass sie verschlossen war, drinnen hielt, was hineingehörte, und ruckelte wie ein Wahnsinniger an der Klinke. Anschließend hastete er zurück nach Hause.

»Sie kehren spät zurück, Herr Doktor«, sagte der Bedienstete. Er war Konrads Vertrauter, seit er vor über zwei Jahrzehnten der Herr dieses Hauses geworden war. »Darf ich Ihnen einen Tee bringen, damit Sie sich etwas aufwärmen können, oder möchten Sie eine heiße Bettpfanne vor dem Schlafengehen unter die Laken gesteckt bekommen? Die Kohlen dafür glimmen bereits.«

Konrad war, als wäre sein Mund voller Friedhofserde. Ihm fehlten die Worte und würde sich doch eines zwischen seinen

Lippen herauszwängen, würde er sich verraten. Er schüttelte den Kopf. An den Rückweg konnte er sich kaum erinnern. In Gedanken sah Konrad stets nur ihren schwangeren Bauch vor sich und fühlte die Bewegungen des Kindes. Mit vor Ekel verzogenem Mund wischte er sich die Hand an seiner Hose ab.

Der Bedienstete deutete eine knappe Verbeugung an. »Wenn Sie später etwas wünschen, werde ich die Glocke nicht überhören.«

Konrad setzte sich in die dunkle Bibliothek und goss sich einen Kirschlikör nach dem anderen ein. Er konnte nicht begreifen, was er getan hatte. Wie es dazu hatte kommen können. Wie seine unsittliche Tat solche Folgen nach sich ziehen konnte. Das widersprach allem, was er als Arzt wusste, und allem, was er durch seine Forschungen an den Toten herausgefunden hatte. Schließlich entfaltete der Alkohol seine Wirkung. Konrad nickte ein und ließ diese schreckliche Welt, die aus den Fugen geraten war, hinter sich.

Ein Rütteln an seinem Arm erschreckte ihn. Panik durchfuhr ihn beim Gedanken daran, dass die Tote zu ihm gekommen war. Voller Erleichterung stellte er fest, dass es seine Tochter Charlotte war, die ihn weckte. Hätte er womöglich bald zwei Töchter?

Sie sagte: »Die Tür war offen und ich sah dich hier im Sessel schlafen. Ist alles in Ordnung? Bist du krank? Dein Gesicht ist blass und deine Augen sind ziemlich gerötet.«

»Mach dir keine Sorgen, Liebes. Mir geht es gut. Ich muss hier letzte Nacht eingeschlafen sein. Meine Grübeleien haben mich lange wachgehalten.« Konrad beobachtete Charlotte dabei, wie sie nachdachte.

Am Ende schien sie sich dafür zu entscheiden, ihrem Vater zu glauben, und bot ihm eine Hand an, um ihm aufzuhelfen. Sobald er stand, hakte sie sich bei ihm ein und fragte: »Möchtest du dich frisch machen oder begleitest du mich zum Frühstück?«

»Ich komme gleich nach. Ich möchte mich kurz umziehen und waschen. Was wäre ich sonst für eine Gesellschaft zu Tisch für eine Dame wie dich?«

In der Diele trennten sich ihre Wege.

Was endlich zusammenkam, waren hingegen Konrads Verstand und seine Gefühle: Er wusste, dass er sich um das Kind im Leib der Toten kümmern musste. Wenn schon nicht sein Forscherdrang Grund genug dafür war, dann sein Pflichtgefühl. Bisher war es allein gewachsen, genährt von dem, was seine Mutter ihm bot. Fortan würde Konrad nach dem Kind sehen und es versorgen, sofern dies überhaupt möglich war. Er wollte es am Leben halten und ihm ein Vater sein. Das war er dem Kind schuldig, da er es in dieser schändlichen Nacht gezeugt hatte.

Wochen wurden zu Monaten und der Leib der Toten schwoll an. Tiefe Risse gruben sich in ihren Bauch, heftiger als alle, die er je bei Schwangeren gesehen hatte, die er untersuchte. In dem Maße, in dem das Kind offensichtlich wuchs, zehrte dies am Leib, der es trug. Die Tote war ausgemergelt, wirkte anämisch – als litte sie unter Blutarmut. Konrad wagte es kaum, sie zu betrachten, wenn er wie fast jede Nacht in der Gruft war, um nach dem Kind zu schauen. Der stete Verfall ihres Äußeren stand im unvergleichlichen Kontrast zum wachsenden Leben in ihrem Unterleib. Tun konnte er nicht viel, aber er musste wenigstens da sein. In einer Nacht hatte der Doktor den Versuch gewagt, eine Bluttransfusion durchzuführen, war aber gescheitert, da ihr Leib es nicht aufnahm. Es würde nicht mehr lange dauern, dann musste das Kind das Licht der Welt erblicken und den verwesenden Leib verlassen und er hatte nicht nur Pläne geschmiedet, wie er dies vornehmen würde, sondern auch, wie es anschließend weitergehen würde. Er wollte sich wie ein Vater um das Kind kümmern, aber sich nicht offiziell als solcher bekennen. Ein Findling sollte es sein, dessen er sich annahm. Ein Geschenk an seine Tochter, damit sie in diesem Haus weniger einsam wäre.

Abends saß Konrad seiner Tochter gegenüber am Esstisch, doch mit seinen Gedanken war er meist in der Gruft. Charlotte riss ihn nicht nur aus seinen Grübeleien, mit ihrer Frage riss sie ihm auch den Boden unter den Füßen weg: »Vater, wohin gehst du nachts? Ich habe die Bediensteten reden hören. Brauchen dich so oft deine Patienten? Schläfst du überhaupt noch genug?«

Die Pellkartoffel, die er bereits in seinem Mund hatte, kaute Konrad übereifrig fertig. Den Brei würgte er hinunter und trank etwas Wein nach. »Das sind aber viele Fragen auf einmal, meine Liebe«, sagte er und verbarg hinter einem liebevollen Lächeln die Ratlosigkeit, die ihn befallen hatte. Er wollte möglichst nah bei der Wahrheit bleiben. Seine Worte kamen langsam und bedacht aus seinem Mund: »In der Tat. In den letzten Wochen musste ich zu wirklich unschönen Stunden das Haus verlassen. Es gibt viele Menschen, die meine Hilfe benötigen. Hoffentlich beruhigt sich das bald.«

»Aber die Bediensteten«, sagte seine Tochter und verstummte ganz plötzlich.

»Was ist mit ihnen?«

Nun war es seine Tochter, die lange kaute und sich anschließend sehr ausführlich den Mund mit einer Serviette abtupfte. »Ich habe sie Dinge raunen hören, die ich nicht glauben mag. Es wird gemunkelt, dass du häufig auf dem Friedhof gesehen wurdest.«

Konrad hüstelte trocken. In seinem Hals kratzte es, als hätte er rostige Sargnägel verschluckt. »Nun ja, ich habe mir die Unart angewöhnt, über den Friedhof meinen Weg abzukürzen, vielleicht sollte ich das bleiben lassen, wenn bereits hinter meinem Rücken getuschelt wird.«

Charlotte nickte erleichtert. »Ich dachte schon, du besuchtest Mutter jede Nacht und das Herz sei dir vom Kummer schwer.«

»Sorge dich nicht meinetwegen.« Konrad legte das Besteck zur Seite, er würde ohnehin nicht einen weiteren Bissen herunterbekommen. »Aber nun erzähl mir doch etwas von deinem Tag.«

Er gab sich Mühe, seiner Tochter die verdiente Aufmerksamkeit zu schenken. Tagsüber, wenn er bei seinen Patienten oder bei Charlotte war, durfte er sich nicht dazu hinreißen lassen, sich mit Problemen zu befassen, denen er seine Nächte weihte.

Als sich Charlotte eine knappe halbe Stunde später von der Tafel erhob, um sich in ihre Räume für die Nacht zurückzuziehen, tat es Konrad leid, dass das Abendessen schon vorbei war. Er hatte den Plausch mit seiner Tochter genossen.

In dieser Nacht ging er nicht zur Gruft. Er blieb zu Hause, wo er die ganze Zeit über hingehört hätte, ohne die Probleme, die er über sich gebracht hatte. Und doch, wenn Konrad ehrlich zu sich war, wusste er nicht, ob er dieser toten Frau widerstehen könnte, wenn sie ein zweites Mal frisch in seinem Keller läge und er vor Verlust und Herzschmerz verging.

DREI.

Der Spross des Todes
Sommer 1890

Was ein menschlicher Körper auszuhalten vermochte, das hatte Konrad in seiner langjährigen Arztlaufbahn oft erlebt. Mit Staunen hatte er mitangesehen, wie Menschen genesen waren, deren Tod gewiss schien. Wie manche gesundeten, die er unwiederbringlich verloren glaubte. Dass ein Leib aber auch Grenzen der Belastbarkeit hatte, das wurde Konrad in den letzten Wochen wie niemals zuvor verdeutlicht.

Nacht für Nacht, wenn er die schwangere Tote besuchte, nahm ihre Verwesung grässlichere Formen an. Wie sie selbst verfiel, so wuchs das Leben in ihr und Konrad war sich sicher, dass das Kind von seiner Mutter zehrte. Ihre graue Haut hing ihr in schlaffen Falten von den Knochen. Eingefallene Augenhöhlen und kahle Stellen, wo dicke Strähnen ihres ehemals so seidenen Haares ausgefallen waren, stießen ihn ebenso ab wie die aufgerissene Haut an ihrem aufgeblähten Bauch. Zusehends verwandelte sie sich in ein Ungeheuer und Konrad graute es davor, das Kind – sein Kind – zum ersten Mal zu erblicken. Tagein, tagaus fragte er sich, ob es ein Monster sein würde, wie seine Gestalt, wie das Gesicht aussehen mochte, wenn es in einer Toten herangewachsen war.

In jeder Nacht wurden Konrads Albträume abgründiger. Eine gerechte Strafe für seine frevelhafte Tat, wie er fand. Eines Morgens erwachte er und wagte es nicht, sich zu rühren, da er meinte, dass die Matratze seines Bettes neben ihm eingedrückt war. Doch er hörte keinen Atem und spürte auch keine Wärme. So konnte es nur die Leichenfrau sein, die zu ihm ins Bett gekrochen war, um ihr Kind bei ihm zu gebären. Furcht verknotete seinen Magen und drückte ihm so schwer auf die Brust, als läge er ohne Sarg in einem frisch zugeschaufelten Grab. Konrad atmete so flach, dass ihm schwindelig wurde, und als er es nicht mehr aushielt, schlug er die Augen auf.

Sein Bett war leer.

Ein Seufzen der Erleichterung entfuhr seinen Lippen, doch das Hochgefühl dauerte nicht lange. Bald wäre es so weit und das Geschöpf, das noch im toten Mutterleib verharrte, müsste auf die Welt kommen. Mit der Gewissheit, dass die letzten Tage gezählt waren, quälte er sich aus dem Bett. Nach einer achtlosen Morgentoilette würgte er zum Frühstück ein wenig Ei und Brot hinunter und ging dann in sein Arbeitszimmer. Geburten hatte er schon viele begleitet, nun wollte Konrad sein Wissen darüber auffrischen, wie genau man einen Säugling verpflegte, wenn die Mutter gestorben war.

In einigen seiner Folianten erfuhr er viel Nützliches und Wissenswertes über verschiedene Sonderfälle, sodass die Zuversicht in ihm stieg, es zu schaffen, sich angemessen um ein spezielles Neugeborenes zu kümmern, welcher Art die Pflege auch zu sein vermochte. Zudem grübelte Konrad, ob er eine Amme für das Kleine einstellen sollte. Eine verschwiegene, zuverlässige Frau, die ihm zudem etwas schuldig war, würde sich bestimmt unter seinen ehemaligen Patientinnen oder den Patienten-Gattinnen finden lassen. Zunächst musste er allerdings abwarten, welche Fähigkeiten genau diese Person aufweisen sollte.

Konrads Gedankengänge wurden jäh unterbrochen, doch er konnte nicht ausmachen, woran das lag. Es war, als wäre jäh ein Urinstinkt erwacht. Konrad fühlte sich beobachtet. Jemand war gekommen und hielt sich in seiner Nähe auf. Mit unumstößlicher Sicherheit wusste er dies – es war ein Fakt. Weder die Dienerschaft noch seine Tochter würden sich anschleichen. Konrads Herz nahm einen schnelleren Rhythmus auf. Wenn nun doch die Tote aus der

Gruft zu ihm gekommen war, so würde er dem Wahnsinn verfallen. Konrad raufte sich die Haare. War sie durch die Straßen gekrochen, um ihn zu finden? Konrad konnte die Spur aus Blut, Eiter und Grabgewürm in seiner Vorstellung genau vor sich sehen, die sie auf ihrem Weg hinterlassen hatte und die jedermann verraten würde, dass er unfreiwilligen Besuch vom Friedhof empfangen hatte.

Er wollte sie nicht hier haben. Sie nicht sehen oder riechen. Bei dem Gedanken hielt er inne und schnupperte.

Da war nichts – oder doch? Er roch genauer und machte einen zarten Blumenduft aus.

»Vater, erwartest du ein Kind?«, fragte Charlotte. »Bei der Wahl deiner Lektüre, meine ich.«

Erleichterung kribbelte über seinen Körper wie Sommerregen. Zuerst wollte er es verleugnen. Alles bestreiten und von sich weisen. Wenn aber in wenigen Tagen doch plötzlich ein Säugling bei ihnen einzog, hielte Charlotte ihn womöglich für den Lügner, zu dem er zuletzt geworden war.

Konrad versuchte es mit einem Lachen, das eher nach einem Husten klang. »Ich selbst natürlich nicht. Aber ich möchte auf alle Eventualitäten vorbereitet sein. Meinen Patientinnen, die entbunden haben, vielleicht bei der Nachkontrolle bessere Tipps geben können.« Konrad fand, dass seine Krawatte heute zu eng saß. Oder es war das schlechte Gewissen, das ihm den Atem raubte.

Die Standuhr schlug acht.

Konrad legte das Buch aus der Hand, in dem er zuletzt gelesen hatte, und erhob sich. Es war Zeit, seine Patienten zu besuchen. Heute wollte er in höchstem Maße aufmerksam sein, wie sie und ihre Angehörigen sich verhielten, was ihre Charakterstärken und -schwächen waren und welchen Umgang sie in der Familie pflegten.

»Hast du schon gefrühstückt?«, fragte Konrad seine Tochter.

»Nein. Begleitest du mich?«

»Heute muss ich leider direkt los. Wir sehen uns später.«

In keiner der Familien, die er an diesem Tag besuchte, fand er eine Amme, die seinen Ansprüchen gerecht wurde. Er wollte sein Kind gut versorgt wissen, gerade nachdem die Umstände seiner Entstehung so abwegig gewesen waren. Entweder mangelte es den Menschen, die er traf, an Bildung, Verschwiegenheit, an Zeit oder an Möglichkeit, zu ihm zu kommen.

Wenige Nächte später waren diese Sorgen vergessen. Regungslos stand Konrad in der Gruft und beobachtete mit seiner Öllampe in der Hand, weit hinabgebeugt zum Bauch der Schwangeren, die deutlich sichtbaren Bewegungen unter der Haut. Mit Wehen oder anderen Geburtsvorgängen wie dem Sprung der Fruchtblase war in diesem Fall nicht zu rechnen. Konrads Herz schlug wild bei der Erkenntnis, dass dies das unverkennbarste Zeichen war, womit das Kind verlangen konnte, auf die Welt gebracht zu werden. Beinahe sah es aus, als wollte es den letzten kläglichen Rest der Bauchdecke selbst durchstoßen, wie ein Küken, das die Eierschale aufbrach. Einmal meinte er fünf Fingerkuppen zu erkennen, die wohl von innen an der Bauchdecke kratzten, um die Haut zu zerreißen.

Mit zitternden Fingern öffnete Konrad die Ledertasche, die er schon vor Wochen hier in der Gruft zurechtgelegt hatte. Einst ein Weihnachtspräsent seiner geliebten Gattin, sollte sie ihm Glück bei seinem Unterfangen bringen. Er holte die Leinen hervor, in die einige seiner Obduktionswerkzeuge eingepackt waren. Auf einem anderen Sarg, den er nur ein Stück aus dessen Nische gezogen hatte, um ihn als Ablagefläche nutzen zu können, rollte er die Stoffbahn aus und wählte das für seine Zwecke passende Skalpell.

Konrad hielt die Klinge mal hierhin, mal dorthin, aber er fand keine Stelle, an der das Kind mit Sicherheit unverletzt bleiben würde, wenn er in das tote Fleisch der Mutter schnitt. Schließlich entschied sich Konrad dafür, nur einen winzigen Schnitt auszuführen. Den Rest der Öffnung, die er bräuchte, um das Kind aus dem Mutterleib herauszuheben, würde er einreißen.

Sorgfältig setzte er das Messer an und übte einen sanften Druck aus. Eine haardünne Linie entstand im weichen Fleisch. Blut trat keines hervor, aber der Geruch nach Fäulnis intensivierte sich. Sie war völlig ausgemergelt und zerfiel fast unter seiner Klinge. Die Bewegungen im Inneren ließen nicht nach.

Konrad wurde sich bewusst, dass dies der letzte Moment war, in dem er gehen konnte. Er könnte seine Sachen packen und das Kind sich selbst und dem sicheren Tod überlassen; er könnte die Gruft versiegeln und alle Erinnerungen ausblenden, als wäre all das nie geschehen. Niemals hätte er zu Gesicht bekommen, was er gezeugt hatte. Niemand würde je etwas von diesem Wesen ahnen oder erfahren. Aber das widersprach nicht nur dem Eid, den er als Arzt geleistet hatte, es war auch unvereinbar mit seinem Charakter. Er war neugierig und kannte seine Pflicht.

Konrad drückte die Klinge des Skalpells fester in die Haut und schnitt so tief, aber gleichzeitig so wenig wie nötig. Seine Hände bebten und er meinte, seine Knie würden gleich nachgeben. Voller Sorgfalt und Vorsicht führte er jede Bewegung aus, um das Kind im Mutterleib nicht zu verletzen. Sobald er seine Finger in den Schnitt stecken konnte, legte er sein Messer weg. Unter Aufwendung kleinster Kraft riss er die Haut auseinander, bis die inneren Organe, der *Uterus* und die bereits zerfetzte Fruchtblase der Frau sichtbar wurden. Darin erkannte er ein Kind, das sich auf den ersten Blick durch nichts von einem normalen Säugling unterschied. Ein Schwall übel riechenden Dunstes breitete sich in der Gruft aus. Ein Geruch, wie er ihn von keiner Obduktion kannte. Konrad hörte auf zu atmen, doch später wusste er nicht, ob wegen des Gestankes oder wegen des Wunders dieser unnormalen Geburt.

Anschließend entfernte er die Fruchtblasenreste, die neben Blutklumpen und Schmiere am Säugling hafteten. Gespannt nahm er das Kind aus dem Mutterleib und betrachtete es, bevor er es in eine Decke wickelte. Es war ein Junge. Seine graue Haut und die feinen schwarzen Härchen am Kopf waren verklebt. An den Händen hafteten Klumpen geronnenen Blutes. Offensichtlich hatte sein Sohn tatsächlich versucht, sich den Weg aus seiner Mutter freizukratzen. An seinem linken Arm war eine inzwischen verheilte Wunde zu erkennen: Unzweifelhaft hatte sich das Kind selbst gebissen. Die Zahnabdrücke waren für Konrad deutlich zu erkennen, auch wenn deren Form nicht menschlich aussah. Er zog mit dem Zeigefinger den Mundwinkel des Kindes ein Stück hinauf: Es hatte kleine scharfe Zähnchen im Mund. Die Nabelschnur durchtrennte er mit einer scharfen Schere. Nun gehörte ihm das Kind allein.

Ein Schwall Liebe durchströmte Konrad wie aus dem Nichts. Das tapfere kleine Bürschlein hatte allen Widrigkeiten getrotzt. War in einer Toten gewachsen, obwohl er in ihr nicht einmal hätte überleben, geschweige denn entstehen dürfen. Was für ein starker Mensch er einmal werden musste. Überlegen allen anderen. Und er war sein Sohn.

Konrad drückte ihn an seine Brust und versprach dem kleinen Wesen wortlos, immer für es zu sorgen. Er schaute auf das schreiende Bündel hinab. Milch. Es brauchte Milch! Um es nicht ganz seiner Mutter zu berauben, legte er es der Toten an die ausgedörrte Brust. Während es sicher im Sarg lag, rührte er mit dem Milchpulver, das erst seit wenigen Jahren auf dem Markt war, eine Flüssigkeit an, die er dem Kind zu trinken geben konnte. Einen Löffel und einen Becher sowie alles Weitere hatte er dafür in seiner Tasche. Das Schmatzen des Kindes ging inzwischen in wütendes Brüllen über. Seine kleinen Händchen fuchtelten ziellos umher. Es kam wie erwartet keine Milch aus der toten Brust. Doch dann wurde es plötzlich wieder ruhiger. Verwirrt hielt Konrad im Rühren inne und beugte sich tiefer zu dem Kind hinab.

Es leckte Blut von der Brust seiner Mutter. Verdutzt beobachtete Konrad kurz, wie sich sein Sohn am toten, geronnenen Restblut labte, das noch in den Adern der Leiche stockte, dann trennte er es von seiner Mutter. Sobald das Pulver vollends aufgelöst war, nahm er den Säugling auf den Arm, wischte ihm den blutverschmierten Mund ab und flößte ihm einige Löffel ein. Nach kurzer Zeit machte das Kind einen zufriedeneren Eindruck und Konrads Puls normalisierte sich ein wenig.

Nachdem er den Knaben mit der Milchlösung gefüttert hatte, wischte er ihn weiter sauber, hüllte den Unterleib des Kindes in eine weiche Stoffwindel und den Körper zudem in weichen Stoff und wiegte es anschließend sacht in den Schlaf. Ein letztes Mal legte er das Kind bei seiner Mutter ab. Während es zwischen ihren Beinen und der Sargwand friedlich schlummerte, schloss Konrad notdürftig die Bauchdecke der Toten und deckte sie aus Sentimentalität mit einem Tuch zu. Er packte seine Tasche und entfernte alles, was darauf hinwies, dass er sich hier aufgehalten oder was sich hier zugetragen hatte. Kerzenstümpfe steckte er ein wie auch blutverschmierte Lappen. Nichts, was einen Hinweis auf diese Nacht liefern konnte, wollte er zurücklassen. Zuletzt nahm er das Kind an sich und klappte mit einem Arm den Sargdeckel zu, der ihm hierbei fast aus den Fingern glitt. Erleichtert atmete Konrad auf, als auch der Sarg zurück in die Nische geschoben war und der Säugling noch immer schlief. Mit der Tasche und seinem Sohn unter dem Mantel machte sich Konrad auf den Nachhauseweg und ging im Kopf alle Namen durch, die ihm einfielen.

Er erreichte die Haustür, ohne einer Menschenseele begegnet zu sein, aber auch, ohne einen passenden Namen gefunden zu haben. Sein Sohn war etwas Besonderes. Einzigartiges. Und wenn er sich schon nicht vor den Leuten als sein Vater zu ihm bekennen konnte, so wollte er ihm zumindest das Geschenk eines ausgezeichneten Namens machen.

Zu Hause schlich Konrad in sein Schlafzimmer. Er legte seinen Sohn auf sein Bett, um eine kurze Untersuchung vorzunehmen. Alles schien in Ordnung, der Knabe wirkte gesund, hatte rosige Haut und zeigte altersgerechte Reflexe. Nur einen Puls fand Konrad nicht, aber ein zu schwacher Herzschlag war nicht das Verwunderlichste an einem in einer Toten gewachsenen Kind.

Anschließend legte er es in eine Schublade der Kommode direkt neben seinem Bett, die er zu diesen Zwecken schon vor Tagen mit Decken ausgepolstert und verschlossen hatte, sodass die Dienerschaft beim Aufräumen das provisorische Lager nicht entdeckte. Bis morgen in der Früh eine Wiege für den angeblichen Findling herangeschafft wäre, hätte sein nach wie vor namenloser Sohn ein weiches Bett in der Schublade, in dem er für diese Nacht gut aufgehoben wäre.

Konrad streifte die Stiefel von seinen Füßen und setzte sich auf die Bettkante, den Säugling im Blick. Er schüttelte den Kopf über sich und über das, was er getan hatte. Ihm graute vor Charlottes Reaktion am nächsten Morgen, wenn er ihr ihren Bruder, das Findelkind, vorstellte.

Irgendwann in der Früh, nachdem er den Neugeborenen erneut gewickelt, mit Milch gefüttert und vom Weiterschlafen überzeugt hatte, versuchte auch Konrad selbst, etwas Schlaf zu finden. Er wälzte sich jedoch erfolglos im Bett herum.

Bald schimmerte die erste Morgenröte am Horizont. Als es Zeit war, das Frühstück mit seiner Tochter einzunehmen, schlug Konrads Herz vor Nervosität einen schnellen Takt. Mit dem Säugling auf dem Arm betrat er das Speisezimmer.

Charlotte saß bereits am Tisch und schaute auf. Einen Moment lang rührte sie sich nicht, dann begann ihr Gesicht zu strahlen. »Guten Morgen, Vater. Welchen Gast hast du mitgebracht?«

»Mehr als einen bloßen Gast«, sagte Konrad und musste sich bemühen, dass seine Stimme nicht zitterte. »Ein Findelkind, um das wir uns kümmern wollen. Er soll hier im Haus aufwachsen. Er wurde an unserer Türschwelle abgelegt und vielleicht ist er ein Zeichen für einen Neubeginn. Neues Leben, nachdem deine Mutter uns verlassen hat, bringt uns vielleicht neue Freude in den Alltag.« Konrad musste sich bremsen, damit er nicht anfing zu plappern wie eine Dame beim Nachmittagstee. Erleichterung über Charlottes verzücktes Gesicht durchflutete ihn.

Er läutete nach einer Bediensteten, die das Kind waschen und frisch ankleiden sollte. Kleidung würde sich im Haus gewiss finden. Er beauftragte sie mit einer Liste an Aufgaben und Besorgungen, die er schon lange in Gedanken vorbereitet hatte. Ehe Fragen aufkamen, denn diese würden kommen, sobald jemand seinen Sohn näher betrachtete, erklärte er, dass das Kind wohl wegen der Fehlbildung seiner Zähne ausgesetzt worden war. In diesem Haus jedoch sollte ihn niemand auf ein solches Unglück der Natur reduzieren.

Die Frau nahm seinen geheimen Sohn mit und Konrad butterte sich eine Scheibe Brot und strich Marmelade darauf. Er hatte Hunger wie lange nicht mehr. Hastig verschlang er sein Marmeladenbrot und anschließend Speck und Eier, während er all die Fragen seiner Tochter mit den Lügengeschichten beantwortete, die er sich zurechtgelegt hatte. Wie er das Kind in der Nacht gefunden hatte, weshalb er sich dazu entschlossen hatte, es bei ihnen aufzunehmen.

»Aber wie soll das Kind denn heißen?«, fragte seine Tochter und brachte ihn damit zum ersten Mal aus dem Takt.

Konrad hielt inne. »Kieran.« Die Erkenntnis hatte ihn so plötzlich getroffen, dass er beinahe darüber gelacht hätte, wie sehr er sich in der Nacht mit dieser Frage abgemüht hatte. Der Name kam aus dem Irischen und bedeutete Dunkelheit und war damit für seinen Sohn perfekt. Er stammte aus einer Dunkelheit, wie niemand sonst sie kannte. Gleichzeitig klang der Name stark, und das würde das Kind selbst ebenfalls werden. Dass sie zudem dieselben Initialen teilten, vollendete die Wahl für Konrad.

Charlotte nickte einmal zufrieden und flüsterte einige Male den Namen ihres Bruders. Er schien ihr zu gefallen.

Sie legte ihr Besteck weg und teilte Konrad all ihre Ideen mit. Sie überlegte, in welchem Raum Kieran am besten aufgehoben wäre – natürlich in dem neben ihrem eigenen – und erzählte begeistert davon, was sie ihm über die Jahre alles beibringen wollte. Welche Lieder sie für ihn singen und welche Geschichten sie ihm zu erzählen gedachte. Viel zu lange hatte Konrad seine Tochter nicht mehr in einer solch ausgelassenen Stimmung erlebt. Zwar würde sie niemals wissen, dass Kieran ihr leiblicher Bruder war, aber sie würde ihn wie einen solchen lieben.

Die Bediensteten verhätschelten das Kleine, bis die Amme wenige Stunden später eintraf. Es war nicht nur Glück oder Zufall, dass Frau Hofmann verfügbar war, um sich um den Knaben zu kümmern: Vor zwei Jahren hatte Konrad entgegen aller Hoffnungen das Leben ihrer Tochter gerettet, die nun selbst Mutter war, und die Amme hätte wohl jeden anderen Arbeitsplatz verlassen, um ihm zu helfen. Sie wollte ihre Schuld, die Konrad überhaupt nicht als solche sah, begleichen. Mit dem Kind kam Frau Hofmann sofort gut zurecht und ihre Handgriffe waren routiniert. Auch ihr legte er nahe, über die Fehlbildung der Zähne hinwegzusehen. Konrad ging an diesem Abend als zufriedener Mann zu Bett. Selbst als der Säugling schrie, drehte er sich nur auf die andere Seite, um weiterzuschlafen. Es gab genug Menschen in seinem Haus, die sich um das Neugeborene kümmerten. Er glaubte, den Hauptteil seiner Arbeit erfüllt zu haben, und wollte Kieran wie auch Charlotte ein aufmerksamer Vater sein.

Spät in der Nacht wurde Konrad erneut vom Gebrüll seines Sohnes geweckt. Er konnte sich nicht daran erinnern, dass Charlotte als Säugling jemals eine derartige Ausdauer an den Tag gelegt hatte. Zwar wollte er seine nächtliche Fürsorge für die Kinderfrau nicht zur Gewohnheit werden lassen, aber ausnahmsweise ging er nachsehen, ob alles in Ordnung war.

Nachdem Konrad in Pantoffeln und Morgenmantel geschlüpft war, stapfte er zum Kinderzimmer. Charlotte würde gewiss kein Auge zutun, so nah, wie ihr Raum diesem Schreien war. Er hoffte, sie würde morgen vor dem Hauslehrer nicht einschlafen. Mit dem Aufschwingen der Tür steigerte sich der Lärm ins Unermessliche. Die schrillen Laute schmerzten Konrad in den Ohren, dass er glaubte, sein Trommelfell würde zerreißen. Markerschütternder konnte kein Geschrei sein.

Die Amme schaute nur leicht verkniffen. Ihr Haarknoten war ordentlich, ihre Kleidung faltenfrei, aber ihre Lippen bildeten eine schmale Linie. Laut genug, um Kieran zu übertönen, rief sie: »Doktor, der Knabe hat eine Ausdauer, das hab ich selten erlebt. Über schwache Lungen brauchen Sie sich bei ihm keine Sorgen zu machen, das ist klar.«

Konrad nickte und ließ sich das Neugeborene geben. Weniger in der Hoffnung, dass es dadurch verstummen würde, sondern nach wie vor aufgrund medizinischer Neugier. Dieses faszinierende Geheimnis würde er studieren, aber er würde die Ergebnisse seiner Forschung mit ins Grab nehmen müssen. Er fragte sich, wie vielen Wissenschaftlern vor ihm es wohl ebenso ergangen war, dass sie faszinierende Entdeckungen der Welt hatten verschweigen müssen.

Er wiegte das Kind in seinen Armen und gab ihm den kleinen Finger zum Nuckeln, wie er es bei seiner Frau und Charlotte oft beobachtet hatte. Frau Hofmann riss die Augen auf und streckte die Hand nach ihm aus, als wolle sie ihn davon abhalten, doch der Schmerz war schneller. Scharf schoss er von seinem Finger den Arm hinauf. Konrad wollte seinen Finger Kierans Mund entwinden, doch sein Sohn gab ihn nicht wieder her und biss nur fester zu.

Gierig sog ihm das Kind sein Blut aus der Wunde.

Mit Staunen schaute er auf Kieran hinab, der seinen Blick erwiderte, obwohl er so kurz nach der Geburt seine Umgebung eigentlich nur verschwommen wahrnehmen sollte. Doch diesem Wesen traute Konrad alles zu.

Die Amme eilte herbei und hielt das Kind, sodass er vorsichtig den Zeigefinger seiner anderen Hand in das kleine Mündchen schieben konnte. Er versuchte, ihn zwischen die Zähne zu stecken, um so den Mund aufzuhebeln, damit Kieran ihn losließ und aufhörte, sein Blut zu trinken. Inzwischen pochte seine gesamte Hand vor Schmerz, doch endlich war Konrad wieder frei.

»Herr Doktor, ich wollte Sie warnen, aber es ging so schnell«, meinte Frau Hofmann. »Mich hat er ebenfalls in den Finger gebissen.«

Ein Schauer lief seinen Rücken hinab, als Kieran mit der Zunge über seinen rechten Mundwinkel leckte, um das letzte Blut zu erwischen, das er ihm gestohlen hatte. Konrad musste an seine Frau denken. Johanna, die Liebe seines Lebens, war eine lustige, kluge und gutherzige Frau gewesen. Sie wusste ihn stets zu überraschen – so auch mit der Wahl ihrer Lektüre. Beinahe jeden Herbst hatte sie sich ein oder zwei Tage Zeit genommen, um John Polidoris Schauergeschichte »Der Vampyr« zu lesen. Nie wurde sie dieser Erzählung überdrüssig und Konrad hätte zu gerne gewusst, was sie zu diesem blutsaugenden Kind gesagt hätte. Ein Vampir war es nicht, so viel stand schon nach dem ersten Tag fest. Immerhin war das Kind nicht im Sonnenlicht zu Staub zerfallen.

Nachdem die Kinderfrau Kieran in seine Wiege gelegt hatte, fragte sie: »Benötigen Sie Hilfe beim Verbinden der Wunde?«

Konrad fand zurück in die Gegenwart und verschloss die Erinnerung an seine Frau in seinem Herzen. »Nein, danke, das schaffe ich schon. Das Kind hat sich nun ja beruhigt, dann überlasse ich es wieder Ihrer Obhut. Gute Nacht.«

Die Amme machte einen verkniffenen Eindruck, sagte aber kein Wort und nickte lediglich. Die Tiefe ihrer Sorgenfalten kam der tiefgehenden und in jede von Konrads Zellen reichenden Sorge vor Entdeckung gleich. Er wollte sich nicht ausmalen, was geschähe, wenn jemand Kierans Herkunft entdeckte.

Ohne einen Blick in die Wiege zu werfen, eilte er aus dem Raum. Bevor er sich ins Bett legte, nahm er aus seiner Arzttasche einen Verband und versorgte seinen ziemlich in Mitleidenschaft gezogenen Finger.

Die Nacht und auch die darauffolgenden Tage vergingen ohne große Zwischenfälle. Konrad fand, dass sich der Säugling vortrefflich in den Alltag und in die Routinen des Hauses integrieren ließ. Am Abend des dritten Tages aber klopfte Frau Hofmann an der Tür seines Arbeitszimmers. Besorgt runzelte er die Stirn und fragte, worüber sie sprechen wollte, nachdem sie auf einem Stuhl ihm gegenüber Platz genommen hatte.

»Kierans Zustand ist es, der mir Sorge bereitet. Er trinkt seine Milch sehr schlecht und ist ein unruhiges Kind. Es gab neuerlich einen Vorfall, bei dem er die Bedienstete Luise, die mir für einen Moment zur Hand ging, gebissen hat«, erzählte die Amme.

»Hat er sie verletzt?«, fragte Konrad und heuchelte vordergründig Interesse. Insgeheim dachte er völlig unvermittelt an den Katzenbiss am Unterarm von Kierans Mutter. War dies der Schlüssel zum Geheimnis von seiner Entstehung? Konrad würde es nie erfahren.

Die Amme nickte und schaute zum nachtschwarzen Fenster hinaus. Es war, als sträubte sie sich, weiterzureden, und doch tat sie es schließlich. »Er hat Luise seitlich am Hals erwischt, als sie ihn an der Schulter trug.«

»Hat das Kind abermals vom Blut getrunken?«, verlangte Konrad zu wissen. Er stand auf und ging einige Schritte in seinem Arbeitszimmer umher. »Es ist nicht gut für seinen Magen, wenn er zu viel davon erhascht.«

»Leider ja, er hat einiges erwischt. Er wollte sie nicht mehr loslassen und hat sich sogar mit den Händen in ihren Haaren festgehalten. Richtig gepackt hat er sie.«

Konrad blieb stehen und stützte sich am Schreibtisch ab. »Soll ich mir Luises Hals einmal ansehen?«

»Das wird nicht nötig sein. Wir haben Luise verbunden und ihre Aufgaben für den Rest des Tages übernommen. Sie hat sich sehr erschrocken. Aber ich bin mir sicher, sie schläft und ist morgen früh sicherlich wohlauf.« Die Amme stockte und schaute zu Boden.

»Gibt es noch etwas, das Sie mir mitteilen wollen?«

Langsam nickte sie.

Konrad kam ihr zuvor. »Sie werden doch jetzt keine unverhältnismäßigen Vermutungen über meinen Sohn – das Pflegekind – feststellen?« Konrad schluckte. Er musste künftig vorsichtiger sein. »Dass er gerne beißt, hat nichts zu bedeuten. Und jeder, der sich Unsinn ausdenkt oder nach diesem Vorfall gar von Vampiren oder Monstern spricht, wird umgehend gekündigt. Das können Sie gerne dem Personal ausrichten.«

»Nichts Derartiges wollte ich andeuten, Doktor. Was mich beschäftigt, ist, wie Kieran sich verhält, nachdem er … nun ja, nachdem er Blut zu sich genommen hat.«

Konrad dachte an die Kraft, mit der der Knabe an seinem Finger gesaugt hatte und mit der er zugebissen hatte. Er erinnerte sich daran, wie er vom Blut seiner Mutter gekostet hatte. »Wie verhält er sich denn?«

»Vielleicht irre ich mich«, fing die Kinderfrau an und zögerte dann doch. »Ich kümmere mich seit über zwanzig Jahren – nun ja, es sind sogar fast dreißig Jahre – um Kinder und Säuglinge, aber so etwas ist mir nie zuvor untergekommen.«

Konrad wedelte mit der Hand in der Luft herum. Er wollte, dass die Frau zum Punkt kam.

Sie schöpfte einmal tief Atem und meinte: »Dem Kind geht es besser, es wird ruhiger. Es ist, als wäre ein Hunger gestillt, den die Milch zuvor nicht lindern konnte.«

»Sie behaupten, Kieran bräuchte Blut? Das wäre eine mir neue Diät, könnte aber durchaus einem eher ungeläufigen Krankheitsbild entsprechen.« Konrad eilte auf seine Bücherregale zu. Er ahnte, in welchen Folianten er dazu etwas finden könnte. »Vielen Dank für Ihre Offenheit. Ich möchte Sie bitten, mir alles zuzutragen, was Ihnen an meinem Sohn auffällt – egal wie seltsam es Ihnen erscheint.«

Die Amme eilte zur Tür, als wäre sie auf der Flucht. »Natürlich, Doktor. Danke, Doktor.«

Der Knall der zugeschlagenen Tür ließ Konrad zusammenfahren. Nicht nur wollte er herausfinden, ob es Berichte über ein solches Verhalten bei Säuglingen gab. Gleichzeitig überlegte er, wie er Kieran Blut beschaffen konnte, falls er dieses wirklich benötigte. Nichts würde er unversucht lassen, ihn mit der für ihn notwendigen Nahrung zu versorgen. Der Amme würde er mehr bezahlen müssen, sodass sie Stillschweigen bewahrte. Niemand außerhalb des Hauses durfte erfahren, dass etwas ungewöhnlich an Kieran war. Oder besser noch: Er würde es heimlich tun, denn es wäre sicherer für Kieran, wenn überhaupt niemand davon wusste.

Mit einem hohen Stapel an Büchern in dem Armen kehrte er zum Schreibtisch zurück. Ehe er das erste aufschlug, hielt er inne, denn ein Einfall brachte ihn zum Lächeln. Falls nötig, würde er an seinen Patienten eine *Phlebotomie* vornehmen und nach diesem Aderlass würde er das Blut mit nach Hause bringen. Er würde ihnen etwas mehr nehmen, als eigentlich nötig war. So könnte er ihm genug davon beschaffen, ohne dass es jemand hinterfragte.

Zufrieden nickte Konrad und verbrachte die nächsten Stunden lesend, bis sein Nacken steif und seine Augen trocken waren. Er ging früh am Morgen mit der Erkenntnis zu Bett, dass es verschiedenste Säuglingskrankheiten und Fehlverhalten gab, aber über das Trinken von Blut hatte er nichts in seinen Büchern finden können. Wäre Kieran gut versorgt, so hörten womöglich auch die Bisse bei seinem Personal auf. Konrad hoffte, Frau Hofmann und alle anderen würden ihn dann als normales Kind wahrnehmen.

Zudem hatte er nachgelesen, was er zur Tollwut in seinen Büchern fand, gab die Recherche jedoch auf, da sie ihm keine Erklärungen oder neuen Erkenntnisse lieferte.

Konrad schlug am Abend des nächsten Tages nach Hause zurück die Eingangstür fahrig hinter sich zu. Der Hausdiener, der neben ihn trat und seinen Mantel an sich nahm, streckte die Hand nach seiner Arzttasche aus, aber die entzog Konrad ihm.

Um nichts in der Welt würde er ihm die Tasche mit dem Glas voller Blut darin überlassen, das er einem Patienten entnommen hatte, der einen allgemein gesunden Eindruck gemacht hatte. Wie Konrads Hand gezittert hatte, in der er sonst sein Messer führte! Menschen hatte er schon hundertfach, sicherlich tausendfach zur Ader gelassen, aber dieses eine Mal, als eine andere Absicht dahintersteckte, hätten ihm die Nerven beinahe versagt. Auf dem Rückweg nach Hause hatte er zwei weitere Patienten besucht und er hoffte, dass für Kieran das Blut nun noch warm und frisch genug war, falls er es tatsächlich wollte.

Zuerst brachte er seine Tasche in das Arbeitszimmer und holte dann den Knaben zu sich. Die Amme wiegte ihn mit einiger Verzweiflung, doch das Kind wollte keine Ruhe finden. Konrad konnte sich zwar denken, woran es lag, aber er äußerte sich dazu nicht.

Stattdessen sagte er zu Frau Hofmann: »Kieran hat mich wohl vermisst!«

Sie wagte keinen Widerspruch und schaukelte die Wiege weiterhin in gleichmäßigem Rhythmus.

Damit er nicht klang, als würde er in seinem eigenen Haus nach Erlaubnis fragen, fuhr er mit fester Stimme fort: »Ich nehme ihn mit in mein Arbeitszimmer. Er soll sich an mich gewöhnen. Ich bringe ihn bald zurück. Trinken Sie doch eine Tasse Tee solange.«

Kaum hatte Konrad seinen Satz beendet, war die Kinderfrau schon zur Tür hinaus.

Sein Arbeitszimmer sperrte er ab. Kieran quengelte, während Konrad das Glas ungeschickt öffnete. Mit einem Säugling im Arm wurden die einfachsten Handgriffe zum Kunststück.

Kaum war der Deckel des Glases aufgedreht, regte sich das Kind nicht mehr. Es hielt ganz still, als würde es den metallischen Duft genießen, der dem Glas entströmte. Als wollte es herausfinden, woher es kam. Als würde es Witterung aufnehmen.

»Das gefällt dir schon?«, fragte Konrad. »Warte ab!«

Er nahm einen kleinen Zuckerlöffel aus der Schublade, den er zu diesem Zwecke vom Frühstückstisch entwendet hatte, und damit seinen eigenen Haushalt bestahl. Es war ein Moment gewesen, der ihn emotional in seine Lausbubenzeiten zurückgebracht hatte. Die Dienerschaft hatte gewiss den Boden nach dem Löffel abgesucht. Er glaubte nicht, dass man ihm davon berichten würde.

Nachdem er den Zuckerlöffel in das Blut getaucht hatte, führte er ihn zu Kierans Mund, der diesen bereitwillig öffnete. Bald machte er gierige Sauggeräusche. Konrad tauchte den Löffel erneut in das blutgefüllte Glas und fütterte freudig seinen Sohn. Keine Viertelstunde später schlummerte Kieran friedlich in den Armen seines Vaters. In seinen Mundwinkeln hingen letzte Blutreste, die Konrad vorsichtig wegwischte. Noch genügten dem Kind kleine Mengen, aber Konrad war sicher, dass dies nicht so bleiben würde. Die Sorge trieb ihn um, dass die Amme früher oder später etwas im Atem des Knaben riechen würde, das ihn verriet. Er musste eine kleine Bürste und ein Zahn- oder Mundhygienemittel beschaffen, sodass er nicht nach Blut röche.

Kieran legte er im Kinderzimmer in die Wiege. So leise wie möglich schloss er die Tür und wollte sich auf Zehenspitzen entfernen, doch dann fuhr Konrad heftig zusammen. Er presste seine Lippen fest aufeinander, damit ihm kein Schreckenslaut entfuhr.

»Sie haben mich vielleicht erschreckt«, sagte er atemlos.

Die Mundwinkel der Amme wirkten verkniffen, als würde sie sich bemühen, nicht zu lächeln. »Das war nicht meine Absicht, Doktor Amorbius. Verzeihung.«

Konrad nickte.

»Schläft Kieran etwa?«, fragte sie nach und starrte zur Tür, als fehlte nicht viel, dass sie durch das Holz hindurchblicken konnte.

»Ja, er ist eingeschlafen. Ich bin mit ihm auf und ab gelaufen, das hatte meine Frau früher auch mit den Kleinen so gemacht.«

Die Kinderfrau schaute ihn entzückt an. »Sie haben ein Händchen für Kinder.«

Konrad gab sein Bestes, nun nicht zu erröten. Er fühlte sich ertappt, war aber froh darüber, wenn sie nicht auf die Idee kam, wie er ihn tatsächlich zum Schlafen gebracht hatte.

In den nächsten Wochen und Monaten, bis Kieran etwas älter als ein halbes Jahr geworden war, fand Konrad routinierten Ablauf. Allabendlich nahm er seinen Sohn mit in sein Arbeitszimmer, verschloss die Tür und fütterte dem Kind das Blut, das er von seinen Patienten mitgebracht hatte. Wohlig schlummernd legte er Kieran dann zurück in seine Wiege, ließ sich von der Amme loben und niemand im Haushalt ahnte etwas davon, was tatsächlich vonstattenging. Schnell verbreitete sich der Konsens unter den Bediensteten, dass der Doktor nicht nur ein herausragender Mediziner, sondern auch ein Vater ohnegleichen sei. War das Kind tagsüber oft unruhig, gelang es doch seinem Vater Abend für Abend, ihn zu beruhigen, sodass er die Nacht hindurch friedlich schlummerte.

Allein Konrad begann allmählich zu ahnen, dass es nicht mehr genügte, abends den Bedürfnissen des Kindes Genüge zu tun. Kieran brauchte mehr Blut im Rahmen einer zusätzlichen Fütterung am Vormittag. Das Blut des Vortags war bis dahin längst klumpig und geronnen. Die Bediensteten durften jedoch keinerlei Verdacht schöpfen.

Er kündigte einigen seiner Patienten an, er müsste manche Besuche umstrukturieren. Das Blut, das er zur Untersuchung mitnahm, sei direkt nach der Nachtruhe ohnehin frischer und aussagekräftiger, behauptete er und niemand zweifelte seine Worte an. So legte er den ersten Teil seiner Visiten in die frühen Morgenstunden, kam dann heim, um spät zu frühstücken und nach den Kindern zu sehen, und verabschiedete sich anschließend für den Rest des Tages bis zum Abend.

Zunächst ging sein Plan auf: Kieran war auch tagsüber zufriedener. Jedem, der es hören oder nicht hören wollte, erzählten die Bediensteten, dass dieses Pflegekind zweifellos das allerglücklichste sei – nie war jemand so voll Güte und Herzenswärme in eine Familie aufgenommen worden. Lediglich Charlotte, die keine große Freude an ihrem neuen Bruder fand, blieb still und äußerte sich nur wortkarg zu Kieran. Man schob dies auf Eifersucht und Neid, denn keinem Kind war es jemals leichtgefallen, ein Geschwisterchen an seiner Seite zu dulden. Ihre anfängliche Euphorie dem Kind gegenüber hatte sich schnell gelegt.

Wenige Wochen später aber konnte Konrad es nicht länger leugnen, dass auch seine neue Methode nicht mehr genügte, um Kieran ausreichend zu versorgen. Ihm war, als müsste die Beikost in Form von Fleisch- und Gemüsebrei nun auch durch andere

Nahrung ergänzt werden. Er hatte genug Zeit mit seinem Sohn verbracht, um zu erkennen, dass er nicht richtig satt wurde – auch nicht mit dem Blut, das Konrad ihm gab. Der Säugling war schnell gewachsen und größer als das durchschnittliche Kind in seinem Alter. Obgleich Konrad sich darum kümmerte, dass er bekam, was er brauchte, war Kierans Haut stets blass. Mit seinen kleinen Händen umschloss er Konrads Finger mit überaus kräftigem Druck und seine Augen blickten schier emotionslos in die Welt. Konrad fragte sich, ob die Bediensteten all das bemerkten und dazu schwiegen oder ob es nur ihm auffiel, weil er über die Umstände seiner Entstehung wusste. Frau Hofmann bemerkte einiges davon, schien aber nicht weiter zu hinterfragen, weshalb Kieran ein besonderes Kind war, nachdem sie ihre jeweilige Beobachtung Konrad gegenüber einmal angesprochen hatte.

Es war draußen schon dunkel, aber das Fenster stand einen Spalt offen, da Konrad mit etwas frischer Winterluft im Arbeitszimmer das Denken leichter fiel. Einige Kerzen brannten auf seinem Tisch und er saß tief über ein Schreiben gebeugt. Da Blut Kieran nicht mehr genügte, wusste er, an wen er sich wenden musste. Größte Verschwiegenheit war gefordert und es sollte so wenige Mitwisser wie möglich geben. Gerade war er in seinem Brief an den heikelsten Punkt gelangt, da klopfte es an der Tür. Aus einer Büchse schüttelte er Streusand auf die feuchte Tinte und legte sodann andere Papiere über das Schreiben.

Auf sein Zeichen öffnete Charlotte die Tür nur so weit, dass sie durch den Spalt schlüpfen konnte.

»Kannst du nicht schlafen, mein Kind?«, fragte Konrad und runzelte sorgenvoll die Stirn. Dass Charlotte ihn so spät aufsuchte, war überaus ungewöhnlich. »Oder fühlst du dich nicht wohl?«

Sie setzte sich ihm gegenüber auf den Stuhl. Über ihrem Nachthemd trug sie einen dicken Morgenmantel, sodass er das Fenster offen ließ, ohne eine Erkältung seiner Tochter befürchten zu müssen. Charlotte zog ihre Beine an und umschlang ihre Knie mit den Armen. Sie schaute sich im Arbeitszimmer um. »Mir geht es gut, danke«, murmelte sie. »Das waren ein paar herrliche Wintertage zuletzt. Wie schön der Schnee den Garten bedeckt.«

Konrad stimmte ihr zu.

Endlich blickte sie ihm in die Augen. »Ich könnte ewig auf der Fensterbank sitzen, Tee trinken und hinausschauen. Kieran mag den Schnee sicherlich auch: Er starrt gerne hinaus, hält sich dabei aber stets im Schatten. Das Sonnenlicht scheint er nicht einmal im Winter zu vertragen.«

»Auch mir gefällt der Schnee. Aber ist es wirklich das, weswegen du zu dieser späten Stunde zu mir gekommen bist?«

Charlotte sank etwas tiefer in ihrem Morgenmantel. »Nein. Ich möchte nicht, dass du schlecht von mir denkst. Was ich dir gleich sage, äußere ich aus Besorgnis und nicht, weil ich eifersüchtig bin, was ich manchmal tatsächlich bin, das gebe ich frei heraus zu.«

Konrad rutschte auf seinem Stuhl herum. Als Charlotte nicht fortfuhr, sagte er: »Du kannst mir alles anvertrauen, wirklich alles. Du kannst stets zu mir kommen, sollte dich etwas bedrücken.«

Charlotte nickte. »Kieran ist fast wie ein Bruder geworden.« Sie seufzte. »Aber irgendwie habe ich Angst vor ihm. Ich weiß, das klingt lächerlich. Es ist irgendetwas in seinem Blick. Wenn ich ihm über den Haarflaum an seinem Köpfchen streichle, bekomme ich eine Gänsehaut. Und die Bediensteten … ich habe sie beobachtet. Sie sind freundlich und bemüht und so zuvorkommend zu ihm wie zu mir.« Charlotte stockte. Mit einer Geste ermunterte Konrad sie, fortzufahren. »Aber ich würde sagen, dass auch einige von ihnen etwas Abstand zu Kieran wahren. Zuerst dachte ich, weil er als Säugling so verletzlich ist, wollen sie nicht das Risiko eingehen, ihm versehentlich wehzutun, aber das ist es nicht.«

»Worum sorgst du dich? Dass Kieran nicht ordentlich behandelt wird?«

»Es tut mir so leid, Vater, aber ich bange darum, was wird, wenn er größer ist. Stärker. Was aus ihm werden wird«, meinte Charlotte.

»Nun, zuallererst bin ich froh, dass du deine Gedanken mit mir teilst. Kieran ist wirklich ein bisschen speziell. Aber er wurde von seiner Familie aufgegeben. Vielleicht spürt er das.«

Charlotte glaubte kein Wort seiner Ausrede, das konnte er an ihrem Gesicht erkennen, obwohl sie artig nickte.

Konrad fuhr fort: »Du brauchst dich nicht zu ängstigen. Wir beobachten Kieran weiter und sollte er sich nicht wie erhofft entwickeln, dann muss ich mir eine Lösung einfallen lassen. Aber du wirst niemals in Gefahr sein, egal, was du in seinem Blick zu entdecken glaubst. Charlotte, das verspreche ich dir.«

Während Konrad überlegte, ob Charlotte nicht längst in Gefahr war, denn immerhin könnte ihr Bruder sie wie Luise beißen, sagte sie: »Danke. Ich komme mir dumm vor, dass ich so über ein kleines Kind spreche. Er ist mir wirklich unheimlich und wenn er erst laufen kann … Nun gut, ich denke, ich sollte zu Bett gehen.«

»Ängste sind nicht immer rational, aber indem du dich mir anvertraust, gehst du sehr vernünftig damit um. Ich bin sehr stolz auf dich. Wenn du etwas an Kieran beobachtest oder etwas von den Bediensteten aufschnappst, dann berichte mir davon. Ich möchte wissen, was im Haus vorgeht, wenn ich nicht dabei bin.«

Charlottes Augen strahlten. »Du meinst, ich soll für dich lauschen? Ermitteln wie ein Detektiv? Erst kürzlich habe ich einen Roman gelesen, in dem ein Genie Kriminalfälle löst. Der Herr hieß Holmes. Ich habe es sogar auf Englisch gelesen! Es soll schon ein zweiter Teil erschienen sein, den ich mir auch bald zuschicken lassen möchte.«

»Ja, so oder so ähnlich kannst du das sehen«, sagte Konrad und kratzte sich an der Schläfe. »Ich wünsche dir eine geruhsame Nacht.«

Beschwingten Schritts verließ Charlotte das Arbeitszimmer.

Konrad hingegen sank tief in sich zusammen. Seine Tochter spürte, dass etwas mit Kieran nicht stimmte. Auch die Bediensteten verhielten sich seltsam, sollten Charlottes Wahrnehmungen nicht trügen. Wie lange würde er sich noch um seinen Sohn kümmern können, bis auffiel, dass er etwas

Besonderes war? Bevor er sich aber darüber Gedanken machte, was er noch tun konnte, um sein Geheimnis zu wahren, wollte der Brief fertig geschrieben werden, in dem er seinen Neffen darum bat, regelmäßig kleine Mengen frischen Fleisches zu bringen. Nicht das eines Tieres, das war nicht das, was sein Sohn brauchte. Nein, Leopold musste ihm frisches Menschenfleisch beschaffen, denn die meisten der Leichen, die er nach wie vor im Keller obduzierte, waren schon zu alt.

VIEЯ.

Schuld
Sommer 1891

Bald war Kieran groß genug, um das Fleisch, an dem er mit seinen kleinen und spitzen Zähnen nagte, selbst zu halten und zum Mund zu führen. Wollte er das nächste Bröckchen haben, streckte er seine Hand aus und spreizte die Finger. Die Geste war so eindeutig wie sein Hunger groß.

Worte brachte er noch keine zustande, aber er wankte zu Hause seinem Vater hinterher, wohin dieser auch ging. Kieran schien erkannt zu haben, dass er das Einzige, was er im Leben wirklich brauchte, nur von Konrad bekam. Seine Spielzeuge oder die Wiegenlieder und warmen Umarmungen der Amme waren Nichtigkeiten, verglichen mit dem, was sein Vater ihm bot: echte Nahrung, wie sie seinen Bedürfnissen entsprach. Konrad beobachtete all das nicht nur mit dem Herzen eines Vaters, sondern auch mit den Augen eines Wissenschaftlers. Sorge bereitete eine mögliche Entdeckung, aber auch, wie es weitergehen würde. Konrad war nicht sicher, ob er die Mengen an Fleisch stetig und unbemerkt auftreiben konnte, die das Kind benötigte. Ob es totes Fleisch bleiben würde, das Kieran verzehrte. Er versuchte solche Grübeleien zu unterbinden und sich den Gegebenheiten zu stellen, mit denen er sich im Alltag konfrontiert sah.

Seit Kieran das Fleisch von Toten verschlang, wirkte der Knabe nicht nur ausgeglichener und zufriedener, es kam Konrad auch vor, als wüchse sein Sohn rascher. Seine Entwicklung war nicht mit der eines normalen Kindes zu vergleichen und Konrad notierte eifrig alles, was ihm auffiel. Sein Sohn war zum spannendsten Gegenstand seiner Forschung geworden und inzwischen lagen deutlich seltener Leichen zur Obduktion in seinem Keller als bloß Teile solcher, die zum Verspeisen gedacht waren.

In beiden Fällen – der Leichen zur Öffnung und derer zum Verzehr – hatte Leopold strikteste Anweisung, niemanden zu töten. Mit Sorge hatte Konrad beobachtet, dass die Machenschaften seines Neffen immer verwegenere Züge annahmen. Daher betonte er stets, zwar möglichst frisches Fleisch zu benötigten, dass jedoch auf keinen Fall jemand sein Leben dafür lassen sollte. Würden erst Morde auf Leopold und ihn zurückfallen, würde auch eine Entdeckung ihres Treibens wahrscheinlicher. Auch die moralische Schuld wollte er unter keinen Umständen tragen: Er forschte, um Leben zu retten, und Kieran sollte keine Leben kosten, um heranzuwachsen. Den Grund, weshalb er nun nicht nur tote Leiber, sondern auch Menschenfleischstücke benötigte, enthielt er Leopold vor. Dieser mochte seine eigenen Theorien spinnen, verlor darüber allerdings kein Wort.

Weitere Wochen vergingen, der Tag, an dem Kierans erster Geburtstag gefeiert werden sollte, war herangenaht. Konrad konnte den Bediensteten gegenüber nicht zugeben, dass er den exakten Tag tatsächlich kannte, aber das Datum, das er festlegte, wurde von allen ohne weitere Nachfrage als Kierans Wiegenfest anerkannt.

Träge erhob sich Konrad am Morgen des Geburtstags aus dem Bett. Seine Nacht war von Albträumen durchzogen gewesen, die alle in der Gruft stattgefunden hatten, in der er vor genau einem Jahr seinen Sohn aus dem Mutterleib geschnitten hatte. Die meisten dieser Nachtmahre wurden zu verschwommenen Bildern, noch bevor sich Konrad im Bett aufsetzte und über sein lichter werdendes Haar strich. Aber ein bestimmter Traum hing ihm nach, klammerte sich an ihn wie ein Geschwür, das mit einem Knochen verwuchs. Es war derjenige, der der Realität der näheste war. Die Abläufe der Geburt, an die er sich genauestens erinnerte, waren alle dieselben. Doch das Kind, welches das Licht der Welt oder vielmehr die Dunkelheit der Gruft erblickte, hatte nicht die Gestalt eines Menschen, sondern die eines Monsters. Grau glänzende Schuppenhaut bedeckte seinen Körper und aus dem breiten Maul schob sich eine an der Spitze gespaltene Schlangenzunge hervor. Als diese Zunge Konrads Hand im Traum berührte, hätte er das Monsterkind fast fallen lassen. Es öffnete die Augenlider, sah Konrad kurz an und spritzte ihm anschließend Blut aus seinen Augen ins Gesicht, wie Konrad es zuvor im Rahmen einer Ausstellung bei einer Kurzhorn-Krötenechse gesehen hatte. Während er den Knaben im einen Arm hielt, wischte er sich mit dem Ärmel des anderen Arms das Gesicht möglichst sauber. Und dann kam der schlimmste Moment seines Albdrucks: Er betrachtete das Kind voller Abscheu und überlegte, was die gnädigste Art wäre, es zu töten. Ehe er sich entschieden hatte oder Hand an das Kind legen konnte, war Konrad erwacht – erschüttert von den Gedanken und Ideen, wie er seinen eigenen Sohn töten konnte.

Konrad ging zum Waschtisch und hoffte, wenn er sich gründlich genug wusch, würde er auch die Erinnerung an diese schrecklichen Traumgebilde wegspülen können. Er konzentrierte sich auf alles, was ihm einfiel, bis er schließlich alle lateinischen Fachbegriffe im Geiste auflistete, die er zu ersinnen vermochte.

Er setzte sich an den Frühstückstisch und ging im Geiste weiter medizinische Wörter durch, bis Charlotte – ihrem Tonfall nach wohl zum wiederholten Male – ihm einen guten Morgen wünschte.

»Entschuldige, auch dir einen wunderbaren guten Morgen«, antwortete Konrad übertrieben gut gelaunt, »wo ist denn unser Jubilar geblieben?«

Charlottes ohnehin nur aufgesetztes Lächeln fiel in sich zusammen. »Er musste noch einmal neu angezogen werden. Kieran hat im Garten – «, Charlotte wurde zusehends blasser.

Konrads Herz beschleunigte seinen Rhythmus. »Was hat er im Garten gemacht? Hat er die Vögel beobachtet oder ist im Gras getollt?«

»Er hat ein Eichhörnchen gefangen. Und es getötet. Es war grausam mitanzusehen.« Charlotte schob ihren leeren Teller von sich, als wäre ihr beim Gedanken daran der Appetit vergangen.

»Hast du es gesehen? Wie hat er das Eichhörnchen getötet?«

Charlotte nickte. »Kieran hat ihm in den Bauch gebissen und ein Loch hineingerissen. Ich hatte mir das Innere von Tieren irgendwie anders vorgestellt. Bis die Amme ihm das Eichhörnchen wegnehmen konnte, hatte er die Eingeweide schon im Mund. Das Tier war wie ausgehöhlt. Kieran war über und über mit Blut bedeckt. Die Innereien …, er hat sie gegessen!«

Um Zeit zu gewinnen, griff Konrad nach seiner Teetasse. Ein bisschen heiße Flüssigkeit schwappte über den Rand und tropfte auf seine Hose. Vorsichtig schlürfte er an seinem Getränk. Nachdem er die Tasse zurück auf den Tisch gestellt hatte, tupfte er mit der Stoffserviette über seine Hose. Endlich hob er den Blick und schaute seine Tochter an. »Es gibt Kinder, die probieren mehr Sachen aus als andere. Dein Bruder ist ein wildes Kind. Er wird schon noch lernen, was man tut und was nicht.«

Charlotte schaute auf ihren Teller und murmelte: »Er ist nicht mein Bruder. Ich habe ihn beobachtet, wie damals vereinbart.« Sie hob ihren Blick und schaute Konrad angriffslustig an. Blass war sie zwar, aber eine feine Röte schlich sich auf ihre Wangen. Noch ehe sie ein Wort sagte, wusste er, dass sie lange zurückgehalten hatte, was sie nun von sich geben würde. »Er versetzt die Bediensteten in Angst. Nicht nur Luise, die damals von ihm in den Hals gebissen wurde. Sie hat einmal aufgeschrien, als Kieran auf sie zu krabbelte. Und sie ist nicht die Einzige, die versucht, dem Kind aus dem Weg zu gehen! Sobald Frau Hofmann nicht zugegen ist, weil sie beispielsweise ihren freien Tag hat, täuschen alle größte Beschäftigung vor, damit ihnen nicht die Aufgabe zufällt, sich um Kieran zu kümmern. Es gibt einige, die sich sogar offen weigern, wo sie doch sonst folgsam alles tun. Ich würde ihn gerne wie einen Bruder lieben, aber er ist –«

Ehe Charlotte ihren Satz beenden oder Konrad etwas entgegnen konnte, kam Kieran an der Hand der Amme herein. Konrad hob ihn hoch, setzte ihn auf seinen Schoß und gratulierte dem Kind zum Geburtstag. Er versuchte das mulmige Gefühl, das ihn befiel, zu ignorieren. Vor seinem eigenen Sohn konnte und durfte er sich nicht fürchten. Kieran war kein Monster. Man musste ihm nur beibringen, was richtig und falsch war, und ihn ausreichend mit dem versorgen, wonach es ihn verlangte. Kierans hungriger Blick verriet ihm, dass es nicht Eichhörnchenfleisch war, das seinen Appetit zu stillen vermochte.

Auf einem Servierwagen schob die Köchin höchstselbst einen Schokoladenkuchen in das Frühstückszimmer. Ihr konnte Konrad deutlich ansehen, wie stolz sie auf das hübsch verzierte Kunstwerk war. Er lobte sie gewissenhaft und gab der Amme seinen Sohn zurück, die sich mit ihm an den Tisch setzte. Kaum hatte sie Platz genommen, entdeckte Konrad an ihrem weißen Kragen einige verwischte Spritzer getrockneten Blutes. Je mehr er es zu ignorieren versuchte und sich auf den schokoladigen Geschmack in seinem Mund konzentrierte, desto häufiger gelangte sein Augenmerk an eben diese Stelle. Bei der dritten Gabel des Kuchens bildete er sich ein, dass die Bitterschokolade metallisch schmeckte – wie Blut. Er schob nun seinen Teller weg, froh, dass die Köchin sich wieder zurückgezogen hatte und ihm keine vorwurfsvollen Blicke zukommen lassen konnte. Stattdessen widmete er sich seinem Tee, den er sehr viel bekömmlicher als den Kuchen fand.

Etwas überstürzt verabschiedete er sich, ohne den Tee leer getrunken zu haben, indem er vorgab, nach einigen Patienten sehen zu müssen. Erleichtert vernahm er, wie die Haustür hinter ihm ins Schloss fiel.

Konrad schlenderte durch den Park, bis er tatsächlich bei seiner ersten Patientin erwartet wurde. Vogelgezwitscher und Sommerblumenduft passten kaum zur Friedhofskulisse und auch nicht zu seinen Gedanken. Zum ersten Mal fragte er sich, ob es richtig war, was er tat. Ob er seinen Sohn mit all dem Menschenfleisch und Blut versorgen sollte, das er ganz offensichtlich so dringend benötigte. Ob es nicht besser wäre, den

Knaben in normale Bahnen zu zwingen. Ob seine Liebe zu ihm nicht Einbildung war und nichts anderem entsprach als Forscherdrang.

Wie von selbst blieb Konrad stehen und erstarrte darüber, wohin er so gedankenversunken gegangen war. Er stand vor der Gruft, die er gemieden hatte, seit er vor einem Jahr Kieran von hier mit nach Hause genommen hatte. Zwar trug er den Schlüssel bei sich, aber er wollte nicht aus der Sonne treten. Sie war nichts als ein Steinbau und doch wirkte die Gruft wie ein Ungeheuer, das ihn zu verschlingen drohte. Die Tür war ein Maul, das jeden Moment aufschwingen konnte. Er wollte nicht in die kalten Schatten gezogen und in einem der Särge verdaut werden. Deshalb trat er einen hastigen Schritt zurück.

Nicht heute. Am liebsten niemals wieder.

So sehr er auch seine Johanna vermisste – dort drinnen lag nur ihr verfallender Körper, beschmutzt von dem, was so nah bei ihr geschehen war.

Konrad zog seine Taschenuhr hervor, als bräuchte er einen Vorwand, um weiterzugehen. Fast grußlos, wie ihm schien, da er den Friedhof verlassen würde, ohne die Gruft betreten zu haben. Tatsächlich würde er gerade rechtzeitig bei Frau Müller eintreffen, machte er sich sogleich auf den Weg. Um nicht gänzlich lieblos zu wirken, trat er vor und legte seine behandschuhte Hand auf das Holz der Tür.

»Ich denke Tag für Tag an dich. Und träume jede Nacht von dir«, sagte Konrad. Als müsste er präzisieren, welche der beiden Frauen er darinnen meinte, schob er ein leises »liebste Johanna« hinterher.

Eilig zog er seine Hand zurück. Nie zuvor war die Grabesruhe ihm so wankelmütig erschienen. Er hatte das Gefühl, dass jeden Moment die Tür unter Faustschlägen erbeben konnte. Die Tote, deren Kind er mitgenommen hatte, könnte es suchen. Sie würde es an seinem Geburtstag, am Jahrestag dieser schändlichen Geburt, in den Armen wiegen wollen. Die Sonne verschwand hinter den Wolken, als zöge sie sich zurück, um nicht mitzubekommen, was gleich geschehen würde. Ein kalter Wind fegte über den Friedhof und ließ Konrad erschauern.

Er versteifte sich – hatte er drinnen etwas gehört? Hatte die Leiche sich aus ihrem Totenbett befreit? Die Tür war fest verschlossen, das musste Konrad nicht überprüfen. Das Schloss hatte längst Rost angesetzt und er bezweifelte, dass es der Wut einer Untoten standhalten würde. Womöglich wollte sie heute Nacht zu ihm kommen, um Rache zu üben oder um Kieran zu stehlen. Vielleicht sogar beides. Konrad schluckte. Er durfte sich solchen Fantasien nicht hingeben. Das war damals nicht gut gewesen, wenn er Schauerliteratur gelesen hatte, um mit Johanna darüber zu sprechen. Und es wäre jetzt nicht gut, wenn er seine Klarheit verlor. Er musste für seine beiden Kinder bei Verstand bleiben.

Konrad drehte sich um und hastete blindlings dem Ausgangstor des Friedhofs entgegen. Keine zwei Schritte war er gekommen, da prallte er gegen einen anderen Körper. Reflexartig schloss er die Augen.

Sein Herz – dessen war Konrad sicher – würde vor Angst aufhören zu schlagen, wenn es die Tote war, die aus der Gruft entkommen war. Vorsichtig und voller Furcht zu erfahren, wen er angerempelt hatte, öffnete er die Augen.

»Verzeihung, mein Herr«, sagte der Friedhofswärter, ein alter Mann, den er schon oft hier gesehen und so manches Mal ein paar Worte mit ihm gewechselt hatte. »Sie waren zu flink, als dass ich Ihnen hätte ausweichen können.«

»Ich bitte Sie ebenfalls um Verzeihung. Ich muss derart in Gedanken gewesen sein, dass ich Sie gar nicht gesehen habe.«

»Dies ist ein Ort der Erinnerungen«, sagte er langsam und nickte. »Ich hoffe, die Ihren waren herzerwärmend.«

Konrad wusste nichts zu sagen und tippte stattdessen grüßend an den Hut. »Ich muss los, die Patienten warten.«

»Kümmern Sie sich gut um die Lebenden, damit sie nicht bei mir landen, wo nur über ihre Überreste gewacht werden kann. So manches Unheil vermag ich von meinen Schützlingen abzuwehren, aber leider kann ich nicht jede schändliche Tat verhindern.« Der Friedhofswärter wirkte, als wollte er noch etwas sagen.

Konrad vermochte sich nicht zu rühren und starrte den alten Mann nur an, der tatsächlich den Eindruck machte, als konnte er noch gut auf seine Schützlinge, wie er sie nannte, aufpassen.

»Ich möchte Sie nicht aufhalten, gehen Sie nur. Und kehren Sie vielleicht dieses Mal früher wieder als erst nach einem Jahr. Ich glaube, die Toten ruhen sanfter, wenn sie sich umsorgt wissen.« Der alte Mann drehte sich um und spazierte davon.

Konrad packte den Griff seiner Tasche etwas fester, damit seine Hand nicht zitterte, und marschierte dem Friedhofstor entgegen. Dieser Mann durfte und konnte gar nicht wissen, was in der Gruft geschehen war. Vielleicht mochte er derart aufmerksam sein und genau wissen, wer wann seine Lieben – und auch die anderen Toten – besuchte, aber es gab kein Fenster an der Gruft und Konrad hatte nichts dort zurückgelassen.

Nichts außer der Toten, deren Bauch er aufgeschnitten und ihres Kindes beraubt hatte. Aber Särge zu öffnen wäre selbst dem Wächter der Toten nicht gestattet.

Am Mittag kam Konrad zurück nach Hause, gab dem Bediensteten seinen Mantel und setzte sich an den Tisch, wo bald das Mittagessen serviert werden würde. Noch war er allein im Speisezimmer, was eher ungewöhnlich war: Sofern Charlotte nicht verhindert war, wartete sie zu jeder Mahlzeit auf ihrem Platz. Mit dem Zeigefinger tippte er einen nervösen Takt auf die Tischdecke.

Er fragte sich, ob sie schlichtweg mit ihren vormittäglichen Schulaufgaben in Verzug geraten oder ob sie krank geworden war. An beides glaubte er nicht. Mit jedem Ticken der Standuhr wuchs seine Sorge, dass Kieran sie verletzt hatte. Würde er sie packen, ihr wie damals der Bediensteten in den Hals beißen und dabei ihre Halsschlagader erwischen ... lag sie womöglich tot oben?

Konrad rieb sich über die Augen. Der Hausdiener, der ihn zu Hause empfangen hatte, hätte ihn informiert. *Sofern er davon wusste,* flüsterte eine gemeine Stimme in seinen Gedanken. Vielleicht wollte er sich auch nur nicht deinen Unmut zuziehen. Niemand ist erpicht darauf, Bote schlechter Nachrichten zu sein.

Inzwischen saß er einige Minuten hier und kein Angestellter trug das Essen auf, nicht einmal mit einem Getränk wurde er versorgt. Irgendetwas stimmte nicht und er erhob sich, um dem auf den Grund zu gehen.

Auf dem Flur vor dem Speisezimmer traf er den Hausdiener an. »Wo ist Charlotte? Ist hier irgendetwas vorgefallen?«, fragte er und ihm fiel selbst auf, dass sein Tonfall etwas zu laut und harsch klang.

»Ich weiß nicht, ich schätze, im Studierzimmer, mein Herr. Hier war meines Wissens nach alles normal. Aber ich war bis vor Kurzem in der Stadt unterwegs, einige Lebensmittelbestellungen in Auftrag geben. Das Essen wird jeden Moment aufgetragen.«

Konrad war es danach, durch das ganze Haus nach seiner Tochter zu rufen. Zwei Stufen auf einmal nehmend, zog er sich am Treppengeländer hinauf und hastete nach oben. Er ging an zwei Türen vorbei und stieß diejenige zum Studierzimmer auf, wo Charlotte stets mit ihrem Hauslehrer die täglichen Übungen in Fremdsprachen, Geografie und Mathematik absolvierte. Am Nachmittag würde sie sich dann mit Aufgaben befassen, die mehr der einer zukünftigen Hausherrin zukamen.

Abgesehen vom Hauslehrer, der einige Unterlagen zusammenschob und im Begriff war, diese in seine Tasche zu packen, war das Studierzimmer leer. »Wo ist Charlotte?«, fragte Konrad unumwunden.

»Guten Tag, Doktor Amorbius. Charlotte ist vor ein paar Minuten fertig geworden und wollte nach Ihrem Pflegesohn sehen. Er feiert Geburtstag, wie ich hörte. Meine Glückwünsche. Charlotte macht übrigens hervorragende Fortschritte. Ihr Latein ist beinahe intuitiv, würde ich sagen, wohingegen mathematische Aufgaben ihre höchste Konzentration erfordern und nicht immer – «

»Danke, in Ordnung. Dann bis morgen«, unterbrach Konrad den Lehrer, ehe dieser seinen Vortrag vertiefen würde. Auf dem Weg zum Raum hinaus fragte er sich, wie Charlotte diesen schwatzhaften Mann ertrug. Er steuerte Kierans Zimmer an und warf auch hier die Tür ungestüm auf.

Alle Anwesenden fuhren erschrocken zusammen und starrten ihn an – inklusive seiner unverletzten Tochter. Nur Kieran saß weiter auf dem Teppich und schlug zwei kleine Holzpferde aneinander.

»Vater, ist alles in Ordnung?«, fragte Charlotte, die als Erste zu ihrer Sprache zurückfand. Sie saß etwas abseits und hatte sich eine Haarsträhne um den Finger gewickelt. Konrad vermutete, dass sie Kierans Geburtstag als Vorwand genutzt hatte, um dem Hauslehrer zu entkommen, aber wirklich beteiligt am Geschehen in Kinderzimmer wirkte sie nicht.

Konrad nestelte an seiner Fliege herum. »Ich war in Sorge, weil du nicht im Speisezimmer warst.«

Die Amme erklärte: »Verzeihung, Herr Doktor, wir haben die Zeit vergessen. Wahrscheinlich haben wir das Schlagen der Uhr nicht gehört, weil wir mit Kieran gespielt haben.«

Konrad winkte ab und versicherte ihnen möglichst gelassen, dass das kein Problem sei. Gemeinsam mit der Amme setzte sich die Familie an den Mittagstisch, wo herrlich duftende Speisen aufgetragen wurden.

Alle ließen sich das Geburtstagsmahl zu Kierans Ehren schmecken, nur der Knabe selbst wehrte sich gegen die Häppchen, die man ihm anbot, und aß recht wenig. Immer wieder streckte er seine Hände nach Konrad aus, der daraus schloss, dass das Kind seine spezielle Mahlzeit zu sich nehmen wollte und nicht das, was angeboten war.

Die Amme jedoch sagte: »Zu deinem Vater darfst du gleich. Jetzt sei ein großer Junge und iss brav, was auf deinem Teller liegt.«

Konrad beobachtete sie genau. Er musste herausfinden, ob sie nach wie vor so ahnungslos war, wie sie tat. »Wenn Kieran heute Abend schläft, möchte ich Sie bitten, in mein Arbeitszimmer zu kommen. Ich würde mich gerne mit Ihnen darüber unterhalten, welchen Eindruck Sie bezüglich seiner Entwicklung haben.«

»Natürlich, Herr Doktor. Aber eins kann ich Ihnen schon sagen: Dem Kind tut Ihre Aufmerksamkeit gut. Er wächst schneller, als man schauen kann.«

Charlotte meinte, ohne von ihrem Teller aufzusehen: »Und eine Kraft hat er. Ich hätte niemals geglaubt, dass Einjährige so stark sein könnten.«

Konrad legte sein Besteck ab und erhob sich. Er nahm Kieran und zog sich mit seinem Sohn zurück, um dem Kind zu füttern, was es wirklich brauchte.

Zum ersten Mal nahm er ihn dafür mit hinab in den Keller. Er hatte versäumt, etwas Fleisch im Arbeitszimmer zu verstecken. Dass Kieran über den toten Körper erschrecken würde, der auf dem Obduktionstisch lag, bezweifelte er. Das Kind würde noch nicht verstehen, dass dieser Mensch nicht schlief, und der Tod war noch nichts Bedrohliches für ihn.

Im kühlsten Fach des Schranks konnte er das für Kieran vorgesehene Fleisch für zwei, manchmal sogar für drei Tage aufbewahren, ehe es verdarb. Konrad setzte den Knaben auf einer möglichst sauberen Stelle des Bodens ab, um ihm einige Stücke abzuschneiden. Er hatte sich so daran gewöhnt, mit Menschenfleisch zu hantieren und dieses auch seinem Sohn zu geben, dass sich seine Gedanken nicht mit der Schuld, die er auf sich lud, befassten. Auch grübelte er nicht über die Fragwürdigkeit seiner Handlungen. Stattdessen pfiff Konrad munter und schnitt mundgerechte Streifen.

Hinter sich hörte Konrad das Stroh kurz rascheln, mit dem Kieran sicherlich zu spielen begonnen hatte. Er räumte flugs das Fleisch zurück, putzte sein Messer und drehte sich endlich zu dem Kind um.

Kieran saß nicht wie erwartet im Stroh und spielte damit. Er stand auf einem Hocker am Tisch mit dem Leichnam, hatte ihm das Tuch vom Leib gezerrt und patschte mit der flachen Hand auf die geöffnete Bauchdecke des Mannes. Höher reichte er nicht. Kaum waren seine Finger mit Blut bedeckt, führte er sie zum Mund und lutschte genüsslich an ihnen. Derart altes Blut hätte er ihm nie angeboten, aber es schien dem Kind nichts auszumachen, sondern ihm sogar zu gefallen. Ein seltsames Kribbeln füllte Konrads Bauchraum.

Vor seinem Sohn ging er in die Hocke und drängte das mulmige Gefühl beiseite. »Kieran, hier habe ich etwas Fleisch für dich. Dasjenige, welches du so magst. Aber lass mich erst deine Hand sauber machen.« Das Tuch wehrte Kieran vehement ab und wandte sich wieder dem Toten zu. Konrad legte das geschnittene Fleisch zur Seite und hob seinen Sohn hoch. »Du willst das sehen. Wirst du mal ein Wissenschaftler wie dein Vater?«

Kieran reagierte nicht und musterte stattdessen den Toten. Er streckte sich zum Kopf hin. Zwar hatte Konrad die Schädeldecke geöffnet und nun sporadisch wieder an Stirn und Hinterkopf angenäht, aber er hatte nur einen Teil des Gehirns entnommen, sodass er Kieran den Rest zeigen könnte. Vielleicht würde es wegweisend für seinen Sohn sein, dass auch er der Welt helfen würde, indem er wissenschaftliche Erkenntnisse errang. Er tat einen Schritt auf den Kopf zu und hielt dann doch inne.

»Was tue ich hier?«, fragte er und schaute Kieran zwar dabei an, sprach aber mehr zu sich selbst. »Ich kann einem Einjährigen doch keinen Toten, geschweige denn ein Gehirn zeigen.«

Kieran bleckte die Zähnchen, aber Konrad meinte, dass es auch ein aufmunterndes Lächeln sein konnte. Sein Sohn streckte seine Ärmchen zum Kopf hin und öffnete und schloss schnell hintereinander seine Händchen. Er machte auffordernde, drängende Geräusche, sodass klar war, was er wollte.

Konrad konnte widerstehen. Er flüsterte: »Na gut, aber sag es nicht Frau Hofmann. Ich zeige dir jetzt ein Gehirn. Das wohl faszinierendste Organ, das in einem Lebewesen zu finden ist. Es gibt noch viel zu lernen und vielleicht bist ja du es, der irgendwann die Geheimnisse lüftet, die in den Windungen verborgen liegen.«

Geschickt durchtrennte Konrad mit einem Skalpell die Nähte an der Stirn, sodass die Schädeldecke aufklappte und das Gehirn freigab. Kieran wurde unruhiger, aber eindeutig nicht aus Angst. Er wollte näher hin, wollte das Gehirn haben.

Soll mich der Teufel holen, dachte Konrad. *Das Kind kommt nach seinem Vater. An einem Organ ist nichts Böses, also soll er es anschauen und anfassen dürfen.*

Konrad löste es aus dem Schädel und hielt es vor Kieran, damit er es betrachten konnte. Kierans Augen waren groß und voller Neugier. Nach einem Wimpernschlag änderte sich der Ausdruck im kleinen Gesicht. Nichts als Gier zierte seine kindlichen Züge, ehe er nach vorne schoss und in das Gehirn biss, bevor Konrad es hätte wegziehen können. Die schmatzenden Laute fand selbst Konrad grässlich – aber war es womöglich das, was dieses Kind, das in einer Toten gewachsen war, brauchte, um zu gedeihen?

Nach wenigen Minuten, in denen sich der Knabe wie ein Raubtier an seiner Beute labte, ließ er vom Hirn ab und schmiegte sich an Konrad. Vor Liebe wallte Konrads Herz über und jeder Zweifel verflog. Er befeuchtete ein Tuch und wischte dem Kind das verschmierte Gesicht sauber, ehe er mit ihm zurück nach oben ging und es in sein Zimmer zur bereits wartenden Amme brachte. Mit dem Daumen im Mund war Kieran eingeschlafen. Vorsichtig legte Konrad ihn in seine Wiege. Weitere Patienten warteten auf ihn, aber zuerst musste er noch etwas erledigen.

Köpfe, notierte Konrad. *Ich brauche fortan einige Köpfe, und zwar so frisch, wie es nur möglich ist – am besten blinzeln sie noch.* Er kratzte sich an der Augenbraue und überlegte, wie viele Tage ein Gehirn wohl ausreichen mochte. *Bring mir einen Kopf alle fünf Tage,* fügte er noch hinzu und versiegelte das Schreiben, das er seinem Neffen bringen lassen würde. Leopold war einiges gewohnt und würde nicht nachfragen.

Beschwingten Schritts verließ er das Haus und blendete jeden Gedanken daran tunlichst aus, dass jeder, der davon erfahren würde, ihn und seinen Sohn gleichermaßen als Bestien bezeichnen würde.

FUNF.

Gruftgeflüster
Sommer 1893

Nachdem Konrad Kierans Vorliebe für menschliches Gehirn entdeckt hatte, dauerte es keine zwei Monate, bis das Kind ihm verdeutlicht hatte, dass er auch Herz und Knochen zu verzehren verlangte. Beides hatte er bei einer Leiche, die Konrad ihm gezeigt hatte, von selbst aufgespürt und verschlungen, sodass kein Zweifel blieb, wonach das Kind sich sehnte. Die Monate vergingen, der zweite Geburtstag zog vorüber und bald war Kieran beinahe drei Jahre alt. Niemand war ihnen bisher auf die Schliche gekommen, was sie im Keller oder im Arbeitszimmer taten. Obwohl das Kind sprechen konnte und alles verstand, was man ihm sagte, blieb er doch sehr einsilbig. Konrad wiederholte stets, dass Kierans spezielle Mahlzeiten ein Geheimnis seien, da er ihm sonst Herz, Gehirn und Knochen nicht mehr geben konnte. Der Knabe hielt sich daran.

Während die Bediensteten zumeist das Kind mieden, war die Amme sehr tüchtig, Charlotte jedoch gab sich alle Mühe und trotzdem merkte Konrad, dass ihr Bruder ihr nach wie vor Angst einjagte. Sie hatte kein weiteres Gespräch mit ihm gesucht und Konrad scheute sich – aus Feigheit, wie er festgestellt hatte – sie darauf anzusprechen.

Eines Abends, als die Kinder längst schliefen und auch die Hausangestellten sich in ihre Kammern zurückgezogen hatten, machte Konrad im Keller eine bestürzende Entdeckung: Er zog das

Leintuch von einem recht frischen Leichnam herunter, den er zu obduzieren gedachte. Mit seinen Forschungen war er zuletzt besser vorangekommen und er spürte, dass er kurz vor einem Durchbruch stand. Inzwischen hielt er es oft so, dass er Kieran das Herz erst gab, nachdem er daran geforscht hatte.

Kaum hatte er den Toten abgedeckt, hielt er in jeder Bewegung inne. Der Körper war übel zugerichtet, als wäre ein Monster über ihn hergefallen. Der Brustkorb war geöffnet worden, sodass die Haut in Fetzen vom Leib hing. Blutlachen hatten sich auf der Tischplatte und im Stroh am Boden gebildet, derer Konrad erst jetzt gewahr wurde. Kratzer und Bissspuren zierten die Haut. Unversehrt war nichts an diesem Leib geblieben. Der Kopf war zu einer breiigen Masse von Haut, Fleisch und Blutklumpen geprügelt worden. Konrad wurde eiskalt, kälter als je zuvor hier unten im Keller. Er meinte fast, dass seine Fingerspitzen taub vor Kälte wurden. Er umrundete den Seziertisch und entdeckte, dass das Gehirn aus der Schädeldecke gekratzt worden war, nachdem man dem Mann den Schädel eingeschlagen hatte. Konrad wusste mit Sicherheit, dass die Leiche nicht in diesem Zustand hier in den Keller gebracht worden war, und er wusste zweifelsfrei, wer so gewütet hatte.

Sein Puls hämmerte durch seinen Leib, als wäre er um sein Leben gerannt. Bestürzt fragte er sich, wie sein Sohn zu so etwas hatte in der Lage sein, wie er die nötige Kraft dafür hatte aufbringen können. War es Hunger oder etwa doch Verderbtheit, die ihn zu einem solchen Tun veranlasst hatte? Abgesehen davon hatte Kieran ihm die Forschung verdorben, wo Konrad ihn doch stets so gut versorgte. Für diese zerfleischte menschliche Hülle fand er keine Verwendung mehr. Wut explodierte in seiner Brust und er schlug mit der Faust auf die Tischplatte, dass das Blut in alle Richtungen spritzte. Er gab sich dieser Wut gerne hin, denn sie fühlte sich für Konrad deutlich besser an als die Angst, die ihm zuvor das Blut in den Adern hatte gefrieren lassen.

Er stürmte die Treppe hinauf, stürzte zu Kieran ins Zimmer und trug den noch halb schlafenden Knaben die Treppe hinunter, ohne die Amme im Nebenzimmer zu wecken. Im Keller angekommen, stellte er Kieran vor den Obduktionstisch. Schwankend stand sein Sohn da und rieb sich träge die Augen.

»Was hast du nur getan?«, fragte Konrad mit leiser, vor Zorn bebender Stimme. »Damit kann ich nicht arbeiten. Du hättest brav sein müssen und warten, bis ich dir gebe, was dir zusteht.«

Kieran krächzte: »Mehr!«

»Du willst mehr? Das kannst du mir doch sagen, aber du darfst niemals, wirklich niemals alleine hier in den Keller gehen. Wie hast du die Tür überhaupt aufbekommen?«

»Offen«, sagte der Junge, schaute weder schuldbewusst noch als bereute er seine Tat. Stattdessen starrte er den Leichnam an. Voll Gier und Entzücken.

Konrad überlegte. Dass er nicht abgeschlossen hatte, konnte er sich kaum vorstellen, aber vielleicht war er zuletzt wirklich unachtsam geworden. Einerseits vertraute er seinen Bediensteten, andererseits war er oft voller Verzückung über neue Erkenntnisse in sein Arbeitszimmer gestürmt und hatte Pergamentseite um Pergamentseite vollgeschrieben, bis seine Hand steif und seine Finger übersät von Tintenflecken waren.

»Mehr!«, brüllte Kieran ungeduldig.

»Wenn du nicht auf mich hörst, bekommst du gar nichts mehr«, schrie Konrad zurück und bereute seinen Ausbruch sofort. Zum ersten Mal, seit er Kieran abgesetzt hatte, wandte sich der Knabe ihm zu. Der eiskalte, berechnende Blick, der ihm aus dem kindlichen Gesicht entgegenschlug, ließ Konrad schaudern. In Kierans Augen lag keine Liebe. Keine kindliche Unschuld. Nur Hunger und Gier standen darin geschrieben und markerschütternde Entschlossenheit.

Mit voller Wucht wurde Konrad klar, was er zuvor verdrängt hatte: Der Knabe könnte seinen Appetit in seiner Abwesenheit an einem lebenden Menschen zu stillen versuchen. Er könnte jemanden im Haus angreifen, Charlotte anfallen, die sich vielleicht nicht heftig genug wehren würde, denn niemand rechnete mit einer solchen Kraft in derart kleinen Händen.

»Mein Sohn, wenn du mehr brauchst, dann bekommst du auch mehr Nahrung.« Konrad sprach ruhig und versöhnlich mit dem Kind, doch seine innere Aufgewühltheit ließ ihn die Hände ringen. »Aber du darfst so etwas wie das hier niemals wieder machen. Nicht im Keller und auch sonst nirgendwo.«

Kieran verengte die finster blitzenden Augen.

Konrad sagte: »Böse Kinder, die schlimme, verbotene Dinge tun, müssen weg von ihren Eltern. Und woanders gibt dir niemand, was du brauchst. Sei also ein lieber Junge und hör auf mich.«

»Böse?«, fragte Kieran.

»Böse ist es, etwas zu nehmen, was einem nicht gehört. Böse wäre es auch, anderen wehzutun. Überaus böse ist es, das Herz von jemandem zu nehmen, der nicht tot ist. Oder irgendjemandem unser Geheimnis zu verraten. Du weißt doch, dass du niemandem sagen darfst, was ich dir zu essen gebe, wenn wir nicht bei Tisch sitzen.«

»Ja«, antwortete Kieran grollend.

»Gut. Und nun musst du mir versprechen, dass du niemals ein böser Junge sein wirst.«

Kieran krähte: »Nie!« Er wandte sich wieder dem Leichnam zu. »Essen«, verlangte er.

»Nun gut, der Schaden ist schon angerichtet. Nimm dir, was du möchtest«, sagte Konrad und deutete auf die Leiche.

Kieran schlüpfte aus seiner Kleidung und kletterte auf den Tisch. Da wurde Konrad erst klar, wie klug Kieran sein musste. Seine spärliche Sprache hatte ihn vermuten lassen, dass das Kind höchstens mittelmäßig intelligent war. Wenn Kieran aber wusste, dass er seine Kleidung ablegen musste, um keine Spuren zu hinterlassen, die die Amme finden würde, dann musste er überaus klug für sein Alter sein. Der Knabe labte sich an dem toten Fleisch, als hätte er mehrere Tage nichts zu essen bekommen. Er beklagte sich nicht darüber, dass Herz und Hirn bereits verspeist waren, sondern nahm damit vorlieb, was ihm noch zur Verfügung stand. Konrad staunte über die Mengen, die er verschlang. Nach einer Weile stieg der Junge vom Tisch und rieb sich mit Stroh sauber, das er daraufhin achtlos fallen ließ. Konrad beobachtete ihn atemlos, bis Kieran wieder in seine Schlafgewänder geschlüpft war. Er fragte sich nicht nur, wozu dieses Kind, dieses Wesen, in der Lage war. Erschüttert rätselte er, wie weit er selbst für seine Forschung gehen durfte – und würde.

»Ich bringe dich nach oben«, sagte Konrad, ohne sich etwas von seinen Grübeleien anmerken zu lassen, und Kieran folgte ihm artig hinauf. *Wahrscheinlich,* dachte Konrad, *will er kein böser Junge sein.*

Kalter Schweiß bedeckte Konrads Körper, als er viel zu früh am nächsten Morgen erwachte. Die Decke musste er vor Längerem weggestrampelt haben, denn seine Kleidung klebte ihm kühl am Körper. Draußen war es noch dunkel, aber Konrad war hellwach. Ihm war flau im Magen von den Träumen, die ihn gequält hatten, und der Zeitpunkt war gekommen, dass er sich damit auseinandersetzte, dass Kieran nicht nur sein Sohn und Forschungsobjekt war.

Dieser hatte eine Seite an sich, die Konrad zwar nicht als monströs bezeichnen wollte, denn das Kind war für ihn eindeutig von Hunger getrieben und nicht von Boshaftigkeit. Aber es war eine Gefühlskälte in Kierans Wesen, die ihn schaudern ließ. Der Gedanke an die ausgeweidete und zerfleischte Leiche erschütterte ihn nach wie vor. Er wusste selbst nicht, was werden würde, wenn Kieran erst älter und stärker war. War der Knabe ein Aasfresser und er sorgte sich zu Unrecht? Oder würde er bald Gefallen daran finden, wenn das Blut noch frisch und das Fleisch, das er aß, warm war? Wenn er Charlotte einer Gefahr aussetzte oder wenn sie gar zu Schaden käme, weil er die Gefahr nicht rechtzeitig erkannt hatte, würde er sich das niemals verzeihen. Konrad schwor sich, dass er ihr ins Grab folgen würde, sollte ihr Leben vor dem seinen enden. Einen weiteren Verlust vermochte er nicht zu ertragen.

Konrad erhob sich und wechselte seine Kleidung. Unruhig lief er vor dem Bett auf und ab. Sich auf die noch vom Schweiß klamme Matratze zu legen schien ihm wenig verlockend. Aber den Tag so früh zu beginnen war auch nicht nach seinem Geschmack. Vor allem wollte er sich aber nicht dem Problem stellen, das ihm die Luft raubte wie ein zu straff sitzendes Totengewand. Um dem Schlafzimmer und den Albträumen zu entkommen, entschied Konrad, zu Kieran zu gehen. Er wollte nicht seine Zweifel am Knaben vertreiben, indem er das friedlich schlafende Kind betrachtete; er musste Klarheit darüber gewinnen, wie mit ihm zu verfahren war.

Vor Kierans Bettchen, das schon lange die einstmalige Wiege ersetzte, blieb er stehen. Selbst im Schlaf machte der Junge ein verkniffenes Gesicht. Vielleicht waren es Träume, die ihn beunruhigten, vielleicht war es auch neuerlicher Hunger, der in ihm aufwallte. Womöglich verließ die Gier ihn nie. Konrad überlegte, welche Gefühlsregungen er bei Kieran beobachtet hatte, die auch ein normales Kind zeigte. Es waren erschreckend wenige und Mitgefühl oder Zuneigung gehörten nicht dazu.

Nachdem Konrad lange still dagestanden hatte, wurde ihm klar, dass er hier keine Antworten finden würde. Wenn es welche gab, dann dort, wo das Kind geboren worden war. Er musste die Überreste von Kierans Mutter untersuchen, auch wenn das, was inzwischen noch übrig war, kaum Aufschluss mehr geben mochte. Doch er durfte nichts unversucht lassen. Entschlossen nickte er, verließ das Kinderzimmer und zog sich an.

So leise, wie er die Haustür hinter sich geschlossen hatte, um niemanden zu wecken, so behutsam öffnete er wenig später auch die Tür der Gruft und schlich hinein. Seine Tasche, die er über die

Schulter trug, wog schwer, denn er gedachte die Obduktion hier in der Gruft vorzunehmen. Die Risiken, die Tote in seinen Keller zu schaffen, erschienen ihm zu hoch. Nachdem er die alte Holztür von innen abgeschlossen hatte, entzündete er die mitgebrachte Öllampe sowie einige Kerzen und wandte sich dem Sarg zu, in dem sie lag. Sein rascher Puls machte ihn schier schwindelig. Seine Finger waren schweißnass und taub, so sehr fürchtete er sich vor dem, was ihn erwartete. Kein Zustand einer Leiche hatte ihm jemals Sorgen bereitet. Selbst als Student vor seiner allerersten Obduktion war da kein Hauch von Angst oder Besorgnis gewesen. Nur reinster Wissensdurst und unschuldige Neugier.

Statt auf den Sarg zuzugehen, drückte er sich mit dem Rücken an die Tür der Gruft. Seine Atmung war viel zu schnell. Konrad wischte sich den Schweiß von der Stirn. Er wusste, dass sie nicht auf ihn wartete, um sich an ihm zu rächen, weil er ihr das Kind genommen und ihre Totenruhe gestört hatte. Er wusste es und doch spielte seine Fantasie verrückt. Er sah halb verweste Leichenhände vor sich, die nach ihm griffen, um ihn ins Grab zu ziehen. Stellte sich faulige Lippen vor, die ihn küssen, ihn verlocken wollten, ein weiteres Kind zu zeugen, welches sie behalten dürfte. Ein sachtes Wimmern entfuhr ihm bei der Vorstellung daran, wie er erneut auf diesen toten Leib stieg und sie zur Wiedergutmachung schwängerte, um nicht zur Strafe sein Leben lassen zu müssen.

Mit geschlossenen Augen stieß er seinen Hinterkopf gegen die Tür. Erst einmal, dann ein zweites und ein drittes Mal. Es klang wie ein Klopfen aus dem Sarg. Konrad flüsterte: »Bleib vernünftig. Konzentrier dich auf deine Aufgabe.« Er war hier zu Forschungszwecken. Darin war er gut. Er war ein brillanter Arzt und er würde sich nicht diesen unsinnigen Ängsten hingeben, sich nicht von ihnen auffressen lassen wie ein Leichnam von ausgehungerten Maden.

Zitternd atmete er ein und langsam wieder aus. Die bedrückende Atmosphäre in der Gruft schien ihm jede Untersuchung der Leiche verbieten zu wollen, aber Konrad zwang sich, seine Vorbereitungen zu treffen: Wie bereits in der Nacht von Kierans

Geburt zog er einen anderen Sarg ein kleines Stück aus der Nische, um auf dessen Deckel seine Instrumente auf einem Ledertuch auszubreiten. Er wünschte sich in seinen Keller, wo die wissenschaftliche Sterilität des Raumes gewiss seine Nerven beruhigen würde, doch er versagte sich weitere Gedanken daran. Vor ihm lag eine Aufgabe, für die er genug Licht und die nötigen Werkzeuge mitgebracht hatte. Das musste genügen.

Er trat an den Sarg heran, in dem die Tote, die Mutter seines einzigen lebenden Sohnes, lag. Ausgenommen und zurückgelassen, aber immerhin nicht vergessen. Die Wände der Gruft schienen näher zu rücken, sich an Konrad heranzudrängen und ihm über die Schulter spähen zu wollen. Er meinte, dass der Sauerstoff in der Gruft knapp wurde, doch durch nichts wollte er sich aufhalten lassen. Die Kerzenflammen rings um den Sarg herum flackerten, als hielten sie die Anspannung nicht mehr aus, und vollführten deshalb einen nervösen Tanz.

Den Sarg hatte er nun seit beinahe drei Jahren nicht geöffnet, dennoch waren ihm die Handgriffe vertraut geblieben und innerhalb kürzester Zeit konnte er den Deckel hochheben. Konrad wappnete sich nicht nur, heftigem Gestank ausgesetzt zu sein und einen grässlich verwesten Körper anzublicken. Wenn er ehrlich war, rüstete er sich auch gegen einen Angriff.

Er hielt die Luft an, stemmte den Sargdeckel hinauf – und nichts geschah.

Der Verwesungsgeruch war nicht stärker als bei den Körpern, die er sonst obduzierte. Die Tote lag reglos unter einem Stück Leinenstoff vor ihm. Seine Finger zitterten, als er sie ausstreckte. Er zog das Tuch von ihrer Leiche wie das letzte bisschen Stoff von einer Liebsten. Angst und Zuneigung rangen in ihm um die Vorherrschaft wie wilde Bestien. Sie war bei Weitem nicht so faulig, wie er es vermutet, ja befürchtet hatte. Obwohl sich in den letzten Jahren ihr Zustand verändert hatte, hatte sich ihr Fleisch nicht zu einer modrigen Masse zersetzt. Es sah vielmehr aus, als seien lediglich ein oder zwei Monate vergangen, seit er ihr den Bauch aufgeschnitten und Kieran entnommen hatte. Konrad beugte sich tiefer hinab und erkannte, dass der Eindruck nicht täuschte. Eigentlich sah sie ein wenig erholt aus. Als habe sich ihr Zustand leicht gebessert, sobald das Kind ihren Leib verlassen hatte und nicht länger von ihr zehrte.

Konrad durfte keine Zeit verlieren, wenn er alle ihre Geheimnisse ergründen wollte, bevor der frühe Morgen dämmerte. Die Vorstellung, sie zu berühren, verursachte ihm erstmals eine nicht gekannte Übelkeit.

Langsam streckte er seine Hände aus. Er konnte nicht entfliehen, durfte sich keine Schwäche erlauben. Konrad hielt die Luft an und stellte sich der Aufgabe mit allem Mut, zu dem er sich zwingen konnte. Eine Hand schob er unter ihren Nacken, die andere unter ihre Beine und mit einem Ruck, der irgendetwas in diesem Körper grässlich schmatzen ließ wie ein Willkommenskuss für den lange ferngebliebenen Besucher, hob er sie an und rollte sie zur Seite. Höchste Gründlichkeit war das Maß aller Dinge und er wollte zunächst ihre Rückseite inspizieren, um kein Detail zu übersehen, das ihm Klarheit zu schenken vermochte. Ihre rissige Haut sprang an einigen wenigen Stellen auf und ein dickflüssiges, bräunliches Sekret trat hervor, floss aber nicht heraus. Die letzten Reste ihres Blutes, das sie noch im Leib hatte, bewahrte sie offensichtlich wie ihre Geheimnisse. Keine Auffälligkeiten, abgesehen von den vorhandenen Verwesungsspuren, waren zu erkennen.

Würgend legte er sie zurück auf den Rücken. Konrad schimpfte sich einen Stümper und atmete flach, um keine Fäulnisgase zu inhalieren.

Um zurück zu seiner Routine zu finden, rückte Konrad noch mal alle seine Werkzeuge und Hilfsmittel zurecht. Etwas Staub wirbelte auf und kitzelte ihn in der Nase. Als er zufrieden war, entfernte er das Tuch, das sie bedeckt hatte, vom Rand des Sarges, damit es ihn gleich bei seiner Arbeit nicht störte. Konrad stand da, mit angehaltenem Atem und dem groben Stoff in den Händen, und starrte die Tote an. Einige Herzschläge lang regten sich weder sie noch er, bis er schließlich im Gegensatz zur Toten erwachte, nach seiner Lampe griff und sie dicht über ihren Leib hielt. Nur kurz bestaunte er ihre feinen Gesichtszüge. Die Bisswunde an ihrem Arm hatte schwarze Wundränder gebildet. Zuletzt schwenkte er den Lampenschein über ihre Beine. Ihre Haut war insgesamt etwas wächsern geworden und nur sehr vereinzelt wanden sich Maden in ihrem Fleisch. Mit weiteren Betrachtungen hielt er sich nicht auf und richtete das Licht endlich auf ihre Körpermitte und den geöffneten Bauchraum.

Er erkannte hier auf den ersten Blick, was ihm im vorherigen Dämmerlicht verborgen geblieben war: Die an die zerfetzte Fruchtblase angrenzenden Organe wie Darm, Blase und Leber waren angenagt worden. Das Kind hatte sich am Gewebe seiner Mutter gelabt und hätte sich wohl wirklich früher oder später aus der Bauchdecke frei gefressen.

Sein Augenlid zuckte nervös, als er mit einer Zange die Organe zur Seite zog, um mehr über den Zustand der Leiche zu erfahren. Mit tiefen Atemzügen versuchte er sich zu beruhigen. Spürte die kühle Luft der Gruft und wie sie sich auf ihn senkte. Er konnte Kieran nicht für etwas bestrafen, das schlichtweg in seiner Natur lag, für etwas, das er tat, um zu überleben. Dinge, die wahrscheinlich jeder tun würde, empfand er dieselben Gelüste. *Dass er den Leib seiner Mutter vor seiner Geburt annagte, macht ihn nicht zur Bestie,* wiederholte Konrad wortlos.

Konrad arbeitete hochkonzentriert, mit schnellen Handgriffen und so gründlich, als hinge ein Leben daran. Gehetzt aus Angst vor Entdeckung und gegen die Zeit, die den Morgen Stück für Stück näher brachte. Er brauchte Antworten. Jetzt! Bald war der Brustkorb geöffnet und klaffte weit auseinander, sodass er einen Einblick in den gesamten Bauchraum erhielt. Das Herz fehlte. Er hatte keine Ahnung, wie Kieran das bewerkstelligt hatte, aber er wunderte sich nicht, da er inzwischen wusste, welche Delikatesse es für das Kind war. Hätte er das Gehirn erreichen können, so würde gewiss auch dieses fehlen. Konrad fand viele unterschiedliche Spuren. Sie wiesen auf Bisse hin, aber auch darauf, dass Kiran gekratzt hatte. Wahrscheinlich musste er erst lernen, sich im Mutterleib zurechtzufinden, und ausprobieren, was er brauchte. Intuitiv und instinktiv musste er entdeckt haben, dass er verzehren konnte, was ihn umgab – nicht aber sich selbst. Die Narbe an Kierans Arm war weiterhin deutlich sichtbar und würde es wohl bleiben. Konrad entnahm, was von den Organen übrig war, musterte sie und wog sie in seinen Händen. Schätzte ihr Gewicht so genau, wie er konnte. Die Ergebnisse notierte er sorgfältig, denn so konnte er später ermessen, wie viel das Kind ungefähr verschlungen hatte. Da er nach einigem Abwägen die versehrten Organe nicht zu präparieren und aufzubewahren gedachte, legte er sie schließlich lose in den Bauchraum zurück.

Erneut hielt er inne, betrachtete die Rippenbögen mit zusammengekniffenen Augen. Erneut nahm Konrad sich die Lampe und hielt sie nah an den geöffneten Körper heran. Durch den direkten Lichtschein erkannte er Bissspuren an den Rippen. Sie waren angenagt worden. Konrad schüttelte den Kopf. Eine der Rippen war gebrochen. Kieran musste im Leib seiner Mutter gewütet haben.

Welches Wesen war sein Sohn?

Kein Mensch musste Knochen zu sich nehmen, um zu überleben oder zu wachsen. Konrad spürte den Drang, sofort nach Hause zu laufen, um Kieran in seinem Bett zu fesseln und die Tür zu versperren. Mehr und mehr wurde sein Sohn in seinen Augen zum Ungeheuer. Seine Ängste und Zweifel bestätigten sich in der Summe von Kierans Eigenarten. Die Dinge, die er tat, mochten natürliche Ursachen haben – es war unheimlich, Zeuge davon zu werden. Jeder Mensch und jedes Tier suchte Nahrung, wenn er, sie oder es Hunger verspürte, aber Kierans Appetit war etwas, das Konrad zu wenig hinterfragt hatte. Er überlegte, wie er das, was er vor sich sah, am besten für seine Unterlagen abzeichnete, und führte seinen Bleistift mit hastigen Strichen über die Seiten seines Notizbuches. Danach kümmerte er sich erneut um die Tote und verschloss sie sorgfältig. Er verzichtete auf Nähte, wollte sie aber ordentlich im Sarg liegend zurücklassen. Das Geheimnis um Kierans Entstehung hatte er nicht enthüllt, zumindest nicht auf den ersten Blick. Vielleicht würde ihm mit etwas Abstand und fern der Düsternis dieser Gruft etwas auffallen, was ihm hier verborgen geblieben war.

Konrad wollte sich schleunigst auf den Rückweg machen, da in einer Stunde die ersten Menschen unterwegs sein würden, die in den frühen Morgenstunden ihren Berufen nachgingen. Dennoch wagte er nicht, den Sarg zuzuklappen. Es war wie ein weiterer Abschied und obwohl er nicht mehr ihrem Liebreiz verfallen war, wie damals in der Nacht der Zeugung, tat ihm doch sein Herz weh, sie in dieser Kiste zurückzulassen. Die Erinnerung der Gefühle, die er für sie empfunden hatte, die eigentlich allein seiner verstorbenen Gattin gehörten, machte ihn schwindelig. Ein Seufzen, das all den Schmerz der Welt hätte enthalten können, brach sich aus seinem Inneren frei, dann schloss er den Sarg.

Konrad sammelte alles ein, was er mitgebracht hatte, löschte das Licht der Öllampe und verriegelte die Tür der Gruft hinter sich. Schweigend entschuldigte er sich bei der Toten, ehe er eilenden Schritts nach Hause hastete.

Unterwegs begegnete er niemandem, sein Haushalt war jedoch bereits erwacht und hinter den Fenstern huschten Bedienstete mit Kerzenhaltern umher. Obwohl er gerne ungesehen hineingehuscht wäre, musste er doch keinen Weg finden, sich unentdeckt hineinzuschleichen. Die Tasche in seiner Hand kam ihm plötzlich schwerer vor als vorher. Konrad verharrte vor dem Haus und fasste sich. Er war bei einem Patienten gewesen, einer Eingebung folgend. Die Spuren der Leichenöffnung an seiner Kleidung stammten von dem Mann, der seinen Todeskampf leider unter Konrads Händen verloren hatte. Er hielt die Geschichte für einigermaßen überzeugend, falls er sie vorzutragen hatte.

Die Haustür öffnete Konrad so ruhig, wie er sonst seine Medizintasche aufklappte. Sein Herz hatte zu einem normalen Rhythmus zurückgefunden. Er war zu Hause. In seinem Heim nickte er zwei Bediensteten zu, die ihn mit großen Augen anschauten.

»Leider hat er es nicht geschafft, trotz aller Bemühungen«, murmelte er und stieg die Treppe hinauf. Oben zog sich in sein Zimmer zurück, wo er sich am Waschtisch gründlich säuberte. Seine Kleidung legte er ab und gedachte sie waschen zu lassen, ehe er sie erneut anzog. Hände, Arme und Gesicht scheuerte er, bis die Haut rot war. Als er sich erfrischt fühlte, schlüpfte er in eine neue Hose und ein ungetragenes Hemd und machte sich für den Morgen fertig. So würde man ihm weder ansehen noch riechen, wo er gewesen war und was er getan hatte. Konrad erwischte sich bei etwas, das er nur selten tat: Er betete. Nicht zu Gott, sondern zur Wissenschaft, dass er doch noch zu Erkenntnissen kam, die ihm wiesen, wie er mit Kieran fortzufahren hatte.

Der Tag verging, ohne dass er sich angemessen konzentrieren konnte. Alles zog an ihm vorbei. Er antwortete zu spät und oft nicht zur Frage passend und entschuldigte sich bei seinen Patienten, dass er übermüdet war, weil er schlecht geschlafen hatte.

Nachdem er endlich seine täglichen Pflichten erfüllt hatte, fielen ihm beinahe vor Müdigkeit die Augen zu. Schlafen wollte er dennoch nicht, deshalb suchte Konrad Zerstreuung, Vergessen und Erbarmen in einem Leichnam, der in seinem Keller lag, und widmete sich seiner Forschung. Er öffnete den Körper, entnahm Gewebe und untersuchte es. Langsam vergaß er die Welt um ihn herum und gab sich ganz der Wissenschaft hin. Er öffnete gerade eine der Herzkammern, da drang gedämpft ein Schrei zu ihm in den Keller hinab.

Ohne zu zögern, rannte Konrad mit blutigem Kittel und blutverschmierten Händen die Stufen hinauf, den Schreien entgegen. Obwohl er sich der Lärmquelle näherte, wurden die Schreie schwächer und verstummten komplett, ehe er oben angekommen war. Bedienstete versperrten ihm den Weg. Als diese bemerkten, dass ihr Dienstherr vorbeigelassen werden wollte, machte man ihm Platz und so stieg er die letzten Stufen zum Dachboden hinauf, wo der Großteil der Dienerschaft ihre Kammern hatte. Schwer atmend ging er auf die Tür zu, in der die Amme stand. Sie wischte sich die Tränen ab und rang die Hände.

»Herr Doktor, ich weiß nicht …«, sagte sie und hielt inne.

Drinnen in der Kammer lag eine junge Hausangestellte auf ihrem Bett. Ihr Blut durchnässte die ehemals weißen Laken. Das Muster bildete eine Landkarte des Schreckens dessen, was ihr zugestoßen war. Mund und Augen standen weit offen, als sollte ihr Todeskampf für die Ewigkeit andauern. Ihr Anblick raubte Konrad den Atem, vernebelte seinen Verstand. Kieran hockte auf ihren Beinen. Genüsslich über seine Lippen leckend, drehte er sich zu seinem Vater um. Hunger brannte in seinem Blick.

Er musste ihr zunächst das Nachthemd aufgerissen haben, während sie noch geschlafen hatte. Wie er in der Lage gewesen sein mochte, ihre bald einsetzende Gegenwehr zu überwinden, war Konrad schleierhaft. Kieran war noch so klein. Aber seine Stärke war enorm. Gewiss hätte sie ihn von sich geschleudert, wenn es ihr irgendwie gelungen wäre. Konrad glaubte nicht, dass sie vor Todesangst erstarrt war und lediglich einige letzte Schreie ausgestoßen hatte, als das Leben aus ihr gewichen war. Ihn schauderte es, Kieran so zu sehen und Zeuge seiner Taten zu sein. Seine eigene Schuld daran konnte er nicht leugnen; er kam nicht umhin zu erkennen, dass sein Fehler, sein Unterschätzen Kierans, dieser Frau das Leben gekostet hatte.

Konrad taumelte einen Schritt in den Raum hinein. Der Geruch nach Blut und Schweiß hing schwer in der Luft. Kieran hatte ihr nach dem Nachthemd auch die Bauchdecke aufgerissen. Bisse waren an Hals, Wange, Brüsten und an den Hüften zu erkennen. Die inneren Organe ragten aus dem Bauchraum heraus. Zerrissen und zerbissen. Kieran musste darin gewühlt haben, wahrscheinlich, um an das Herz zu gelangen. Eine Schlinge des Darms hing über die Bettkante und Blut tropfte davon auf die Holzdielen.

»Runter von ihr«, herrschte Konrad seinen Sohn an. Seine Stimme bebte unter seinem inneren Aufruhr. Das hier würde kein Geheimnis bleiben können. So treu ergeben ihm seine Dienerschaft auch war, irgendjemand würde etwas ausplaudern. Konrads Tat, sein Vergehen, hatte schlussendlich ein Menschenleben gekostet.

Kieran wandte sich von Konrad ab und betrachtete die frei liegenden Organe, die ihm eindeutig zu verlockend erschienen, um sie verkommen zu lassen.

»Runter«, schrie Konrad und ging auf das Kind zu, um es nötigenfalls von der Leiche herunterzuzerren.

Kieran glitt vom Bett und setzte sich davor auf den Boden. Seine Hände waren ebenso mit Blut bedeckt wie die Konrads, aber im Gegensatz zu ihm war auch das Gesicht des Kindes mit der roten Flüssigkeit überzogen. Mit frischem, noch warmem Blut!

Er wusste nicht, wie er das Treiben Kierans erklären sollte, und sagte schlicht: »Lassen Sie morgen früh den Bestatter kommen. Ich kann hier nichts machen. Ein solch grauenhafter Unfall wird sich nicht noch einmal ereignen, dafür trage ich Sorge. Als Ihr Dienstherr verspreche ich es Ihnen allen.«

Luise wischte sich Tränen aus dem Gesicht, während sie vor ihn trat. Sie trug ihre Haare unter einer Schlafhaube und Konrad erkannte die Narbe an ihrem Hals. Sie war es, die Kieran vor Jahren als Säugling gebissen hatte. »Und wie, Herr Doktor, wollen Sie da sichergehen? Wie?«

»Ich werde Vorkehrungen treffen. Kieran ist noch so klein, er weiß nicht, was er getan hat. Ich werde mich um ihn kümmern, ihn erziehen. Erziehen lassen.«

»Einen Teufel kann man nicht erziehen«, flüsterte die Amme und bekreuzigte sich.

Luise spie Konrad die Worte entgegen: »Das ist kein Kind, es ist ein Monstrum. Man muss es töten, bevor diese Bestie mehr Menschen verletzt und umbringt.«

»Vater, was ist geschehen?«, rief Charlotte, aber irgendjemand schien genug Verstand zu besitzen, ihr den Zutritt zu dem Zimmer und damit die Sicht auf die Leiche zu verwehren.

Da Konrad nicht direkt antwortete, übernahm das die Frau mit der Narbe am Hals für ihn: »Kieran hat Gerda ermordet. Er hat sie –«

»Das genügt«, fuhr Konrad dazwischen. »Bitte geh zurück in dein Zimmer, Charlotte. Ich komme zu dir, sobald ich kann.« Da er nichts mehr von ihr hörte, ging er davon aus, dass sie seiner Anweisung gefolgt war.

»Ich bringe Kieran nun in sein Zimmer«, sagte Konrad, »und möchte Sie alle bitten, es vorerst nicht zu betreten. Außer Frau Hofmann. Sofern Sie weiterhin die Fürsorge übernehmen möchten, wäre ich Ihnen sehr dankbar.«

Die Amme trat neben ihn. Sie hatte ein blasses Gesicht und einige Haarsträhnen waren lose. Ihr Zustand, der sonst stets tadellos war, verdeutlichte den Schrecken der Situation. Langsam nickte sie. »Natürlich, Herr Doktor.« Das Pflichtbewusstsein musste bei dieser Frau so enorm sein wie ihre Loyalität.

»Ich danke Ihnen vielmals«, sagte er zur Amme. Die Bediensteten bat er, die Tote zuzudecken und den Raum zu säubern. Zwar waren die Betrübnis und der Schrecken in ihren Mienen deutlich zu erkennen, doch sie machten sich umgehend ans Werk.

Die Frau mit der Narbe schaute ihn erbost an, als sei es seine Schuld, dass Gerda gestorben war, und verließ mit wütenden Schritten die Kammer.

Mit der Amme und Kieran im Schlepptau stieg Konrad die Treppe vom Dachboden hinunter. Er konnte das einsetzende Gemurmel der Bediensteten hören, aber er verstand die Worte nicht, die sie sprachen. Er stieß die Tür zu Kierans Zimmer auf und sofort entschuldigte sich die Amme. »Herr Doktor, es tut mir unendlich leid. Ich habe Kieran nicht sein Zimmer verlassen hören. Ich habe nebenan geschlafen, denn ich muss ja auch irgendwann ruhen und es ist mitten in der Nacht. Ich hatte keine Ahnung, dass er so etwas tun könnte. Und jetzt ist Gerda tot. Sie ist tot und es ist meine Schuld.«

»Frau Hofmann, an nichts davon tragen Sie die Schuld. Und auch Kieran nicht, er ist ein kleiner Junge von nicht einmal drei Jahren.« Konrad vermied es, von sich zu sprechen. Dass die Frau tot war, weil er hatte forschen wollen, weil er neugierig war und nicht vorsichtig genug, das musste ihm allein zugerechnet werden. *Weil ich ein triebhafter und lüsterner Mann bin, den nicht einmal*

Gevatter Tod aufzuhalten vermag, führte Konrad in Gedanken die Liste seiner Schwächen fort. »Es müssen Vorkehrungen getroffen werden. Seine Tür muss stets verschlossen bleiben. Gerne würde ich ihn fesseln, aber finden Sie nicht, das geht zu weit?«

Die Amme schüttelte den Kopf. Konrad verstand nicht, ob sie ihm nun zustimmte oder gegen das Fesseln des Knaben war, aber er ließ es dabei. Es war seine alleinige Entscheidung und Verantwortung, wie weiterhin vorzugehen war. Er fühlte sich überfordert von der Situation und von den Erwägungen, die er nun zu ziehen hatte.

Konrad ging vor Kieran in die Knie. »Du warst ein böser Junge.«

»Nein.« Kieran schüttelte wild den Kopf.

»Du hast die Frau umgebracht und Teile von ihr gefressen.«

»Nein! Erst tot. Dann Herz gegessen. Nicht böse.«

Frau Hofmann entfuhr ein Schluchzen.

Konrad fuhr sich über das Gesicht. Kieran hatte ihn nicht richtig verstanden. »Das macht es doch nicht besser! Du darfst von niemandem essen, der noch lebt. Aber du darfst auch niemanden töten, um ihn dann zu essen. Mördern schlägt man mit dem Fallbeil den Kopf ab. Das nennt sich Todesstrafe.« Frau Hofmann schlug sich die Hand vor den Mund. Konrad hätte den Jungen beinahe geschüttelt, aber nicht zuletzt wegen der Amme beherrschte er sich. Tief in seinem Inneren saß ein Klümpchen Angst, das ihn daran hinderte, ihn anzupacken. Frau Hofmann wisperte etwas Unverständliches, aber davon unbeirrt fuhr er fort: »Mein Sohn, ich will dich beschützen, aber du musst fortan artig sein. Das musst du einfach. Hast du mich verstanden?«

Kieran nickte zwar, seine Mimik verriet jedoch, dass er es nicht so meinte. »Aber mehr«, sagte er schließlich.

Konrad fuhr sich mit seinen blutverklebten Händen durch die Haare und er bemerkte dabei wieder, wie er auch selbst aussah. *Wie der Vater, so der Sohn.* »Ich gehe mich jetzt waschen – du lässt dich ebenfalls säubern und gehst danach brav schlafen. Frau

Hofmann kümmert sich um dich. Ich danke Ihnen und schaue nachher noch einmal vorbei.«

Ehe Konrad zu Charlotte gehen konnte, wollte er zunächst seine Erscheinung in Ordnung bringen. Er klopfte, nachdem er auch seine Nerven mit einem großen Schluck Wildkirschlikör beruhigt hatte, sachte an ihre Tür.

»Komm herein«, sagte sie sofort und klang hellwach. Sie hatte auf ihn gewartet.

Als er ihr Zimmer betrat, lag sie nicht im Bett, sondern saß im Morgenmantel in einem Sessel. Sie hatte mehrere Kerzen entzündet und ein Buch lag auf ihrem Schoß. »Ich hatte gehofft, du wärst wieder eingeschlafen. Du wirst morgen müde sein, wenn der Hauslehrer kommt.«

Charlotte winkte ab. »Wie soll man schlafen, wenn im Haus jemand umgebracht wird? Getötet von einem Jungen, den man als Bruder erachten soll.«

»Du brauchst dir keine Sorgen darüber zu machen. Kierans Zimmer bleibt versperrt. Er hat Zimmerarrest, sozusagen.«

»Und das genügt? Wie lange soll das andauern? Ist er allein?«

»Nein, Frau Hofmann ist bei ihm, du brauchst dir keine Sorgen zu machen.«

Charlotte schaute ihren Vater an, als versuchte sie, seine Gedanken zu lesen. »Das Kind ist böse. Durch und durch böse. Ich wünschte, er wäre niemals Teil dieser Familie geworden. Ich wünschte, er würde nicht hier leben. Es tut mir leid und ich hoffe, du hältst jetzt nicht weniger von mir.«

Konrad regte sich nicht. Charlotte hatte etwas erkannt, wozu er vor lauter Wissbegier und Zuneigung zu blind gewesen war. »Du meinst, ich soll ihn in ein Waisenhaus geben?«

»Auf dass er dort unschuldige Kinder angreift?« Charlotte schnaubte wie die Erwachsene, die sie bald sein würde.

»Du meinst, es gibt keinen Platz für ihn auf dieser Welt?« Konrad fühlte sich wie ein Versager, dass er nun seine Tochter nach Rat fragte, aber er suchte Halt und fand ihn nur bei ihr. Eine weitere Freveltat unter vielen.

»Alleine weggesperrt. In einem Gefängnis vielleicht. Oder in einer Nervenheilanstalt – einerlei. Aber nicht unter Menschen, denen er Schaden zufügen kann. Verborgen vor der Welt – für die Ewigkeit. Ich habe ihn beobachtet, Vater. Er ist kein normales Kind. Er spielt nicht, lacht nicht. Er zeigt keine liebevollen Gefühle der Amme oder mir gegenüber, obwohl ich wirklich versucht habe, ihm eine gute Schwester zu sein.«

»Sondern? Was hast du sonst an ihm beobachtet?«, fragte Konrad. Er hatte das Gefühl, dass sie ihre Rollen getauscht hatten: Charlotte war die, die wusste, was zu tun war, und Konrad lernte von ihr. Wo er all die Zeit falschgelegen hatte, gab es Schlimmeres, als von seiner Tochter zu lernen.

»Er schaut sich um, als würde er etwas planen. Als sähe er in uns allen etwas, das er haben wollte. Vielleicht besitzen, vielleicht beherrschen, ich weiß es nicht. Auf jeden Fall nimmt er nicht am Familienleben in diesem Haus teil, er ist immer nur dabei und wartet. Aber worauf er wartet, kann ich dir nicht sagen.«

Auf seine Fütterung, dachte Konrad. *Auf Fleisch und Herz und Knochen und Gehirn.* »Du willst wirklich, dass er geht? Oder ist das nur jetzt gerade dein Wunsch, wo du aufgebracht und verängstigt bist?«

Charlotte beugte sich vor. Ernsthaftigkeit überschattete ihre sonst fröhlichen Züge. »Ich wünsche mir seit Langem schon nichts sehnlicher. Bitte, mach, dass er geht. Ich will keine Angst mehr in meinem eigenen Zuhause haben. Bitte!«

Konrad nickte. Er ging zu ihr, küsste ihre Stirn und sagte: »Du bist meine Tochter, mein Ein und Alles. Wenn du nicht glücklich bist, muss ich das verändern. Du kannst ruhig schlafen. Kieran wird gehen. Auf der Stelle bringe ich ihn weg.«

Als Konrad schon an der Tür war, fragte Charlotte: »Und dir bricht das nicht das Herz? Ich hatte den Eindruck, er sei wie ein eigenes Kind für dich.«

»Ich wollte ihm ein Vater sein, ja. Aber das ist nun nicht mehr möglich, war es nie. Ich habe einen Fehler zu korrigieren. Eine unserer Angestellten ist gestorben, weil ich zu lange brauchte, um das zu begreifen. Gute Nacht, meine Liebe.« Er konnte nicht der Vater eines Monsters sein. Nicht, wenn dies Charlotte in Gefahr brachte.

Konrad lief in seinem Schlafzimmer auf und ab. Sein Herz fühlte sich so bleischwer wie auch seine Glieder und in seinem Gehirn tobte ein regelrechtes Feuerwerk an Ängsten, Zweifeln, Schuldgefühlen und Verzweiflung. Zu gerne hätte er sich ins Bett gelegt, wäre in einen tiefen Schlummer geflohen, doch er würde gewiss keinen Schlaf finden. Nicht nach den Ereignissen dieser Nacht. Sein Sohn – das Monster, das er mit einer Toten gezeugt hatte, war zum Mörder geworden. Konrads Schuld war unermesslich, lähmte ihn und drückte ihn nieder, als trüge er den schwersten Grabstein des Friedhofs auf seinem Rücken. Lediglich die Sorge um Charlotte bewahrte ihn davor, den Verstand zu verlieren, den er jetzt dringender als jemals zuvor benötigte.

Obwohl er kaum klar denken konnte, erwuchs eine Entscheidung in ihm, die grausam war und sich dennoch richtig anfühlte. Er musste sie verarbeiten, sich damit abfinden, dass seine spezielle Forschung ein Ende gefunden hatte, und sich wieder dem widmen, was er untersucht hatte, bevor Kieran zur Welt gekommen war. Endlich wollte er wieder sein altes Leben führen, ehe es zu spät dafür war. Was er zu tun hatte, wusste Konrad genau, und dennoch zerbarst ihm das Herz, wenn er darüber nachdachte. Tränen strömten seine Wangen hinab, während er diese Freveltat plante.

Er ging in den Keller, deckte die Leiche zu und schloss sein geheimes Laboratorium ab. Nach seinem blutverschmierten Erscheinen im Kittel konnten sich wohl alle denken, was im Keller vor sich ging, wenn sie es nicht ohnehin schon längst wussten. Aber etwas zu vermuten und es zu sehen war zweierlei. Danach schleppte er sich die Stufen hinauf und sperrte Kierans Tür auf. Der Junge lag in seinem Bett und schlief, die Amme saß aufrecht mit einem weiteren Schlüssel zur versperrten Tür in der Hand in einem Sessel – möglichst weit von Kierans Schlafstatt entfernt.

»Frau Hofmann, ich danke Ihnen. Es wird nun nicht nötig sein, dass Sie weiter über Kieran wachen. Ab sofort wird Ihre Anstellung leider zu Ende sein. Vor allem möchte ich mich für Ihre sorgfältigen und treuen Dienste bedanken. Ich werde Kieran auf der Stelle in eine Nervenheilanstalt bringen müssen. Er kann nicht hierbleiben. Er ist zu gefährlich für uns alle und vielleicht auch für ihn selbst. Das ist die einzige Lösung, die mir richtig erscheint.«

Die Amme schaute zum Bett und wandte sich schnell wieder ab. »Das ist die beste Entscheidung, die Sie treffen können, Herr Doktor.«

»Ich werde mich umhören und Ihnen eine möglichst vorteilhafte neue Stellung als Amme verschaffen. Ich kenne hochrangige Familien, gewiss wird jemand Ihre überaus qualifizierte Hilfe gerne in Anspruch nehmen.«

»Vielen Dank, Herr Doktor, das ist zu gütig.«

Wenn du wüsstest, dachte Konrad. Ihr gegenüber konnte er Güte zeigen, aber seinem eigenen Sohn musste er eine solche Regung verweigern. »Sie können nun gehen und, falls Sie möchten, sich noch von ihm verabschieden.«

Frau Hofmanns Kinn bebte, aber ihre Hände krallte sie in ihren Röcken fest. Auch in ihr wüteten unterschiedliche Emotionen, stellte Konrad fest. »Ich möchte es ihm nicht schwerer als nötig machen. Ich packe meine Habseligkeiten und kehre alsbald nach Hause zurück. Auf Wiedersehen, Doktor Amorbius.« Sie hastete zur Tür hinaus, als wäre der Leibhaftige hinter ihr her. Und wahrscheinlich hatte sie damit gar nicht so unrecht.

Ein Wesen wie Kieran durfte nicht weiterleben, hätte nie leben sollen. Schon jetzt war er zu gefährlich und wenn Kieran erst größer und stärker wäre, würde ihm niemand Einhalt gebieten können. Wenn er sich nehmen würde, was er so voller Gier ersehnte, hätte Konrad dieses Monster und all das von ihm verursachte Leid in die Welt gebracht. Ein Wesen, das hemmungslos Menschen verschlang und sich in deren Blut suhlte. Konrad hätte ihn nicht nur im Mutterleib lassen – er hätte zudem noch die Gruft für immer verschließen müssen.

Da auch Charlotte sich nicht von ihrem Bruder würde verabschieden wollen, gab es nun keinen Grund, sein Vorhaben aufzuschieben. Konrads Hände waren schweißfeucht und zitterten, als er auf Kierans Bett zutrat. Zunächst wollte er ihn packen, um ihn wegzuschleppen. Rechtzeitig wurde ihm klar, dass er es anders angehen musste.

Mit einem Rütteln an der Schulter weckte er Kieran. »Komm mit«, sagte er und der Knabe folgte ihm. Das ihm entgegengebrachte Vertrauen schnürte Konrad die Kehle zu. Verzweifelt suchte er nach Möglichkeiten, das nicht tun zu müssen, was er vorhatte. Aber ihm fiel keine Alternative ein, um wirklich sicherzustellen, dass keinem – außer seinem Sohn – ein Leid geschah.

Er trat mit Kieran vor das Haus und machte sich auf den Weg. Der Knabe folgte ihm gehorsam durch die stillen, dunklen Straßen. Ahnungslos, wohin sie gingen. Konrad setzte einen Fuß vor den anderen. Weiter wollte er nicht denken. Als sie das Friedhofstor erreichten, schaute er sich um, aber der Wärter war nirgendwo zu sehen. Die Einsamkeit der Nacht hing über den Grabsteinen wie ein feiner Nebel. Konrad beschleunigte seine Schritte, sodass Kieran hinter ihm herrennen musste, aber der Junge folgte ihm.

Hastig schloss er die Tür zur Gruft auf und bat den Jungen hinein. Kurz zögerte Kieran, tat dann jedoch wie ihm geheißen.

Drinnen atmete Konrad heftig. Es widerstrebte ihm, was er gleich würde tun müssen. Er liebte seinen Sohn, trotz allem, was er war, und allem, was er getan hatte. Mit fahrigen Bewegungen entzündete er die einzige Kerze, die er mitgebracht hatte. Ihm war es lieber, im spärlichen Licht zu tun, wofür er sich ewig verabscheuen würde. Er wollte nicht mehr sehen, als nötig war.

»Was?«, fragte Kieran.

»Du meinst, wo wir sind?« Konrads Stimme klang gepresst, aber immerhin schaffte er es, sie nicht brechen zu lassen und loszuweinen. »Das ist eine Familiengruft. Meine Vorfahren – unsere Vorfahren liegen hier begraben. Sie sind gestorben und ihre Überreste ruhen hier zum Andenken.«

Kieran schaute sich um.

Konrad zog den Sarg hervor, in dem Kieran auf die Welt gekommen war und in dem seine Mutter auf ihn wartete. Mit einer Anstrengung, fast größer, als er aufzubringen vermochte, öffnete er ihn. Kieran kam, stellte sich auf Zehenspitzen und streckte sich an der Sargwand empor, sodass er gerade so hineinsehen konnte. Gebannt vom Anblick der Toten, blieb er regungslos stehen. Konrad vermochte nicht zu entscheiden, ob er sie als seine Mutter erkannte, ob ihr Geruch ihm vertraut war oder ob sie nur eine Leiche wie die anderen für Kieran war.

Konrad atmete aus. »Manchmal ist der Tod dem Leben vorzuziehen. Er ist ein ewiger, sanfter Schlaf ohne Schmerz und mir scheint, als könnte auch ich nicht mehr allzu lange darauf warten.« Sein Herz zerriss es schier und doch zog er ein Messer hervor. Abrupt und ehe er es unverrichteter Dinge sinken lassen würde, stach er es dem Jungen hinterrücks in den Leib. Dort, wo Kierans Herz sitzen musste. So würde es am schnellsten gehen, hatte er zuvor beschlossen. Die Kraft, die Klinge in den Knaben zu stoßen, war mehr, als einem Menschen zugemutet werden sollte. »Schlafe sanft bei deiner Mutter, mein liebes Kind.«

Der Knabe sackte am Sarg zusammen. Konrad zog die Klinge vorsichtig aus seinem Fleisch, als wollte er es vermeiden, ihn unnötig zu verletzen. Tränen verschleierten seine Sicht und rannen ihm über das Gesicht, als er Kieran hochhob und in den Sarg legte. Konrad legte den toten Kieran so hin, dass er möglichst gemütlich im Arm seiner Mutter ruhen konnte. »Nun bist du bei deiner Mama. Du musst nicht einsam sein, mein Sohn. So ist es am besten. Was aus dir geworden wäre, hätte uns allen und auch dir selbst nur Leid gebracht.« Konrad beugte sich hinab und küsste das Kind zum ersten Mal, seit es geboren war, auf die Stirn.

Sein Sohn lag friedlich da, so friedlich, wie er ihn nie zuvor gesehen hatte. So schwer Konrads Herz auch war, so umfassend die Trauer, die ihn niederdrückte, glaubte er doch, das einzig Richtige getan zu haben. Er hatte dieses Wesen, ein Monster, erschaffen und es war seine Aufgabe, es zu erlösen, wo es doch nicht für diese Welt und dieses Leben gemacht war.

Es dauerte lange, bis seine Tränen versiegten. Als er anschließend sein Gesicht getrocknet hatte, verließ er die Gruft und den Friedhof und kehrte nach Hause zurück.

Charlotte saß im Morgenmantel auf der Treppe im Flur und erwartete ihn. »Ist er weg?«, fragte sie und die Hoffnung in ihrer Stimme versetzte ihm einen weiteren Stich.

»Ja«, antwortete Konrad und sprach auch zu den Bediensteten, die herbeiliefen: »Kieran hat uns verlassen. Ihm geht es gut, wo er nun ist, und ich denke, es ist besser, wenn niemand weiß, wohin ich ihn gebracht habe. Er wird niemanden mehr verletzen und wir können alle zu unserem alten Leben zurückkehren. Ich danke Ihnen allen für Ihre Loyalität, Ihre Dienste und Verschwiegenheit.«

Als es am nächsten Morgen Zeit für das Frühstück war, erhob sich Konrad, kleidete sich an und ging zu Tisch. Die Verzweiflung in seinem Herzen hatte er hinter einer dicken Mauer verschlossen und würde sich ihr nur dann hingeben, wenn er ganz alleine war. Sein Herz war selbst zu einer Gruft geworden, die er stets mit sich herumtrug. Ansonsten musste er funktionieren, wie er es immer seit dem Tod seiner Frau getan hatte. Charlotte erwartete ihn schon und sie sah so müde aus, wie auch er sich fühlte. Kieran fehlte und es würde das erste von vielen Malen sein, dass er dies bemerkte. Die beiden frühstückten äußerst spärlich – sowohl was das Essen auf ihren Tellern als auch, was den Gesprächswechsel zwischen ihnen betraf.

Auf dem Weg nach draußen, denn auch heute warteten Patienten auf ihn, begegnete Konrad in der Diele dem Bestatter.

»Es hat einen Unfall gegeben, habe ich gehört?«, fragte dieser.

Konrad erwiderte: »Dem ist leider so. Das Kind wurde umgehend in eine entsprechende Anstalt gebracht. Dort wird Sorge getragen, dass etwas Derartiges sich nicht wieder ereignet.«

»Fürchten Sie nicht, dass die Familie des Opfers Sie juristisch belangen wird?«

Konrad verneinte. Gerda hinterließ nur eine verheiratete Schwester und die Bediensteten würden sich nicht selbst um ihre Anstellung bringen, indem sie ihren Herrn anzeigten. Wo nötig, würde er finanzielle Anreize setzen, sodass sich das Schweigen lohnte.

Der Rest des Tages zog an ihm vorüber, ohne dass er Anteil daran nahm. Irgendwann ging er zu Bett und schlief ein, doch selbst seine Träume bestanden nur aus Blut, Tod und von Gewürm wimmelnder Friedhofserde.

Konrad erwachte irgendwann in völliger Finsternis. Er glaubte, ein Rascheln am Vorhang zu hören, aber als er ein Schwefelholz anriss und mit der entzündeten Kerze sein Zimmer betrachtete, war es leer.

Seufzend erhob er sich. Er fühlte sich beobachtet. Als wäre er nicht allein in seinem Schlafzimmer. Und ein bisschen wünschte er sich sogar, dass Mutter und Kind Hand in Hand an ihn herantreten würden. Ob sie ihn verfluchen, töten oder nur beobachten würden, war ihm fast einerlei. Letztendlich schaute Konrad in jedem Winkel nach, aber niemand war da.

Das nagende Gefühl in seiner Brust ließ jedoch nicht nach. Er legte einen Schwur ab: Ein letztes Mal würde er in der Gruft nach den beiden sehen, Abschied nehmen und das Ende dieser unbegreiflichen Begebenheit akzeptieren. Dann würde er sie ruhen lassen, um vielleicht auch selbst irgendwann Erlösung von den ihn quälenden Erinnerungen zu finden.

Konrad wollte für einige Wochen keine Leiche mehr berühren und sich eine Pause von seiner Forschung gönnen. Vorerst hatte er genug von der sprichwörtlichen Leiche im Keller. Er ging zum Fenster und blickte hinaus, wo sich nichts regte. Dieser Moment war so gut wie jeder andere, um ein letztes Mal für hoffentlich sehr lange Zeit zur Gruft zu gehen.

Hastig lief er zum Friedhof und achtete weder auf die Fledermäuse, die über seinen Kopf hinwegflatterten, noch auf das silbrig glänzende Mondlicht, das seinen Weg erhellte. An der Gruft angekommen, öffnete er die Tür und betrat den engen Raum. Eilig zog er sie hinter sich zu. Anschließend trat er an den Sarg, sich innerlich wappnend, erneut einige Tränen der Trauer zu vergießen, wenn er seinen leblosen Sohn vor sich liegen sah. Er hob den Deckel an.

Es kamen jedoch keine Tränen, denn der Sarg war leer.

Konrad erkannte: Ein Kind, das von einer Toten geboren worden war, kannte keinen Tod.

Verdutzt drehte sich Konrad um, aber die Gruft war leer.

Die Tür, die er hinter sich geschlossen hatte, war nur angelehnt.

Erleichterung ließ sein Herz flattern. Er hatte Kieran nicht getötet. Der Knabe war entkommen und wohlauf. War dort, wo er das Messer hineingestoßen hatte, gar kein Herz gewesen? Konrad hielt alles für möglich, was seinen Sohn betraf.

Panik begrub die Erleichterung, die ein letztes Mal zuckte wie ein lebendig begrabener Tier. Würde Kieran den Weg nach Hause finden und sich an ihm oder, schlimmer noch, an Charlotte rächen?

Würde er zurückkommen, um sich am Blut seiner Familie zu laben, die ihn verraten hatte?

Konrad schluckte. Er ordnete seine Gedanken und Gefühle, bis er beides wieder im Griff hatte.

Dass Kieran Rache üben wollte, hielt er für nahezu ausgeschlossen. Seinen Sohn hielt er nicht für böse, er war nur hungrig. Verraten hatte er ihn mit dem Dolchstoß dennoch, sodass Kieran nicht seine Nähe suchen würde oder ihm zurück nach Hause folgen wollte. Das Kind, das auch sonst keine Emotionen gezeigt hatte, würde sich einen eigenen Weg und einen eigenen Platz in der Welt suchen. Gewiss hätte er Konrad und Charlotte, sein früheres Leben bald vergessen.

Dass er wegen seines Hungers andere verletzen und töten würde, belastete Konrad nicht so sehr, wie ihn niedergedrückt hätte, sein eigen Fleisch und Blut getötet zu haben. Kieran würde sich selbst versorgen, dessen war Konrad sich sicher. Und er war froh darüber. Er rettete so viele Leben als Arzt, wie er konnte, sollte sein Sohn sich die holen, die er selbst zum Überleben brauchte, solange Charlotte sicher war. Und dafür würde er sorgen. Die Welt wäre also im Gleichgewicht, anders wollte – anders konnte Konrad diesen Sachverhalt nicht betrachten. Er würde Leiber flicken, wo es ging.

Er verschloss die Gruft und spazierte nach Hause, genoss das Summen der Bienen und den blütenschweren Duft nach Frühsommer. So sorgenfrei hatte er sich seit Jahren nicht gefühlt. Konrad pfiff sogar ein Lied. Einmal raschelte es im Gebüsch, an dem er vorüberging. Vielleicht war es Kieran, vielleicht auch nicht. Ab sofort konnte er sich bei nächtlichen Geräuschen dieser Art seinem Sohn nahe fühlen. Er wollte in den Zeitungen Ausschau halten, ob er Kierans Weg nachverfolgen konnte, denn Meldungen würden gewiss darin erscheinen.

Über ein Ungeheuer, das Menschen zerfleischte.

Über ein Ungeheuer, das er liebte.

Aus dem Sprachgebrauch des Doktor Amorbius

Abdomen – Bauch
Anämie – Blutarmut
Biopsie – Entnahme einer Gewebeprobe zur Untersuchung unter dem Mikroskop
Hämatom – Bluterguss
Phlebotomie – Aderlass
post mortem – nach dem Tod
Rigor Mortis – Leichenstarre
Thorax – Brustkorb
Transfusion – Bluttransfusion/Übertragung
Uterus – Gebärmutter

Danksagung

Ein riesiges und ganz besonderes Dankeschön geht an meine Testleser und Testleserinnen für ihre unermüdliche, beständige und wertvolle Unterstützung: Karin Jacob, Helen Fischer, Andy & Alina, Sophie, Flavia und Cathy, ich danke euch allen vielmals für euer hilfreiches Feedback.

Inzwischen habe ich auch zwei Marketingteams an meiner Seite, deren Unterstützung mir sehr viel bedeutet auch euch ein ganz herzliches Dankeschön für eure Lesezeit, eure Unterstützung und den tollen Austausch!
Marketingteam Fledermaus:
Manuela Gerkens, Nadine Föhse, Katrin Dietrich, Jessica Divić
Marketingteam Geist:
Andreas Wylensek, Angela, Arti Grey, Julia (Seitenwanderer), Mareike Hansen, Monika Jasmin Klatt und Rebecca O.

Im Rahmen einer Wortspendenaktion möchte ich mich für die kreativen Vorschläge bedanken, die ich gerne im Text untergebracht habe. Ein großes Dankeschön geht an:
Karin Jacob, Ahasver Wanderer, Michael Hirtzy, Dina Beck und Conny.

Ein besonders lieber Dank geht an meine Familie. Ihr seid wirklich die Allerbesten.

Und zuletzt auch dir, liebe Leserin, lieber Leser, vielen Dank, dass du meiner Geschichte deine Lesezeit geschenkt hast.

Liebe Leserin, lieber Leser,

vielen Dank, dass du dir die Zeit genommen und
den Mut bewiesen hast, in meinen Sammelband einzutauchen.

Falls du über Neuigkeiten bezüglich meiner Bücher
und mein Autorinnenleben informiert werden möchtest,
kannst du dich gerne auf meiner Homepage unter

www.tanja-hanika.de

zu meinem Newsletter eintragen.

Besonders würde ich mich natürlich freuen,
falls du Lust hättest, eine Bewertung
zum Buch zu hinterlassen,
oder falls du es weiterempfiehlst
oder online und offline darüber sprichst.

Unterwegs bin ich online zudem auch auf Instagram unter
@tanjahanika_autorin

und auf Twitter unter
@TanjaHanika.

Über die Autorin:
Tanja Hanika wurde 1988 in Speyer geboren. Ab 2008 studierte sie erfolgreich an der Universität Trier Germanistik und Philosophie. Nun lebt sie mit Mann, Sohn und Katze in der Eifel.
Mit acht Jahren entdeckte Tanja Hanika durch eine Kinderversion von Bram Stokers »Dracula« nicht nur ihre Liebe zu Büchern, sondern wollte fortan auch selbst solche Geschichten schreiben.

Weitere Bücher der Autorin

All Horrors Eve – Eine Halloweengeschichte
(Horrorroman)

»Halloween ist die eine Nacht im Jahr, in der man Fledermäuse quietschen und Totenköpfe mit den Zähnen klappern hört, in der der eigene Schatten einen erschreckt und gruselige Musik durch die Straßen weht. An Halloween erscheint alles möglich, wenn man einen Friedhof betritt, die Kerze im ausgehöhlten Kürbiskopf ausbläst oder Gläserrücken spielt.«
Hailey kann es kaum erwarten, das weit über die Stadtgrenzen hinaus bekannte Spukhaus zu besuchen, um am Halloweenabend die angeblich nie zuvor bestandene Challenge zu meistern. Ihre beste Freundin Ella hingegen freut sich mehr auf die anschließende Studentenparty, die ihre eigenen Überraschungen für die beiden Freundinnen bereithält. Um sich die letzten Tage bis dahin zu vertreiben, erzählen sie sich Gruselgeschichten, testen den Mythos »ever blow out a Jack O'Lantern!« und stellen sich ihren Ängsten mit Gläserrücken, einem Verstecken-und-Erschrecken-Spiel und vielem mehr. Ein etwas pikaresker Horrorroman für Halloweenfreunde über Mut und Mutproben. Triggerwarnungen: Blut, Gewalt, Leichen, Verwesung, Tod. Eine genaue Auflistung über die Content Notes einzelner Kapitel befindet sich im Buch.

Hexenwerk – Die gestohlenen Kidner von Schwarzbach
(Horrorroman)

Endlich sind Sommerferien.
Aber die besten Freunde Simon und Linus bringen sich selbst um den Ferienspaß, indem sie die alten, unheimlichen Frauen verärgern, die für sie wenige Sommer zuvor noch die vermeintlich bösen Kinderfresserinnen waren. Einst ein kindischer Gruselspaß, wird die Bedrohung nun real: Die Alten sind tatsächlich Hexen.

Aus Kinderfleisch ziehen sie Lebensenergie, um ewig zu leben und ihr böses Werk zu tun.
Um nicht wie die anderen gestohlenen Kinder aus Schwarzbach zu enden, setzen Simon, Linus und ihre Freunde alles daran, die Hexen zu vernichten.
Teufelsbuhlschaft, Eiterernte und Hexenkräuterkunde machen die alten Frauen zu mächtigen Gegnerinnen.
Warnung: Bedingt durch die Hexenthematik kommen in diesem Roman Kinder zu Schaden: Es findet Gewalt von Kindern und gegen Kinder statt.

Der Angstfresser
(Horrorroman)

Angst, Blut und Schmerz.
Chester Harris will mehr davon. Er ist Horrorautor und es stellt ihn nicht länger zufrieden, die Leser mit seinen Gruselgeschichten zu erschrecken. Daher lädt er zu einem Horrorabend ein, der seinen ahnungslosen Gästen alles abverlangt. Sie müssen ein Spiel um Leben und Tod überstehen, indem sie die eigenen Grenzen überschreiten. Angst, Blut und Schmerz stehen auf Chesters Speiseplan und er wird viel davon bekommen.
Warnung: Der Horrorroman enthält explizite Gewaltdarstellungen und abstoßende Details.

Werwölfe in Aremsrath
(Schauerroman)

1873 – Nachdem seine Familie von einem Werwolf getötet wurde, zieht es Paul zu seinem Onkel nach Aremsrath in die Eifel, wo er seine eigene Apotheke eröffnen möchte. Dort hilft er der Bürgerwehr im Kampf und Doktor Moriensius bei der Suche nach einem Heilmittel gegen die Werwolfplage.

Minna ist ihm im Kampf gegen die Werwölfe eine besondere Hilfe und ein Lichtblick, während das Misstrauen der Menschen untereinander wächst. Ein Schauerroman, in dem die menschlichen Abgründe nicht weniger Gefahr verheißen, als die Werwölfe selbst.

Roadkill – Ein Weg wird dein letzter sein
(Horrorroman)

Blut, Irrsinn und hemmungslose Rache erwarten denjenigen, der seinen Weg verlässt. Mira und Lars fahren nach einem Besuch bei seinen Eltern von der Autobahn ab, um über abgelegene Landstraßen die Gegend zu erkunden. Nach einem verlassenen Bus finden sie bald auch einen verwirrten Busfahrer und ihr kleines Abenteuer wird zu einer Nacht voller Mord und Blut.
Drei Jugendliche beenden ihre Geocaching-Schatzsuche im Wald, um stattdessen das sagenumwobene Grab einer Hexe aufzuspüren. Dabei wird ein Killer auf sie aufmerksam, der nach einer Bus-Panne durch die Wälder streift. Sie müssen sich fragen: Wird der Killer oder die tote Hexe sie holen kommen?

Zwietracht – Mörderische Freundschaft
(Horrorroman)

Eine Schriftstellerin ohne Ideen.
Eine verschlossene Tür ohne Schlüssel.
Eine beste Freundin ohne Gnade.

Lina verbringt ein paar Urlaubstage in einer Hütte im Wald, um ihre Schreibblockade zu überwinden. Dort gibt es allerdings eine Tür, die sich weigert, das preiszugeben, was sie verbirgt. Linas beste Freundin Millie begleitet sie in den Schreiburlaub, doch gerade sie ist es, die Lina mit ihrem seltsamen und bedrohlichen Verhalten vollends aus der Bahn wirft. Was hat Lina allein mit ihrer besten Freundin im Wald zu befürchten?

Scream Run Die

(Horrorkurzroman)

Roadkill und Rache.
Angetrunken überfährt Milton etwas. Aber was? Ein seltsames Tier oder doch einen Dämon aus der Hölle? Mit dem Blut des Opfers treiben Milton und seine Teenager-Freunde ihr Spiel. Dafür sollen sie mit dem Tod bezahlen. Ein Killer mit einer Pestarzt-Maske will sie alle umbringen. Wer kann diese Nacht überleben?
Ein blutiger, verrückter Horrorsplatter-Kurzroman, der einige Filmklischees aufgreift, auf den Kopf stellt und dabei nicht allzu ernst genommen werden möchte.
Inklusive »Survival«-Tipps des Killers.

Das Autor:innenleben in Checklisten: Ein Schreibratgeber in Listenform
(Sachbuch)

Dieser Schreibratgeber versammelt nicht nur die grundlegenden Schreibkniffe und -themen, sondern befasst sich darüber hinaus auch mit den Bereichen Autor:innenleben, Veröffentlichen, Marketing und Selbstständigkeit als Autor:in. Besonders macht ihn sein Aufbau: Die einzelnen Kapitel sind als Checklisten formuliert, damit der Inhalt schnell und leicht aufgefasst und später ebenso zügig wieder gefunden werden kann. Zudem enthält dieser Ratgeber eine FAQ-Passage mit häufig gestellten Fragen, ein Glossar mit Definitionen vieler Grundbegriffe sowie eine Link- und Literatursammlung. »Autor:innen Checklisten – Ein Schreibratgeber in Listenform« richtet sich nicht nur an Schreibanfänger:innen, sondern auch an fortgeschrittene Schreibende, deren möglicherweise vorhandene Schreibratgeber er ergänzt und damit jeden Schreibtisch bereichert.

Arbeitsbuch für Schriftsteller
(Sachbuch)

Das „Arbeitsbuch für Schriftsteller“ ist selbst auszufüllen und umfasst alle wichtigen Phasen eines Romanprojekts, von der Figurenerstellung über die Plotstruktur bis hin zum Marketing. Durch Leitfäden, Checklisten und Planungsmodelle werden Sie beim Schreiben unterstützt. Darüber hinaus enthält es Definitionen und Informationsseiten wie beispielsweise zur Erzählperspektive, der Prämisse oder zum Exposé. Autorin Tanja Hanika entwickelte das „Arbeitsbuch für Schriftsteller“ zur Unterstützung des Schreibprozesses auf der Grundlage ihres erfolgreichen Germanistikstudiums an der Universität Trier und anhand eigener, langjähriger Schreiberfahrungen. Planen auch Sie mühelos ihr nächstes Romanprojekt anhand vorgegebener Musterblätter.

Ideenbuch für Schriftsteller
(Sachbuch)

Dieses vorstrukturierte Notizbuch zum Selbstausfüllen bietet Platz, um Geistesblitze und Ideen jeder Art zu notieren: Von Titelideen und selbstangelegten Namenslisten über erste Figurenentwürfe, Kurzgeschichten- und Romankonzepte bis hin zu losen Formulierungen, die zu schade sind, als dass sie vergessen werden könnten.
Zielsetzung des »Ideenbuch für Schriftsteller« ist unkompliziertes und langfristiges Ideenmanagement. Seine Struktur sorgt dafür, dass die Ideen leicht auffindbar sind, statt im Regal voller Notizbücher unauffindbar zu bleiben.
Ein Glossar mit den wichtigsten schreibhandwerklichen Begriffen rundet das »Ideenbuch« ab.

Printed in Poland
by Amazon Fulfillment
Poland Sp. z o.o., Wrocław

92297367R00164